하류 인생

하류 인생

발행일	2018년 1월 31일

지은이	김 창 식		
펴낸이	손 형 국		
펴낸곳	(주)북랩		
편집인	선일영	편집	권혁신, 오경진, 최예은, 최승헌
디자인	이현수, 김민하, 한수희, 김윤주	제작	박기성, 황동현, 구성우, 정성배
마케팅	김회란, 박진관, 유한호		
출판등록	2004. 12. 1(제2012-000051호)		
주소	서울시 금천구 가산디지털 1로 168, 우림라이온스밸리 B동 B113, 114호		
홈페이지	www.book.co.kr		
전화번호	(02)2026-5777	팩스	(02)2026-5747

ISBN	979-11-5987-945-6 03810(종이책)		979-11-5987-946-3 05810(전자책)

이 도서의 국립중앙도서관 출판예정도서목록(CIP)은 서지정보유통지원시스템 홈페이지(http://seoji.nl.go.kr)와 국가자료공동목록시스템(http://www.nl.go.kr/kolisnet)에서 이용하실 수 있습니다.

하류 인생

/ 어떻게 살 것인가? /

김창식 장편소설

불나방처럼 화려함을 좇아 살다,
우리는 어느덧 파멸의 걸을 걷고 있었다.

파멸은 무서우리 만큼 조용하고 은밀하게 찾아왔다.

북랩 **book** Lab

프롤로그

21세기 대한민국은 개천에서 난 용이 다시 개천으로 돌아가는 시대가 되어버렸다. 대한민국의 부와 권력의 양극화는 사회적 문제가 된 지 오래다. 세상에 태어나는 순간부터, 아니 태어나기 전부터 아마 세상에 공평한 것은 없을 것이다. 우주에서 지구라는 별이 생겨난 순간부터, 아니면 인간이 에덴동산에서 선악과 열매를 따 먹은 순간부터 세상에 공평한 것은 없었을지도 모른다. 어찌 보면 공평하고 공정한 것이 없는 것이 인류를 지속시키는 섭리일지도 모르겠다.

누구는 걸어가고, 누구는 뛰어간다. 누구는 자전거를 타고 가고 심지어 누군가는 비행기도 타고 간다. 태어나 인생이라는 출발선에 서는 순간부터 우리는 세상의 차별에서 자유롭지 못하다.

대한민국의 가장 큰 문제는 가난이 대물림되며 고착화된다는 것이다. 열심히 일하고 발버둥 쳐보지만, 가난을 벗어나기는 힘들다. 내 자식들이 나처럼 가난해서 힘들게 살게 될지도 모른다는 불안감만큼 무서운 게 또 있을까 싶다. 이러한 사회적 부조리가 사람으로 하여금 꿈이나 희망, 진정한 삶의 의미를 추구하기보다는 권력과 부를 삶의 지향점으로 삼으면서 오감을 자극하는 삶을 살고 일확천금을 쫓는 사람들을 양산하는 듯하다.

물론 가난한 자와 부자의 척도가 꼭 재물만은 아닐 것이다. 철학적인 얘기는 뒤로하고 현실적인 측면에서만 이야기하고자 한다. 재물이 행복을 가져다주지는 못하지만, 불행에서 벗어나게 해준다는 말은 그 누구도 부정하지 못할 것이다.

그래서 대한민국 국민, 아니 인간이라면 누구나 신분상승이나 부자가 되는 바람을 가지고 살아간다. 간혹 주식투자로 대박을 터트려 재물을 축적하거나 하는 몇몇 예외적인 경우를 제외하고는 현 사회에서 가난을 벗어나 신분상승을 할 수 있는 수단으로는 배움을 통해 권력에 근접하거나 상류사회로 편입되는 방법밖에 없을 것이다. 배움을 통해 소위 있는 자들의 리그에 진입하는 것이 가장 빠르고 손쉬운 신분상승의 방법이라고 할 수 있다. 물론 이것도 쉬운 일은 아니지만 노력하면 이룰 수 있다는 측면에서 보면 그렇다고 할 수 있다.

하지만 요즘은 이 배움을 통해서도 가난을 벗어나는 것은 요원하다. 몇 배씩 차이가 나는 사교육비 편차 등 배움에도 차별이 점점 심해져 공부를 통해 기득권 세력의 자녀들을 따라가는 것도 한계에 다다른 거 같다. 아마 조만간 강남권 출신이 아닌 판검사를 찾기 힘들다는 얘기가 공공연히 돌고 있는 것도 이 때문이다. 폐지된 사법고시 대신 들어온 로스쿨 제도도 현대판 음서제와 다를 게 없다.

그들은 점점 그들만의 리그를 견고히 다지고, 이방인들이 신규로 진입하지 못하도록 진입장벽을 두텁게 하고 있다.

이러한 이유로 요즘 정치권에서는 공정사회, 경제민주주의를 외치고 있다. 아마도 이러한 것들은 포퓰리즘(populism)에 따른 선동구호에 그칠 가능성이 높다. 이 사회에 공정한 것은 무엇이 있을까? 아니 누구에게나 공평한 것이 과연 있을까? 사회적인 것을 따지면 시간, 돈, 죽음, 배움의 기회 등, 개인적인 것을 따지면 성공에 대한 체력, 두뇌 등 어느 하나도 모두에게 공평한 것은 없다. 혹자는 시간은 공평하지 않나요라고 물을 수도 있다. 하지만 하루가 24시간인 것은 누구에게나 같지만 사용 가능한 시간이 같지는 않을 것이다. 이 사회는 공평하지는 못하더라도 공정해야 한다. 공정했는데 공평하지 못한 것은 자본주의 사회라면 받아들여야 한다. 공정해야 대한민국이 지속될 수 있다.

개발도상국을 거치고 경제발전을 이루면서 개인 간 계층 간 빈부의 격차는 더욱더 커지고 있다.

그래서 대부분 서민층 자녀들은 88만 원 세대, 비정규직, 도시락족, 알바족, 캥거루족, 심지어 3포세대로 불리며 살아간다. 정치권은 눈을 낮추라고 하지만 도대체 얼마만큼 눈을 낮추라는 것인지 모르겠다. 전체적으로 경제가 성장하고 삶의 질이 높아졌는데 60~70년대 공돌이, 공순이 같은 삶은 아니니 만족하라는 것인지 참으로 답답할 뿐이다.

그러면서 그들의 자녀들은 판·검사, 대기업, 공기업 등 소위 톱 클래스의 삶을 유지하도록 독려한다. 요즘 대학생들의 스펙은 장난이 아니다. 소위 스펙 거품시대라고 해도 과언이 아니다. 명문대 출신에 유학에 각종 전문 자격증까지, 유학을 다녀오지 못하면 좀 괜찮다는 회사에 입사원서조차 내기 힘들다.

사회의 주요자리를 외고 등 유명사립고, 명문대 출신들이 차지하다 보니 이러한 것들이 세대를 거쳐 계층의 고착화를 만들어 내고 사람들의 머릿속에 신분의식을 만들어 가고 있다. 상위계층 사람들은 하류층의 사람들이 상류층으로 진입하는 것을 반기지 않는다. 소위 조선시대의 양반제도와 흡사하다. 이미 현대판 계급제도가 만들어져 있는 것이다.

이와 더불어 상류사회 사람들은 도덕률이 폐지된 듯 살아가고 있다. 나향욱 전 교육부 정책기획관의 민중은 개, 돼지 발언도 필자가 생각하기에는 말 실수가 아니라 시민에 대한 평소 그 사람의 생각이었을 것이라고 추측된다. 가진 사람들은 하류층 사람들에게 갑질, 신노예제 구축 등 돈이면 다 된다는, 도덕은 필요 없다는 듯 살아가고 있고, 하류층 사람들은 덤덤하게 받아들일 수밖에 없다. 왜냐하면 먹고 살아

하류 인생

야 하기 때문이다. 당장 짖으면 속은 후련할지는 모르지만 결국은 목구멍이 포도청이고 자식이 포도청이기 때문이다.

이 책에서는 공정한 사회란 상류사회, 즉 제도권의 보호를 받는 사회를 말한다. 플라톤의 대화편에 나오는 정의란 강한 자의 편익이라는 말처럼 사회는 점점 더 있는 자들의 세상으로 변해가고 있다. 이 글에 나오는 이성철, 이덕후는 가난한 하류층 집안에서 태어나 상위계층으로 진입해서(그들이 생각하는 것은 중산층의 삶일 테지만) 공정사회(여기서는 제도권 사회를 말함)의 구성원으로 살아가기 위해 노력한다. 삼류대학 출신은 삼류인생밖에 살 수 없다는 것을 몸으로 체험한 이성철은 어떻게든 현실을 벗어나기 위해 대기업 입사에 도전한다.

물론 이성철은 능력이 있는 젊은이다. 하지만 공정사회는 실력만을 평가하지 않는다. 실력뿐만이 아니라 장막 뒤의 배경을 본다. 성철은 수십 번의 도전 끝에 운 좋게 대한민국 대표기업인 K그룹에 입사한다. 이성철은 살아남기 위해 비장의 카드가 필요하다는 것을 본능적으로 알게 된다. 그래서 그는 나름의 비장의 무기를 만들어 상류층과의 끈을 이어가고자 하며, 그 과정에서 그는 정체성과 삶의 가치관을 잃어버리고 말초신경을 자극하는 삶에 빠져들게 된다. 결국 성철은 통제된 삶을 벗어나 파국의 삶으로 치닫게 된다.

자신이 추구하고자 했던 삶의 목적이 무엇인지, 단순히 상류사회 진입이었는지, 아니면 행복한 삶을 살기 위해 상류사회 진입은 수단이었는지 그 모호함 속에서 본능적으로 삶을 헤쳐 나가게 된다. 삶의 의미와 원동력을 원초적인 자극에서 찾게 되면서 그의 삶은 점점 더 피폐해지고 파괴되어 간다.

이덕후는 이성철보다 더 어려운 가정환경, 지역환경에서 태어나, 중학교밖에 졸업하지 못한다. 덕후는 명절날 고향의 친구가 서울에서 금의환향하자 서울에 대한 막연한 동경심을 가지고 서울로 올라간다.

그가 이루고자 했던 것은 자신의 희생을 통해 여동생 덕희의 중산층 진입이었다. 그는 머리가 비상했고 신체적 조건도 우월했다. 하지만 그는 출신이 미천했다. 그도 그걸 인정했고 이런 악순환을 끊기 위해서는 본능적으로 누군가의 희생이 필요하다는 것을 알았다.

그래서 그는 자신의 희생을 통해 여동생만큼은 제대로 된 삶을 살기를 원했다. 하지만 여동생의 어이없는 죽음 앞에서 그의 희망도 산산조각 나버리게 되고, 결국 모든 것을 잃어버린 채 복수를 계획하게 된다.

결국 자본주의 사회에서 살아남고 성공하려 했던 성철과 덕후, 그리고 기존 기득권자이지만 자리를 유지하기 위해서는 수단과 방법을 가리지 않는 박이철 모두 파멸의 길을 걷게 된다.

우리는 치열하게 돈을 쫓아, 성공을 쫓아 살지만 왜 그것을 쫓는지는 잊고 산다. 그래서 제대로 가고 있는지, 뭐가 잘못됐는지 알지 못한다. 아니 알면서 굳이 외면하면서 살아가는 것인지도 모른다. 생각하면서 살지 않고 편의주의에 따라 사는 대로 생각하는 것도 일종의 자기방어 기제이기 때문이다.

대한민국 사람들은 누구보다도 최선을 다해서 살고 있고 열심히 달리고 있다. 그러나 잘못된 방향으로 열심히 달렸기 때문에 대부분은 인생에서 실패를 하게 된다. 생각하며 살지 않고, 사는 대로 생각하기 때문에 대부분 인생에서 실패한다. 어쩌면 우리는 허상을 쫓으면서 인생을 낭비하고 있을지도 모른다. 대부분의 중년남성들이 삶의 허무함과 공허함을 느끼는 것도 이것과 무관하지 않다. 이러한 허무함과 공허함은 아무리 술을 마셔도 담배를 피워도 결코 해소되지 않는다.

이 책은 이성철의 삶을 통해 어디에 삶의 가치를 두어야 하며, 어떻게 살아야 하는지에 대하여 거창한 성찰은 아닐지라도 한 번의 되돌아봄 혹은 뒤돌아봄의 시간을 가질 수 있도록 하기 위해 썼다. 필자 또한 이 글을 쓰기 위해 과거를 되돌아보면서 반성의 시간을 가질 수 있었고 진정한 상류사회는 무엇이고 인생에 있어 행복은 무엇인지 생각하게 되었다.

우리가 인생을 살면서 저지르는 가장 큰 실수 중 하나는 당장 눈앞의 이익을 쫓느라고 삶의 방향을 잃는 것이다. 인생은 거울미로와 같아서 당장 눈앞의 즐거움과 이익을 쫓다 보면 방향을 잃고 길을 잃게 된다. 희미하지만 저 멀리 우리를 인도할 불빛을 보고 방향을 잡아가야 한다. 힘들고 어렵지만 말이다. 스스로에게 고한다. 스스로 파멸의 길을 걷지는 말자, 우리는 살면서 의도치 않게 사고 등 외력에 의해 파멸될 수도 있다.

회색 빛깔처럼 우울한 대한민국과 절망에서 벗어나기 위해 절규하는 안타까운 대한민국 청년들과 삶의 방향을 잃고 매일 밤 네온사인이 반짝이는 거리에서 비틀거리고 있는 대한민국 중년들에게 이 책을 바친다.

끝으로 이 책을 쓰는 데 도움을 준 가족과 아낌없는 조언을 주신 릴리(필명)님에게 감사의 마음을 전합니다.

목 차

제1장

희
망

제1화
다시 흙으로

성철은 의식이 조금씩 흐릿해져 가고 있음을 느꼈고 흐릿해져 가는 의식을 성철은 붙잡지 못하고 있었다. 그 옛날 고된 노동으로 인해 지친 몸을 간신히 이끌고 작은 방 이불 속에 몸을 누였을 때의 몽롱함과 젖은 솜옷을 입은 것처럼 무거워진 몸이 바닥으로 한없이 빠져드는 느낌과 비슷했다.

잠이 올 듯 말 듯, 성철의 정신을 의식의 세계에서 무의식으로 세계로 이끌고 있는 것은 다름 아닌 무게 3.6kg, 스물다섯 개의 구멍을 가진 새까만 연탄이었다. 연탄은 성철의 가난한 어린 시절의 겨울을 돌봐 주었던 검은 천사였다. 하지만 이제 성철은 그 자그마한 구멍에서 뿜어져 나오는 강력한 죽음의 그림자 앞에 서 있다.

연탄불은 이성철의 시작이었고 끝이었다. 이성철은 어린 시절 친구들과 연탄불 앞에 모여 달고나를 해먹고, 쥐포를 구워 먹던 추억이 생각났다. 어린 시절의 추억 때문인지 이성

하류 인생

철은 커서도 연탄불에 고기 구워먹는 것을 좋아했다. 연탄 구멍에서 활활 타오르는 불꽃처럼 성철은 그의 인생도 활활 타오르길 소망했다. 그래서인지 성철은 코와 폐를 자극하며 삶을 조여 오는 일산화탄소가 두렵거나 낯설지 않았다.

일산화탄소가 폐는 몰라도 코를 자극한다는 것은 거짓말일 것이었다. 일산화탄소는 무색, 무취, 무미, 비자극성 가스라는데 그것들이 어떻게 코를 자극하는 것을 느낄 수 있다는 말인가. 하지만 의식과 무의식의 경계에서 성철은 분명 느끼고 있다. 연탄가스의 매캐한 냄새와 함께 점점 더 삶과 멀어져 간다는 것을.

사람을 파괴시키는 것 중 가장 무서운 것은 무색, 무취, 무미처럼 인간이 느끼지 못하도록 하면서 서서히 다가오는 것이었다. 성철의 인생도 그랬다. 성철을 파괴시킨 것도 아무런 색깔과 냄새와 맛을 내지 않고 서서히 그에게 다가갔고 성철은 서서히 물들어 갔다. 파멸은 무서우리만큼 조용하고 은밀하게 찾아왔다.

아이러니하게도 죽으려고 찾아왔던 곳에서 성철은 삶의 아름다움을 느꼈다. 민들레, 코스모스, 이름 없는 들풀조차 아름답게 느껴졌다.

그 녀석이 했던 말은 거짓이 아니었다. 어릴 적 물에 빠져 죽기 직전까지 갔던 성철의 친구 놈이 죽기 직전에는 지나온 인생이 파노라마처럼 지나간다고, 신기하다고 했던 말이 생각났다.

그 녀석의 말대로 의식이 희미해져 가는 지금 자꾸 어린 시절의 기억이 봄날 새싹이 땅을 비집고 꿈틀대며 나오듯 뉴런을 비집고 기억 속에서 나오고 있었다. 다만 차이가 있다면 새싹의 비집음은 생명이고 성철의 비집음은 죽음이라는 것이었다. 기억이 머릿속에 차오를수록 슬픔도 가슴속에 같이 차올랐다.

성철은 그래도 주말에 죽을 수 있어서 다행이라고 생각했다. 보험설계사는 성철이 죽지 않을 거라는 확신에 찬 얼굴로 주말에 죽게 되면 설계보험금의 두 배를 받을 수 있는 특약사항이 있다고 설명했다. 성철은 살면서 알게 되었다. 동시대의 삶속에도 여러 시대가 공존할 수 있다는 사실을.

가진 자와 못 가진 자는 동시대에 존재해도 각자 다른 시대를 겪으며 살아간다. 성철은 1980년대라는 시공간에서 유년시절을 보냈지만 삶의 형편이나 수준뿐만이 아니라 삶에 대한 권리나 의식 또한 70년대 수준을 벗어나지 못했다. 집에는 냉장고가 없었고, 석유 풍로에 밥을 해 먹었으며, 여전

하류 인생

히 연탄으로 가난한 겨울을 보내야 했다. 한없이 작은 방에서조차도 아랫목과 윗목의 온도 차이를 느끼며 살아야 했고, 주인집 개한테 물려도 개조차 걷어차지 못하는 시절을 살아내야 했다.

성철의 부모님 또한 가지지 못한 까닭으로 더 큰 세상을 알지 못했기에 앞으로 더 나아가지 못했고 늘 그 자리에서 힘겨운 삶을 매일 매일 시계추처럼 무의식적으로 살아내고 있었고 오뚜기처럼 굳굳이 살아가고 있었다.

성철은 '고생 끝에 낙이 온다'는 말과 '천리 길도 한걸음부터'라는 말을 믿지 않았다. 고생 끝에 낙이 오기에 인생은 너무 짧고 누구에게나 적용되는 옛말이 아니라는 것은 부모님을 보며 깨달았다. 고생 끝에 병만 얻어 죽게 되는 것이 현실이었다. 천리 길도 한걸음부터라는 속담은 지배층이 피지배층에게 인내와 끈기를 강요하기 위해 만든 헛소리에 불과했다.

지배층은 절대 한 걸음씩 걷지 않는다. 자전거, 자동차, 심지어 비행기를 타고 간다. 아니 직접 걷지 않고 누군가의 등에 올라타서 그것을 당연하게 여긴 채 살아갈 뿐이다. 100년이 채 안 되는 인간의 삶에서 천리 길을 한걸음부터 걷다가는 인생 막바지에나 아니 막바지에도 인생에서 빛을 보기는 힘들 것이라는 걸 성철은 잘 알고 있었다. 성철의 인생은 긴 동굴에서의 모험과도 같았다. 어둡고 좁은 긴 동굴을 통과해서 바깥세상으로 나가 빛을 보기 전까지 성철의 인생은 늘 어두울 수밖에 없었다.

물론 잠시나마 인생의 과정 그 자체가 의미일지도 모른다고 생각했었다. 삶의 과정에서 의미와 행복을 찾아야 한다고. 인생은 목적지를 향해 가는 것이 아니라고. 하지만 힘겨운 현실에 부딪힐 때마다 인생의 과정, 현실을 벗어나야 한다는 생각은 점점 더 커져만 갔다. 이론과 실제가 다르듯 이상과 현실은 냉혹하게 달랐다.

성철은 학교에서나 회사에서나 열심히 일하다 보면 승진도 하고, 좋은 기회도 잡게 될 거라는 말을 수없이 들어왔다. 옛 속담에도 '도랑 치고 가재 잡고, 마당 쓸고 돈 줍고'라는 말이 있다. 일명 일석이조, 일타쌍피. 하지만 현실에서는 이런 일이 흔하지 않았다. 이것 또한 지배층의 속임수일 뿐이었다. 그렇게 좋으면 지들이 마당 쓸고 도랑 치면 될 것이 아닌가라고 성철은 생각했다. 그렇게 사는 삶이 성철에게는 견딜 수 없는 피로감으로 다가왔다. 이것저것 하지 말고 회사와 집을 오가는 건전한 삶, 인간의 자유의지를 박탈하는 제도와 자본에 순응하지 못했다. 순응한다고 나아질 삶이 아니었다.

점점 더 흐릿해져 가는 의식 속에서 성철은 생각했다. 그럼 나는 왜 이렇게 죽어야 하는가. 명확했다. 몸이 마음을 따라가지 못했고, 행동이 말을 따라가지 못했고, 말이 생각을 따라가지 못해서였다. 언행의 불일치로 인해 나는 죽는 것이라고 성철은 생각했다. 물론 후회하지는 않았다. 넘지 말아야 할 사선을 넘었기 때문에 죽는 것이었다. 성철은 두려움이 많았다. 그래서 삶의 이정표를 벗어나는 삶을 경계하며 살아왔다. 하지만 그 선을 벗어나기 시작하자 관성의 법칙에 따라 다시 돌아오기 위해서는 반대로 밀려오는 더 큰 힘의 무게를 감당해야 했고 성철은 그 힘의 무게를 감당할 자신이 없었다. 파도는 부서져서 거품이라도 만들어 냈지만, 성철은 부서져도 만들어 낼 수 있는 게 없었다.

성철은 점점 더 무의식의 향연 속으로 빠져들고 있었다. 이 향연이 끝나면 성철은 전혀 다른 시공간의 세상으로 넘어가게 될 것이라고 생각했다. 의식과 무의식의 경계 속에서 성철은 왜 신은 인간을 불공평하게 만들었고, 불공정한 세상에 왜 불벼락을 내리지 않는 것인지 생각했다.

성철은 비로소 두려움을 느끼기 시작했지만, 이미 몸을 마음대로 움직일 수 없다는 것을 알고 있었다. 성철은 더 이상 몸부림치지 않았다. 몸부림을 치면 칠수록 빠른 속도로 의식이 희미해져서 주마등처럼 지나가는 어린 시절을 제대로 회상할 수 없었다. 성철은 인생의 마지막을 즐기고 싶었다. 성철은 신이 나에게서 모든 걸 빼앗아 갈 수 있지만 죽기 전 행복했던 기억까지 가져가게 할 수는 없다고 생각했다.

인생의 파멸은 무서우리만치 조용하고 빠르게 또는 아무렇지 않게 고요한 일상처럼 다가왔다. 모든 게 내 탓일 것이라고 그는 생각했다. 대를 이어 온 가난의 굴레를 끊어내기 위한 몸부림이었지만 그것은 숙명을 넘어 운명을 거스르는 일이었다. 하지만 더 살아내지 않아도 그 앞날을 가늠할 수 있고 부활에 대한 희망이 없는 냉혹한 현실 속에서 성철은 십자가를 지고 골고다 언덕을 마냥 걸어갈 수는 없었다.

성철은 자신은 뼛속까지 천민의 피가 흘러 어쩔 수 없었을 것이라고 생각했다. 성철은 인생의 회한과 지난 시절의 추억 속을 오가면서 정신이 흐릿해져가고 있었다. 성철은 자신이 지켜야 된다고 평생 조심해서 살아야 한다고 다짐한 것들 중 그 어느 것도 지키지 못했다. 성철의 죽음은 그런 측면에서 보면 어쩌면 당연한 것인지도 몰랐다. 성철은 어느덧 자전거를 타고 언제 어디에서 와서 피었는지 모를 코스모스로 가득한 뚝방길을 달리고 있었다.

하류 인생

제2화
기억 너머

목마른 빵

아무리 열심히 살아도 가난의 굴레를 끊어내지 못하고 더욱더 지독한 가난으로 치닫고 있을 무렵 성철은 이미 세상 사회뿐만 아니라 상아탑이 되어야 할 학교에서조차 부모님의 재력과 개개인의 성적으로 인하여 학생들의 계급화를 깨달았고 더 큰 사회로 나아가야 한다는 욕망은 굵어진 머리만큼이나 성철의 마음속에서 커져가고 있었다. 가난은 절대적이고 상대적이며 또한 시대적이고 차별적이었다. 성철이 그것을 어느 정도 몸으로 받아내고 있을 때쯤 중학교 졸업식이 찾아왔다. 성철은 내성적인 성격에 낯가림이 심한 아이였고 덩치나 키도 그 또래 아이들의 평균수준을 벗어나지 못해 눈에 띄는 학생은 아니었다. 눈이 커서 겁이 많았고, 덤벙대고 실수가 잦은 아이였다. 어찌 보면 살아온 동안 이끼나 이름 없는 들풀처럼 살았다고도 할 수 있는데 특이한 것은 마음속 밑바닥에는 자신도 통제하거나 주체할 수 없는 돈키호테 같은 무모한 용기와 뜨거운 피가 흐르고 있었다. 누가 봐도 승산이 없는 게임이거나 혹은 누가 봐도 이길 수 없는 맞짱이었지만 성철은 누군가 자신의 자존심 밑바닥을 건드리거나 도를 넘는 불의에 대해서는 무모한 도전을 하곤 했다. 무모한 도전에 대한 승패가 중요한 것이 아니라, 도전조차 해보지 못하는 자신을 성철은 참을 수가 없었다. 초등학교 때는 자신보다 덩치가 서너 배나 크고 친구들을 자주 못살게 굴던 녀석이 있었는데 여름 방학식 때 학교 앞에서 그 친구에게 펀치 서너 번을 날리고 냅다 뛴 적이 있었다. 녀석은 얼떨결에 당한 펀치에 정신을 못 차렸고, 덩치 크고 뚱뚱한 그 녀석은 성철을 쫓아오다 말고 숨을 헐떡거리며 되돌아갔다.

성철의 등 뒤에서 그 녀석이 씩씩거리며 내뱉는 욕이 들려왔다.

"야, 너 개학하면 죽을 줄 알아."

성철은 뒤를 돌아보며 회한의 미소와 함께 한마디를 날리고는 유유히 집으로 향했다.

"그날이 오겠냐." 한 달이 좀 넘는 방학은 영원히 끝나지 않을 거 같았다. 성철은 하루하루를 열심히 살지만, 내일을 살지는 못했다. 그것은 성철이 아마 뿌리 없는 집안에서 자라온 환경 탓이었을 것이다.

성철은 왜 그렇게까지 했는지 정확히 기억하지는 못했다.

아마도 방학식날 학교 앞 문구점에서 친구들을 괴롭히고 있는 그 녀석의 모습에 순간 울컥했을 것이고 평소와 달리 방학이라는 기간의 울타리가 성철에게 용기를 줬을 것이다.

중학교 졸업식에는 성철의 어머니인 영자가 혼자 참석했다. 영자는 몇 벌 없는 옷 중에서 그나마 깨끗한 옷으로 골라 나름대로 차려입고 갔지만 남루하기만 한 그 옷으로는 가난의 흔적을 지울 수 없었을 뿐만 아니라, 옷으로 숨기기에는 얼굴과 손에 아로새겨진 가난의 흔적이 너무나도 깊었다. 젊은 시절, 영자는 고왔다. 하지만 지금 성철이 보기에 어머니의 얼굴엔 삶의 피로만이 가득할 뿐이었다. 성철이 초등학교 시절 영자는 학교 앞에서 붕어빵 장사를 했다. 붕어빵을 팔기 전에는 포장마차도 했었다. 하지만 붕어빵과 포장마차로는 네 식구 입에 풀칠하기도 힘들었다. 그래서 성철이 초등학교 3학년 때쯤부터 영자는 공사장에 나가기 시작했다. 영자가 하는 일은 벽돌과 벽돌 사이를 검은 모르타르로 메우는 일이었다. 하루 종일 쪼그리고 앉아 벽돌 사이에 모르타르를 채워 넣는 일이었고 그 일은 고되고 힘들었다. 매일 새벽 4시에 일어나 별조차 고요한 시간에 건축공사 현장이 있는 전국을 누벼야 하는 일이었다.

심지어 5층, 6층 등 고층건물에서 나무발판 하나에 의지해 작업을 해야 하는 경우도 있었다. 종일 검은색 모르타르를 채우고 나서 일을 마칠 때쯤 온 얼굴에 검정이 묻는 일이 다반사였다. 집으로 돌아오는 영자의 얼굴에는 채 지우지 못한 노동의 흔적이 묻어있어 어린 성철에게 어머니는 안타깝지만, 친구들에게 숨기고 싶은 존재였다.

성철의 기억 속에 영자는 졸업식 날 꽃다발을 손에 들고 있었다. 안개꽃과 장미였는지 튤립이었는지, 그 꽃의 종류는 정확히 기억나지 않지만, 영자의 모습과 꽃다발은 어울리지 않았고 오히려 영자의 모습을 더욱더 초라하게 만드는 것 같았다.

졸업식 날 꽃 한송이 들고 있지 못할 아들의 손이 초라해 보일까 봐 그랬는지, 아니면 빈손으로 교문 앞을 지나는 초라한 자신에 대한 보상이었는지 정확히 알 수는 없었지만, 꽃은 잠시나마 성철의 손이 부끄러움을 벗어나게는 해주었다.

하지만 가난은 풍선과도 같아서 어느 한곳을 누르면 다른 한곳이 부풀어 오르게 되어 있었고 성철의 손이 누린 호사는 곧 다른 희생을 요구했다. 영자는 졸업식 날이라며 자장면이라도 한 그릇 먹고 가자면서 중국집 앞으로 성철의 손을 잡아끌었다.

영자의 손에 이끌려 간 중국집 앞에서 성철은 비룡이라고 씌어 있는 커다란 간판에 압도당했다. 그리고 그 큰 원형테이블 위에 썰렁하게 자장면 한 그릇밖에 놓을 수 없는 부모님의 무력감에 눈물이 났다.

커다란 원형테이블 위에 덧씌워진 붉은색 식탁보가 흰색의 자장면 그릇을 더욱더 도드라지게 만들었던 만큼 성철의 가난도 실오라기 하나 걸치지 못한 채 중국집 주인과 세상 앞에 내던져진 느낌이 들어 성철은 자장면을 몇 젓가락 먹다 말고 중국집을 나와 버렸다.

성철은 아마 어머니가 그의 자장면을 나누어 먹었더라면 다 먹고 나왔으리라고 생각했다. 무슨 이유에서인지 영자는 배가 고프지도 않으며 밀가루 음식이 요즘 들어 도통 소화가 되지 않는다는 이유로 끝까지 자장면을 먹지 않았다. 성철은 어머니가 밀가루 음식을 좋아한다는 사실을 잘 알고 있었고 소화가 되지 않는 것은 너무나도 가벼운 주머니 사정 때문이라는 것도 알고 있었기에 차마 목구멍으로 자장면을 넘길 수가 없었다. 아마도 어머니가 자장면을 드시지 않은 이유는 자장면을 먹게 되면 자장면 한 그릇을 시킨 이유가 돈이 없어서라는 게 명확해지기 때문일 것이다.

성철은 비룡의 간판을 뒤로하고 나오며 영자에게 화를 냈다.

"우리 집 형편에 무슨 꽃다발이냐고요!"

그도 그럴 것이 꽃다발 말고 자장면을 두 그릇 시켰다면 중국집 종업원의 눈치를 보지 않고 어머니와 함께 자장면 한 그릇을 훌륭하게 비울 수 있었을 텐데 하는 아쉬움과 함께 초등학교 졸업식 때보다 더 나빠진 집안 형편에 짜증인지 분노인지 모를 감정이 결국 입 밖으로 튕겨져 나왔기 때문이었다. 짜증이라면 복잡한 머릿속에서 나왔을 것이고 분노라면 가슴에서 나왔을 것처럼 서로 다른 감정이지만 성철은 그 둘을 분간할 수 없었고 짜증이 분노를 일으켰을 거라고 생각했다.

그래도 초등학교 졸업식 날에는 돼지갈비를 먹었고 성철의 부모님은 3년 동안 더욱더 열심히 일했는데 돼지갈비가 왜 자장면 한 그릇으로 변했는지 성철은 그 이유를 알지 못했다.

영자는 화를 내는 아들을 이해할 수 있었지만 섭섭한 마음이 드는 건 어쩔 수 없었다. 한참 예민한 사춘기에도 별 탈 없이 자라준 아들이 고맙기도 했고 뭐 하나 제대로 해준 것이 없어 늘 가슴 아픈 아들이었다. 그럴수록 남편에 대한 원망도 커져갔고 일찍 돌아가신 아버지가 더욱더 그리워졌다. 자신을 장녀라고 유독 예뻐하던, 사랑 많고 정 많던 아버지가 한없이 그리워졌다.

차라리 라면을 사가지고 가서 집에서 아들하고 오붓하게 끓여 먹었으면 좋았을 것을 생각하니 더욱더 후회가 되었다. 그래도 아들의 손에 꽃다발을 안겨준 것은 후회되지 않았다.

매운 떡볶이

초등학교에 이어 여전히 공부에 대한 필요성과 흥미를 알지 못한 채 중학교 1년이 속절없이 흘러가고 있었다. 늘 하위권에 머물던 성적 때문에 성철에게 학교는 매 맞는 놀이터에 불과했고 그 사실을 별로 개의치 않았다. 세상에는 공부가 필요한 사람이 있고 자신처럼 공부가 필요치 않은 사람도 있다고 생각했다.

"전부 다 일등을 하면 농사는 누가 짓고, 벽돌은 누가 나르나. 공부 못하는 것들도 사회에서는 다 할 일이 있는 거야."
담임선생의 말은 더 가관이었다. 하굣길에는 늘 오락과 공놀이로 시간을 보냈다. 아니 시간을 보냈다고 하기보다는 마땅히 할 것이 없어서 시간을 때운 것이었다.

중학교 1학년 때 성철은 거의 60대 가까운 매질을 당한 적이 있었다. 매를 맞는 것이 아니고 정말로 매질을 당하는 것이라고 성철은 생각했다. 결코 중학교 1년생이 감당할 수 있는 매의 양은 아니었다. 매 교시 쪽지시험이 계속되었고 매질도 계속되었다. 늘 결과에 대한 대가를 치른다는 면에서 학교는 사회의 모범이 되기에 충분했다. 7교시까지는 맞을 만했다. 마지막 8교시 영어수업을 별 탈 없이 마치고 놀러갈 생각에 들떠 있던 성철에게 영어선생의 말 한마디는 청천벽력 같은 소리였다.

"지금부터 지난주에 배운 영어단어 쪽지시험을 보겠다. 1개 틀린 데 1대야."
물론 그 시험은 전주에 이미 고지된 시험이었으나 성철은 까맣게 잊고 있었다. 모든 매는 성철에게는 맞을 만한 거였다. 그래서 매에 대한 두려움이 공부를 하기 싫은 마음을 움직이게 하지는 못했다.

50개의 영어단어 시험이 치러졌다. 선생이 영어나 한글을 말하면 학생들은 단어 뜻이나 철자를 열심히 적었다. 영어선생님의 입속에서 나오는 영어단어는 성철에게 공허했고 그냥 소리의 울림뿐이었지 그 이상도 그 이하도 아니었다. 성철은 50개 중 40개를 틀렸다. 단어 한 개에 한 대다 보니 앞줄부터 시작한 매질이 중간 열쯤 왔을 때 수업종료를 알리는 종이 스피커를 타고 흘러나왔고 그 소리는 일제로부터 해방되던 날 시민들이 거리로 뛰쳐나와 외치던 대한민국 만

세소리보다 더 황홀했다.

성철은 더 이상의 매질은 없으리라 기대했다. 더욱이 영어
수업은 그날의 마지막 수업으로 담임이 종례를 해야 할 터이
니 영어선생은 더 이상 매질을 하지 못할 것이라고 생각했다.
하지만 그 희망은 무참히 무너졌다. 대한민국이 해방되고 몇
해 지나지 않아 해방이 헛된 희망이라는 것을 알았듯 성철은
자신의 희망이 몇 분 지나지 않아 헛된 희망이라는 것을 알게
되었다. 영어선생이 종례를 하러 온 담임을 가차 없이 돌려보
냈던 것이다.

그 뒤로 매질은 한 시간가량 계속되었다. 무너진 희망 뒤
에 찾아온 매질이라 고통이 더했다. 성철은 경찰봉으로 40
대를 약 10분에 걸쳐 맞았다. 경찰관을 아버지로 둔 아이한
테 선생이 부탁해서 받아온 교훈봉이었다. 회초리가 날아오
는 순간에 맞춰 허벅지를 안쪽으로 잘 빼주어야 고통이 덜
했다. 일종의 상대속도의 원리였다. 물론 성철이 상대성의
원리를 알 리 없었지만 몸으로 체득한 노하우였다. 하지만
영어선생은 경륜에 맞게 맞기 전의 미묘한 움직임을 간파해
냈고, 그런 매질은 카운팅을 하지 않았다. 성철은 뼛속까지
뚫고 들어오는 매의 고통을 견뎌냈고 방과 후 학교 뒤 자전
거 보관소에 불알친구와 함께 앉았다.
성철은 의문스러웠다.

"지현아, 공부 좀 안했다고 선생님이 우리를 이렇게까지 패는 게 맞냐? 선생님들 월급은 우리 부모님이 내는 세금으로 주는 거 맞지?"

"아마도 그렇겠지." 지현이 한참 생각 끝에 대답했다.

"그럼 선생님들은 급여에 대한 노동의 대가로 우릴 가르치는 거잖아."

"그건 맞지만, 정말 사명감과 소명의식 때문에 가르치는 선생님도 있지 않을까? 단순히 일이라고 생각하면 슬픈데."

"야, 그래서 너는 그런 선생님 만나 본 적 있냐?" 성철은 지현의 애늙은이 같은 소리에 순간 열이 받아 목소리를 높였다. 지현이 저 녀석은 불알친구라 잘 아는 거 같다가도 모를 때가 많았다. 가끔 원리원칙을 얘기하고 다른 놈들이랑 내가 시비가 붙어도 시시비비를 가리는 놈이었다. 어찌 보면 합리적인 것 같지만 정 떨어질 때가 더 많았다.

"물론 없지. 그랬으면 공부 좀 했을 텐데." 지현은 말해놓고도 멋쩍은지 웃음을 지어 보였다.

"그럼 내가 고용주고 사장인데 이렇게 막 대하는 게 맞냐?" 성철이 또 목소리를 높였다.

"너나 나나 우리 부모님이 세금을 조금 내서 그런가 보지. 세금 많이 내서 좋은 학교 다니면 좀 덜 맞지 않겠냐?" 지현이 이런 얘기 해봐야 뭐하겠냐는 듯이 말을 끊었다. 지현의 그 말에 성철은 더 대꾸할 말이 생각나지 않았다.

"에이, 씨발 그런 거 같다. 가자."

지현의 말이 맞는 것인가. 공부 좀 안 했다고 이렇게 가혹하게 매질을 가해 인격을 무너트리고 자존감을 사라지게 하는 것이 올바른 것인가. 교육은 사람을 더욱더 사람답게 만들기 위해 하는 것이 아니란 말인가. 목적과 수단이 변질돼버린 세상을 성철은 이해하지 못했고 이해하고 싶지 않았다.

한참을 말이 없던 성철이 그래도 화가 가라앉지 않았는지 다시 말을 꺼냈다.

"야, 우리가 무슨 독립투사도 아니고 이렇게 매일 매질을 견디면서 학교를 다녀야 하냐? 이게 무슨 학교냐? 선생이 조폭도 아니고 뭐 이러냐."

지현이는 어제 과학시간에 숙제를 안 해 왔다는 이유로 교탁에서부터 교실 뒤쪽까지 과학선생으로부터 날라차기와 연속 싸대기를 맞은 터였다. 지현이가 맞는 시간은 채 1분밖에 되지 않았지만 아마 지현이에게는 영겁의 시간이었을 거라고 성철은 생각했다. 성철은 지현이가 안타까웠지만 그게 자신이 아니었음에 안도했다. 사실 성철도 숙제를 하지 않았지만 선생의 호명에 일어나지 않았다. 자진해서 맞으나 걸려서 맞으나 별반 차이가 없었기에 한번 버텨 본 것이었다. 걸려봐야 좀 더 맞고 덜 맞는 차이만 있을 뿐이었다. 다행히 지현이 일어났고 일어난 사람은 지현이가 유일했다. 성철은 지현이에게 그 사실을 말하지 못했다. 숙제를 안 해 온 사람이 한 명이 아니고 두 명이었으면 과학 선생의 분노가 좀 덜했을지도 모른다고 생각했고 둘이 나눠 맞았으면 좀 덜 아팠을까 하는 생각만이 잠시 성철의 머릿속을 스쳐갔다.

아무도 그 불합리하고 모순적인(학교에서는 절대로 폭력을 행사하라고 가르치지 않지만 사랑이라는 이름으로 선생들이 학생들에게 폭력을 가하고 있었다) 상황에 토를 달거나 항변하지 못했다.

지현이 말했다.

"우리도 공부 좀 해볼까?"

"글쎄 공부하면 뭐 좀 달라질까. 세상이 좀 바뀌려나." 성철이 시큰둥하게 하늘을 올려다보며 말했다. 오늘은 매 맞기에는 너무 하늘이 맑다고 생각했다.

"글쎄, 좀 억울하지 않냐? 이렇게 매일 맞고 사는 것도 지겹고. 성철아, 넌 맞을 만하냐? 난 이제 못 맞겠다. 이제 좀 무섭기도 하고."

"자식, 많이 약해졌네. 요즘 운동 안 하냐? 몸이 약해지면 마음도 약해지기 마련이야. 니 말도 맞는데 솔직히 엄두가 안 난다. 뭘 어떻게 어디서부터 해야 할지. 선생들이 우리한테 관심이 있기나 하고." 성철이 성마른 목소리로 말했다.

"그건 니 말이 맞아." 지현도 그새 주눅이 들었는지 바닥에 침을 뱉고 발로 짓이기며 말했다. 지현은 침에 짓이겨져 신발에 묻은 흙을 돌에 털어내고 있었다. 둘의 인생은 신발에 묻은 흙처럼 털어내야 할 게 많을 거 같았다.

"야, 이건 초등학교 1학년부터 놀았으니 뭘 어디서부터 어떻게 공부해야 할지 엄두가 안 난다. 너 내 중학교 입학성적 알지? 전교 380명 중에 359등이란다. 씨팔, 그것도 커닝한 건데." 성철은 자신이 한심하다는 듯이 말했다.

"그러니까 잘 보고 베껴야지." 지현이가 배시시 웃으면서 말했다. 둘은 어이가 없었는지 아니면 희망이 없다는 사실을 외면하기 위함인지 한참을 깔깔대고 웃었다. 웃음이 순간의 즐거움을 줄 수는 있었지만 상황을 낫게 해주지는 못했다.

한 시간가량이 지났을까. 걸을 만하다고 느낀 성철이 말을 꺼냈다.

"야 너 돈 좀 있냐?"

몇 개 안 되는 주머니를 이 잡듯 한참을 뒤지던 지현이 말했다.

"잠깐만 천 원 있다."

"그래, 나도 5백 원 있는데 떡볶이나 먹으러 가자. 좆나게 맞고 나니까 매운 게 땡긴다."

"그래, 이럴 때 떡볶이에 오뎅국물이 최고지." 일제 강점기 때 아무것도 모르고 매 맞고 나온 수많은 민초가 그랬듯 그

둘도 앞날의 희망을 찾지 못한 채 현실의 작은 기쁨을 찾는 데 만족해야 했다.

"성철아, 그리고 오락실 가서 스트리트파이터 한판 어때?"

"좀 늘었냐?" 성철이 비아냥거리며 말했다.

"오늘은 너의 구찌도 힘을 못 쓸걸." 성철의 비아냥거림을 지현이 받아치며 말했다.

성철은 가소롭다는 듯이 지현의 말을 웃음으로 받아넘겼다.

분식집으로 향하는 성철은 매질과 떡볶이의 연관관계를 생각했다. 유독 많이 맞은 날과 비가 오는 날은 떡볶이가 생각났다. 떡볶이는 하굣길 허기진 배와 아무도 기다리지 않는 쓸쓸한 집을 향해 가는 성철의 외로움과 허전함을 달래주는 유일한 위안이었다. 물론 그 위안도 주머니 형편상 매일 느낄 수는 없었지만 말이다.

창피함을 알다

아무도 성철의 학교생활과 성적에 관심을 갖지 않는 사이 성철은 중학교에 입학한 지 1년이 지나 어느덧 2학년이 되었다. 2학년 담임은 30대 초반의 예쁘장하고 다정다감한 여선생이었다.

성적은 공부를 전혀 하지 않았지만 3백등 후반에서 3백등 초반에 와 있었다. 중학교 2학년은 1학년 때와 비교해서는 천국이었다. 성철은 여느 때와 같이 불알친구인 지현과 하굣길에 있었다.

지현이 갑자기 사회시간에 배운 것인지 도덕시간에 배운 것인지 잘 기억이 나지 않는 내용을 성철에게 물었다. 죽음을 코앞에 둔 이 시점에도 성철은 그 단어가 생각났다. 권리장전과 권리청원에 관한 것이었다. 순간 성철은 이 새끼가 미쳤나 하고 생각했다.

"너 수업시간에 들은 거 물어보는 거야?"

"응. 아까 수업시간에 들은 거 쉬는 시간에 공부했는데 재밌네."

성철은 망치로 머리를 얻어맞은 기분을 느꼈다. 지금껏 자신과 같은 부류라고 생각하고 의지해온 친구가 이제 새로운 길을 가려 하고 있었다. 왜일까? 누가 저 녀석을 변하게 했을까. 성철은 충격에 빠진 채 멍하니 집으로 향했다.

지현이는 며칠째 쉬는 시간과 점심시간에 수업시간에 배운 내용을 복습하고 있었다.

"야, 나가서 공이나 차자." 성철이 지현이 앞에 서서 축구공을 손가락으로 돌리며 말했다.

"아니 난 덥기도 하고, 그냥 교실에 있을래." 지현이는 좀 뻘쭘한 듯 배시시 웃었다.

그래 며칠이나 가나 보자. 성철은 지현이가 분명 며칠 가지 못하고 포기할 거라 생각하고 운동장으로 향했다.

두 달 뒤 1학기 중간고사 성적 발표 날, 성철은 다시 한 번 자신의 눈을 의심했다. 성철의 등수 전후로 지현이 있어야 하는데 보이지 않았다. 성철은 38등, 지현은 25등. 지현과 성철 사이에 13명이나 있었다. 성적표의 거리만큼이나 성철은 지현이가 멀게 느껴졌다. 그리고 며칠 뒤 담임이 성철을 불렀다.

담임은 따듯한 목소리로 성철에게 물었다.

"성철아 너는 착하고 머리도 좋은 거 같은데 왜 공부를 안 할까?"

"아, 네. 해야죠."

뜻밖의 질문에 당황한 성철은 대충 얼버무렸다.

"지현이는 이번에 성적이 많이 올랐던데. 성철아 너도 열심히 해봐. 둘이 친하잖아."

"네." 성철은 짤막한 한마디로 답했다. 갑자기 지현이 배신자처럼 느껴졌고 나도 할 수 있을까 하는 의심이 들었지만, 가슴속에서는 한줄기 희망이 샘솟고 있음을 느꼈다.

그 뒤로도 담임은 성철에게 따듯한 관심과 격려를 보냈다.

"성철아, 우체국 가서 이 책 좀 부쳐줄래?"

"네. 선생님."

담임은 남학생과 남선생으로만 가득한 학교에서 한 줄기 빛과 숨쉴 수 있는 산소와 같은 존재였다. 담임의 관심으로 인해 성철은 조금씩 공부에 흥미를 붙이기 시작했고 처음으로 공부를 못한다는 것에 대해, 인생에서 시간을 낭비하고 있다는 사실에 대해 창피함을 느꼈다. 처음으로 자신이 창피하다고 느꼈고 누군가에게 인정받고 싶은 마음이 생겼다는 사실에 성철 자신도 놀랐다. 인정받고 싶은 마음, 사랑받고 싶은 마음이 생겼다는 것만으로도 성철의 마음에 동요가 일었다. 성철은 공부를 잘해서 담임에게 인정받고 싶었다. 공부를 해야겠다고 생각했다.

하지만 8년간의 공백을 혼자 힘으로 극복한다는 것은 쉽지 않았다. 8년간의 긴 공백은 정복할 수 없는 거대한 산처럼 느껴졌다. 남들 다 다니는 흔한 학원 한번 다니지 못한 채 수업시간만으로는 8년의 갭을 극복한다는 것은 불가능해 보였다. 운동화 끈을 바짝 조이고 뛰어도 시원찮을 판에 슬리퍼를 신고 가는 느낌이었다. 당연히 성적은 쉽게 오르지 못했다. 암기과목은 이해여부와 상관없이 무작정 외우고 몇 번을 반복해서 공부하다 보니 그런대로 점수가 올랐지만, 중요과목인 국영수는 여전히 열세를 극복하지 못했다. 2차 방정식을 풀고도 초등학교 때 배우는 원의 넓이 구하는 공식을 몰라 답을 내지 못했다. 노력의 성과가 형상화되고 실체화되기까지는 많은 시간이 걸렸다.

하지만, 성철은 담임선생님의 따듯한 관심과 참을 인자를 마음속에 새기며 살아온 인내심으로 남들보다 의자에 더 오래 앉아 있기 시작했다. 중학교 2년 누구나 사춘기를 겪는 시절이었기에 예쁘장한 여선생님에게 성철도 마음을 빼앗겼고 의지하기 시작했다. 공부는 머리로 하는 게 아니고 엉덩이로 하는 거라는 누군가의 말대로 성철은 중학교 2년 때부터 4당 5락의 정신으로 공부했다. 성적은 일차 함수처럼 정직하지 못했다. 공부시간과 성적은 시간의 흐름에 따라 비례해서 올라가지 못했다. 그래서 공부가 힘든 것일지도 모른다. 노력에 대한 성과가 눈에 보이지 않는 공부는 사람을 피폐하게 만들었고 지치게 만들었다.

그런 면에서 육체적 노동은 오히려 쉬웠다. 한 삽 한 삽, 한 상자 한 상자, 일의 진도는 움직임에 비례해서 시각화되었다.

그럴 때마다 성철은 자신을 믿어주는 담임을 떠올렸고 시험이 있기 한 달 전부터는 밤새 공부했다. 하루 이틀, 한 달 두 달 공부를 하다 보니 어느덧 공부는 행동이 되었고 행동은 습관이 되어 있었다. 2학년이 끝날 무렵 성철의 성적은 38등에서 20등까지 올라가 있었다. 국영수 점수를 끌어올리기 위해 국어책을 읽고 또 읽었고 영어단어는 남들이 외우는 양의 2배씩을 외웠다. 공부를 하기 시작하자, 상위권에 있던 친구가 성철에게 공부에 대한 노하우를 알려주었다. 뭔가를 하려고 하자 주변에서 변화가 일어났다. 자신이 변하자 주변이 덩달아 바뀌어서 돌아가고 있었다. 공부를 하자 성적이 올라가는 즐거움과 뭔가를 알아간다는 즐거움을 느꼈고 성철은 자신의 인생도 바뀔 수 있다고 믿게 되었다. 공업고등학교를 가서 기술을 배우려고 했던 성철은 대학을 가고 자신이 잘 알지 못하는 더 높은 세상을 꿈꾸고 장밋빛 미래를 처음으로 생각해 보았다.

성철은 언제부터 자기가 공부를 안 하기 시작했는지 곰곰이 생각해 보았다. 아마 초등학교 1학년 때부터였을 것이다. 성철은 받아쓰기에서 곧잘 백 점을 맞아 연필과 공책을 선물로 받아오곤 했다. 하지만 먹고 살기 힘들었던 성철의 부모는 별 관심이 없었다. 성철도 그때부터 공부에 흥미를 잃었다.

성철의 부모가 관심을 가질 때는 오로지 성적표가 나오는 때뿐이었는데 그럴 때면 책도 다 갖다 버리고 공부도 때려치우라는 극단적인 언사가 성철에게 던져졌고 어머니의 화가 진정되어서야 막을 내리곤 했다. 성철은 어머니의 화가 아들의 초라한 성적 때문이기보다는 세상에 대한 분풀이라고 생각했다. 아들의 초라한 성적 때문이었다면 화가 화로 끝나지 않고 뭔가 대책으로 승화되었어야 했지만, 대책 따위는 없었다.

물론 초등학교 1학년 때의 공부라고 해봐야 별것 없었지만, 여하튼 성철은 초등학교 2학년 때부터는 수업시간에도 공부보다는 친구들과 장난치기에 열중했다. 부모가 자식을 위해 산다고는 하지만 하루하루가 고단하고 먹고 살기 힘든데 자식의 공부까지 어떻게 신경 쓰겠냐고 생각하면서도 그게 최선이었을까 하는 생각을 성철은 떨칠 수가 없었다.

영자는 성철의 성적표를 받아들 때마다 가슴 밑바닥으로부터 끌어 오르는 화를 참을 수가 없었다. 자식만큼은 본인처럼 고단한 삶을 살기를 바라지 않았다. 영자는 아버지가 일찍 돌아가시는 바람에 정식 초등학교를 졸업하지 못했고 6·25때 임시로 동네에 세워진 덕신학교를 다녔다. 그래서 배움에 대한 한이 컸지만, 자식들의 공부를 어떻게 시켜야 하는지 잘 알 수 없었다. 그렇다고 남들처럼 학원에 보낼 형편이 되질 못했다. 막연하게나마 그냥 자식들이 알아서 공부를 잘해 주길 바랐는데 자식들은 기대에 미치지 못했다.

IQ 99인 수학선생과 매의 완성

성철의 중학교 3학년 담임은 일명 '깨스'라고 불리는 독특하다 못해 괴이한 수학선생이었다. 어찌 보면 소시오패스가 아닐까 하는 생각이 들 정도였다. 은사에게 이런 표현이 좀 과하다고 생각될지 모르겠지만 이건 정확한 표현이라고 성철은 생각했다.

'깨스'라는 별명은 그가 "깨스"라고 외치면 모두 다 책상 위에 머리를 박고 고정자세를 취해야 했기 때문에 붙여진 별명이었다. "깨스"라는 구호와 동시에 학생들은 의자에 앉아 차렷 자세를 취한 채 이마를 책상 위에 고정시키고 부동자세를 취했고 실내가 엄숙할 정도로 조용해졌음에도 깨스는 눈알 굴리는 소리가 들린다며 못마땅해 했다.

'씨발, 눈이 무슨 톱니바퀴도 아니고 어떻게 눈알이 굴러가는 소리가 들리냐.' 성철이 혼잣말을 내뱉었고, 모두들 깨스의 그 말을 의아해했지만 어쨌든 주변 눈치를 살피기 위해 눈알을 굴리던 아이들은 그 신통함에 눈을 다시 질끈 감았다.

그 담임은 본인은 IQ가 99이며, 대학교 수학과에 들어가 지금 수학선생을 하고 있는 것은 수학을 잘하고 이해했기 때문이 아니라 다 외웠기 때문이라고 했다. 본인은 원래 깡패였고, 뒤늦게 정신을 차려 대학을 가려고 해도 수학이고 영어고 이해가 되지 않았고 그래서 수학풀이 과정을 다 외워 대학에 갔다는 부연설명을 항시 빠뜨리지 않았다. 그만큼 그는 인생의 가치관과 철학이 확고했고 복잡한 것을 싫어했다. 성철은 수학선생의 단순하고 명료함이 부러웠지만 두려웠다. 그래서 수학선생은 수학이 어렵고 이해가 안 가서 못한다는 핑계는 받아들일 수 없다고 확고하게 말했다.

가치관만큼이나 수업방식도 독특했는데 45분 수업에 20분 수업을 한 후 10분 시험을 보고 나머지 15분은 시험결과에 대한 대가를 치르게 하는 방식이었다. 10분 시험은 선착순 20명 이런 식이었다. 10분 이내에 선착순 20명까지만 쪽지시험 답안지를 제출할 수 있었고 나머지 30명 정도는 매미, 한강철교 등의 기합을 받아야 했다. 4년이 지나 군대에가서 알게 됐지만, 중학교 3년 때 '깨스'에게 받던 기합은 군대에서나 받는 얼차려였다. 매와 기합으로 인한 육체적 고통은 학생들로 하여금 복종심을 불러일으키기에 충분했다.

매미는 교실의 외벽, 즉 복도와 교실을 구분 짓는 외벽 맨위에 유리창이 설치되고 남은 외벽공간에 매달리는 기합이었다. 그 모습이 고목나무에서 매미가 우는 모습과 비슷하다고 해서 붙여진 기합이름이었다. 벽에서 떨어지면 어느새 '깨스'의 방망이가 학생들의 등을 후려지고 있었다.

매와 기합이 다른 점은 고통과는 별개로 매는 맞기 전의 공포가 대부분이었다면 기합은 온몸으로 고통을 느끼기 전에는 정신적으로 큰 공포심은 느껴지지 않는다는 것이었다. 하지만 매의 고통은 짧고 굵은 반면, 기합의 고통은 시간에 비례해서 기하급수적으로 커지기 마련이어서 사실 매보다

하류 인생

는 기합의 고통이 훨씬 컸다. 물론 학생들의 호불호도 심하게 갈려서 매가 낫다는 이들과 기합이 낫다는 이들이 반반으로 갈려 있었다. 성철은 매가 낫다고 생각했다. 뼛속까지 스며드는 매의 고통과 온몸으로 느껴지는 기합의 고통은 서로 덜하고 더함이 없었고 둘 다 수치스럽기는 마찬가지였기 때문에 이왕이면 그 시간이 짧은 매가 낫다고 생각했다.

그날도 수학쪽지 시험이 끝난 후 기합이 시작되었다. 잘사는 집 애들은 학원에서 이미 다 배운 내용이라 어렵지 않을 수도 있었다. 성철은 학원을 다녀본 적이 없었기에 선행 학습을 할 수 없었고 그렇다고 수업시간에 들은 것을 매번 다 이해하고 바로 문제를 풀 정도로 머리가 좋지도 않았다. 매미가 시작된 지 3분 정도 지나자 온몸에 땀이 흐르기 시작했고, 그 땀은 우물에서 샘솟는 샘물처럼 땀샘을 통해 끝없이 흘러내렸다.

손가락 끝은 체중의 압력을 견뎌내느라 짓이겨졌고 손톱은 봉숭아물을 들인 것처럼 벌겋게 달아올라 있었다. 간혹 '깨스'는 매미처럼 울도록 시켰는데 안 그래도 육체의 고통을 몸부림과 아우성으로 극복하고 싶은 학생들의 마음을 헤아려서인지 아님 학생들의 고통을 시각적인 측면뿐만 아니라 청각적으로도 느끼고 싶어서인지 알 수 없었다.

이 방법 외에 간혹 의자 하나에 5~6명 정도 되는 학생을 올라가게 만드는 기합이 있었는데(이 기합의 이름이 정확히 생각나지는 않지만, 아마 사다리였던 거 같다), 체격이 가장 좋은 친구가 의자 위에서 지지대가 되고 나머지 아이들이 의자의 남은 부분에 올라 그 친구의 팔과 몸을 붙잡고 버티는 체벌이었다. 작은 의자가 작다 보니 항상 1~2명은 떨어지게 되어 있었고 '깨스'는 그 기회를 놓치지 않고 먹이를 향해 달려드는 하이에나처럼 들고 있던 몽둥이를 학생들에게 가차 없이 휘둘렀다. 지지대 역할을 맡은 학생의 고통이 젤로 컸는데 아마도 몸이 둘로 쪼개지는 고통을 느꼈을 것이었다. 양쪽 팔에 매달리는 친구들의 무게를 감당하는 것도 그렇고 자신이 잘 지탱하지 못해 떨어져서 매 맞는 친구들을 보는 것도 그러했을 것이다.

간혹 쪽지시험을 보고도 선착순에 들지 못한 학생들에게 매질을 가하지 않는 때도 있었는데 그리 흔하지는 않았지만, 잘사는 집 학생, 소위 학교 운영위원회 간부의 자식이 그 틈에 끼어 있을 때였다. 물론 그리 흔한 일은 아니었다. 왜냐면 그들은 이미 학원과 과외로 선행학습을 할 뿐만 아니라, 부모님의 공부에 대한 관심이 높아 공부를 못하는 학생이 지극히 적었기 때문이었다. 그럴 때면 '깨스'는 지그시 눈을 내리깔며 아쉬움을 표하곤 했다. 아마 그 굶주림은 다음 반으로 이동하는 그를 더욱더 거칠게 만들었을 것이다. 중학교 1, 2학년 때보다는 덜했지만, 성철 역시 그의 단골 먹잇감이었다. 열심히 공부했지만 예습까지 할 여력이 없었던 성철에게 당일 배운 내용의 쪽지시험은 수학선생이 쳐놓은 빽빽한 거미줄과도 같은 것이었다. 학생들의 집중력을 위함이라기보다는 학생들에게 가하는 폭력을 통해 우월감을 느끼기 위함이라고 생각됐지만, '깨스'의 수업방식은 집중력을 극대화한다는 점에서는 확실히 효과적이었다.

수학선생과 공업선생으로부터 괴롭힘이 끝나면 하교시간이 되어 있었다. 그중 공업선생은 좀 변태스럽기까지 해서 전깃줄을 여러 겹으로 감아 채찍으로 사용했는데 아이들에게 바지를 내리게 한 뒤 종아리와 허벅지에 채찍을 가하곤 했다. 채찍을 가할 때마다 아이들의 입에서는 비명소리가 흘렀고, 공업선생은 의미를 알 수 없는 미소를 얼굴 가득 품었다. 채찍은 물푸레나무나 경찰봉과는 다른 고통을 안겨주었는데 그 고통은 묵직한 경찰봉이 주는 고통과는 달리 경쾌하면서도 찌릿했고 종아리를 휘감을 때는 온몸이 아려왔다. 경찰봉이 헬스를 통해 키운 큰 근육이라면 채찍질은 철봉과 같은 운동으로 키운 잔근육과도 같은 것이었다. 수학시간에 신선봉으로 매를 맞고 공업시간에 채찍질을 당하면 그날의 매는 완성되는 것이었다.

신선봉은 수학선생이 어디에서 구했는지 모르지만 드라마에서 산신령들이 들고 다니는 지팡이 같은 것이었는데 상부는 굵고 하부로 내려갈수록 얇아지는 테이퍼 형식의 몽둥이였다. 아이들은 말할 것도 없고 선생도 마구잡이로 폭력을 가하는 사회. 도대체 일제시대의 학교인지, 1990년대의 학교인지 성철은 분간할 수가 없었다. 체벌을 빙자하는 폭력이 난무했고 사회는 그것을 당연한 것으로 받아들이라고 강요하고 있었다.

포르노테이프 사건

중학교 3년 1학기가 끝나갈 무렵 학교에서 큰 사건이 터지고 말았다. 그때만 해도 스마트폰이나 인터넷이 없던 시절이라 성인인증이 필요한 19금 물건을 구하기가 쉽지 않은 터였다. 학교에서 불시 소지품 검사가 이루어지던 때였으며, 어느 날 불시에 학생주임 선생의 소지품 검사가 이루어졌는데 한 학생의 가방에서 포르노테이프가 나온 것이다.

그 친구는 교무실로 끌려가 테이프 구입경위 진술과 더불어 같이 본 친구 5명을 불 때까지 매질을 당했다. 같이 본 사람이 3명이어도 5명이어야 했다. 처음의 매질은 허벅지의 근육과 피부가 받아들였다. 처음의 매질은 친구들의 의리를 더욱 더 강하게 만들었다. 두 번째의 매질은 친구들의 의리와 매질의 아픔 사이를 갈등하게 만들었고 그 뒤의 매질과 협박과 회유는 사실과 진실을 혼동하게 만들었다.

"같이 본 친구들 있을 거 아니야? 말해."

교무실로 끌려간 친구는 거의 울먹이다시피 말했다.

"저 빼고 2명이 다예요. 더는 없어요, 선생님."

"야, 너 친한 친구 개 있잖아? 개 누구더라."

"선생님, 민규는 정말 안 봤습니다."

"그래, 민규." 선생님은 그 친구와 민규 사이를 알지 못했다.

"민규가 직접 보지는 않았지만 너가 보자고 했음 봤을 거 아니야. 너랑 친하니까 비슷할 거 아니야. 그럼 그놈도 본 거랑 똑같아. 잠재적으로 본 거나 마찬가지야."

선생의 논리와 신념은 확고했다.

그 친구는 부정하지 못했고 선생님의 얘기를 듣고 보니 그런 것도 같았다. 그 친구는 '깨스'와 '채찍질' 등 여러 선생으로부터 협박과 회유 끝에 친한 친구 5명의 이름을 흰 종이에 적었다.

다음날 그 5명이 교무실로 불려갔다. 그 다섯 명 각각은 처음에 끌려온 그 친구처럼 또 5명씩을 불어야 했다. 안 봤다고 해도 소용이 없었고 혼자 봤다고 해도 소용이 없었다. 그렇게 며칠이 지나자 3학년 학생 3분의 1 정도가 연루되는 큰 사건이 되었고, 그중 주동자로 분류된 몇 명은 유기정학과 무기정학 등의 형벌이 떨어졌고 나머지는 비교적 가벼운 교내청소로 마무리되었다. 3공화국이나 4공화국에서나 볼 듯한 간첩조작 사건과도 비슷했다.

나중에는 친구들끼리 내가 언제 봤냐, 같이 보지 않았냐, 난 5분도 안 보고 가지 않았냐 등의 다툼이 벌어졌고, 결국 사건이 해결된 뒤에도 그 친구들은 서로 보지 않았다. 워낙 많은 친구들이 연루되었기 때문에 배신자의 낙인이 찍혀봐야 학교생활을 하는 데에는 큰 문제가 없었다. 누가 배신자고 누가 순교자인지 의미가 없었고 희생자들의 피로 쌓아 올린 공포감만이 학교에 가득했다. 진정한 승리자는 맞기 전에 순순히 친구들의 이름을 말한 학생들이었고 맞을 매를 다 맞고 친구들의 이름을 댄 학생들은 진정한 패배자였다.

성철은 다행히 이 사건과 연루되지는 않았다. 그도 그럴 것이 테이프를 누구네 집에서 돌려보더라도 일종의 입장료를 내야 하는데 성철은 돈도 없었고 애당초 그 친구들과는 거리가 멀었다. 그 사건의 공로로(교내정화 성과라고 하는 것이 맞겠다. 학생들이 그 사건을 통해 얻은 교훈이라면 살아남으려면 권력에 순응하고 친구도 팔아야 한다는 것밖에 없을 것이다) '깨스'는 3학년 지도부장 자리를 꿰차고 더욱더 학생들을 핍박하기 시작했다.

석유 심부름과 허탈감

집안의 온갖 심부름은 늘 집안의 막내였던 성철의 몫이었다. 당시 가스레인지 보급이 일반화되었지만 성철의 집은 여전히 석유 풍로를 쓰고 있던 터라 십 리도 더 떨어진 조그마한 석유가게에서 석유를 사오는 심부름도 성철의 몫이었다.

심부름의 목적지였던 석유가게에서 몇 리 정도를 더 걸어가면 한 말에 몇백 원 더 싸게 파는 석유가게가 있었다. 성철은 당연히 몇 리를 더 걸어가 심부름을 함으로써 심부름 값을 포함해 대략 5백 원 정도를 손에 쥘 수 있었다. 석유한 말에 한 3~4천 원 정도 하던 시절이었다. 배달을 시키면 석유값에 돈 천 원 정도가 더 붙었기에 영자는 몇백 원을 절약할 요량으로 성철에게 심부름을 시켰다.

석유 심부름은 한번에 오백 원 가까이 되는 목돈(그 당시 오락실 게임 한번이 50원이었다)을 손에 쥘 수 있는 성철에겐 벌이가 쏠쏠한 심부름이었다. 무엇보다도 겨울에는 석유 풍로를 쓰는지 석유 난로를 쓰는지 석유가게 사장님은 알 턱이 없으니 창피함을 느끼지 않아도 되었다. 창피한 건 겨울을 제외한 여름에 석유심부름을 가는 것이었다. 갈 때는 석유통을 발로도 차보고, 놀이터에 들러 그네도 타보고, 단지 걷기만 했기 때문에 힘든 것이 없었다. 석유통을 발로 찰 때 나는 소리는 마치 북처럼 퉁퉁퉁 소리를 냈고, 퉁퉁퉁 소리는 배고픈 아이의 배에서 나는 울림소리와도 같았다.

석유가게에 들러 한 말이 좀 안 되게 석유를 받아 가지고 집으로 돌아오는 길에 성철의 눈에 고수부지에서 열리고 있는 야시장이 들어왔다. 겨울이고 한낮이라 야시장의 화려함은 없고 한적하기 그지없었지만 성철은 호기심을 참지 못하고 고수부지로 향했다.

무거운 석유통을 들고 여기저기를 기웃거리던 성철의 눈에 들어온 것은 네모나고 커다란 나무 판을 검은색 테이프로 바둑판처럼 구분해 놓은 일종의 투전판이었다. 테이프와 테이프에 둘러싸인 네모에는 5, 10, 3 등의 숫자가 쓰여 있었다. 백 원을 던져 테이프에 닿지 않고 5자가 쓰여 있는 네모에 들어가면 5배, 즉 5백 원을 받아가는 돈 놓고 돈 먹는 게임이었다.

결국 성철은 하지 말아야 할 일, 가지 말아야 할 장소에 가버린 것이다. 성철의 백원이 허공을 가르며 투전판을 향해 날아갔다. 동전은 기적적으로 테이프에 닿지 않고 5자에 가서 떨어졌다. 성철의 인생이 어긋난 것은 어쩌면 이때부터였는지도 모른다. 그때 동전이 5자에 가서 떨어지지 말았어야 했다. 그때부터 성철의 마음속에 있는 허영심이 꿈틀거렸다. 성철은 순간 금방이라도 떼돈을 벌 수 있을 거 같았다. 그러나 2, 3, 4판째는 연속으로 테이프에 닿아 꽝이었다. 그때부터 성철의 마음속에 정직과 노력이 밀려나고 인생은 한탕이라는 생각이 비집고 들어가기 시작했다.

성철은 자신의 심부름 값만 회복하자라는 생각으로 동전

에 희망을 실어 던졌다. 이것이야말로 희망고문이었다. 성철이 던진 것은 동전이 아니라 인생이었다. 동전과 함께 성철의 꿈이 산산조각 난 게 수차례, 기어이 심부름을 하고 남은 잔돈에 손이 감과 동시에 어머니의 얼굴이 떠올랐다.

"그래 만회할 수 있다. 내 심부름 값만 벌고 가자, 이렇게 힘들게 고생하고 빈손으로 갈 수는 없잖아."

성철은 동전에 꿈과 희망을 담아 던지기 시작했다.

결과는 기대를 따라가지 못했다. 사람들은 왜 이렇게 무모한지 남들은 다 안 돼도 자신만은 잘될 줄 안다. 그래서 마지막까지 무모하다. 최악을 피할 수 있는데 기어이 최악의 상황까지 자신을 끌고가고 나서야 희망이 없다는 것을 알고 나서야, 더 이상 물러날 데가 없다는 것을 알고 나서야 극단적인 선택을 하게 된다. 한 발짝 뒤에서 바라보면 그렇게 무모해 보일 수가 없는데 일단 당사자가 되어 상황에 매몰되면 주변을 살피지 못한다. 성철은 어릴 적 사마귀가 잠자리를 잡아먹는 장면이 떠올랐다. 잠자리는 뭔가를 열심히 먹고 있었다. 사마귀는 고춧대를 타고 조용하지만 열심히 기어 올라가 긴 앞다리로 잠자리를 낚아챘고 삼각형의 머리에 달린 입으로 잠자리의 몸통을 연신 사각 사각대기 시작했다. 잠자리는 자신의 상황에 매몰되어 사마귀가 오고 있는지 알지 못했다. 인간도 마찬가지다. 자신이 점점 죽어가는 위험 속에 처해 있어도 알지 못하고 말초신경만을 자극하며 해롱

대며 살아가고 있다.

성철도 기어이 심부름 값과 거스름돈을 다 탕진하고 나서
야 더 이상 물러날 데가 없다는 것을 알고 허탈감과 좌절감
과 두려움과 인간이 느낄 수 있는 모든 불운한 감정을 다
느끼면서 자신의 마음만큼이나 무거운 석유통을 들고 집으
로 향했다. 아마, 석유를 다시 돈으로 바꿀 수 있었다면 그
것도 바꿔서 투전을 했을 것이다. 어린마음에 거기까지는
생각하지 못했지만 지금의 성철은 충분히 그러했으리라고
생각된다.

집으로 돌아가는 십리 길에 비례하여 성철을 옥조여오는
심리적 압박은 커져만 갔다. 마음은 형상이 없을 것인데 석
유통의 무게보다 마음의 무게로 인해 육체적 고통이 가중되
는 듯 느꼈다. 노동의 대가를 제대로 받지 못한 노동자의 마
음이 이러할 것이고, 모든 것을 털린 노름꾼의 마음이 어떤
것인지 알 거 같았다.

성철은 대문을 코앞에 두고 십여 분간 망설이다 마당에
쓰레기를 버리려 나오던 엄마와 마주치고는 흠칫 놀랐다. 영
자는 추운데 고생했다며 어서 들어오라고 손짓했고 대문으
로 들어선 성철에게 손을 내밀었다. 심부름을 하고 난 잔돈
을 달라는 뜻이었다.

성철이 머뭇거리자 영자는 못마땅하다는 듯 말했다.

"성철아, 거스름돈 줘야지."

"없어요, 엄마."

"어쨌는데?"

"모르겠어요. 아마 오다가 흘린 거 같아요."

성철은 구멍 난 주머니를 꺼내 보이며 엄마의 얼굴을 쳐다보았다. 사실대로 말했다가는 빗자루질을 당할 게 뻔했다.

영자는 성철의 거짓말을 단번에 눈치챘지만, 아들의 거짓말에 화가 나기보다는 난감했다. 대문 밖에서 들어오지 못하고 한참을 서성이며 불안에 떠는 모습을 봤기 때문이다. 분명 저 좋아하는 오락실에서 돈을 다 썼겠지…. 영자는 더이상 묻지 않기로 결심했다. 때려서 캐묻는다고 다시 생길 돈이 아니었기에 성철이 감내하도록 그냥 두기로 했다.

가난이 왜 창피했는지

성철은 오늘도 땀 흘리기에 더없이 좋은 날씨라고 생각했다. 가방을 삐걱거리는 마루 위에 던져 놓기가 무섭게 동네로 뛰쳐나갔다. 동네 한가운데는 실개천이 흘렀고 개천 너머에는 단무지 공장이 있었다. 동네 끝머리에는 개천과 개천이 모이는 두물머리가 있었고, 제법 물이 있어 물고기나 가재가 꽤 많았다. 동네는 넓다기보다는 길쭉한 편이었고 성철의 또래들이 놀기에 적당한 크기였다. 산 밑에는 논과 밭이 있었고, 개천에서 물을 끌어다 농사를 지었다.

가난했지만 주변에 깻잎, 고추, 옥수수, 감자, 고구마 등 먹을 게 널려 있었다. 봄에는 앵두, 가을에는 감자, 옥수수, 살구와 메뚜기를, 겨울에는 얼어붙은 논바닥을 뒤집어 미꾸라지를 잡아먹곤 했다. 아이들에게 보릿고개는 주변에 먹을 게 별로 없던 한여름에 찾아왔다. 그래서 성철은 한여름에 물놀이겸 한 끼 요기 거리를 구하기 위해 친구들과 대나무에 찢어진 모기장을 엮어 만든 족대를 들고 개천에서 천렵을 자주했다. 찢어진 모기장을 엮어 만든 족대는 동네만큼이나 초라해 보였다.

적당히 비가 온 뒤에 수초와 돌 밑을 자맥질하듯 뒤집어 붕어, 미꾸라지, 꺽지 등을 잡아 비어 있는 친구 집으로 향했다. 대부분 일하러 나가는 부모 덕분에 비어 있는 집은 늘 있었다. 한여름 개천에서 잡아온 물고기와 줍듯이 구해온 야채를 대충 썻어 냄비에 넣고 끓인 어죽인지 매운탕인지 정체 모를 것으로 물놀이에 허기진 배를 달래곤 했다.

모두 가난했던 시절이라기보다는 가난한 동네이다 보니 동네 친구들 대부분이 가난했다. 그중 형편이 좀 나은 친구라면 버스기사를 하는 아버지, 이발사 아버지를 둔 정도였고 대부분은 하루 벌어 하루 먹고 사는 하루살이 직업을 가진 노동자 부모 밑에서 커 가고 있었다. 다들 가난해서 누가 더 가지고 덜 가지고 따지는 것이 큰 의미가 없는 동네라 평소 가난이 창피하거나 부끄러운 적은 별로 없었지만 그래도 성철이 가장 하기 싫은 심부름이 하나 있었는데 바로 쌀을 사오는 것이었다.

성철이 어둑어둑 땅거미가 질 무렵까지 동네에서 친구들과 비석 맞추기, 진돌이(양 전봇대를 기지 삼아 전봇대를 찜하면 10점, 자신보다 점수가 낮은 사람을 채면 5점 등 점수를 내는 게임)를 하고 있을 때였다. 머리에는 벙거지모자를 눌러쓰고 등에는 여러 종류의 고데*로 가득 찬 배낭을 멘 채 얼굴에 검정이 묻은 영자가 동네 어귀에 들어서고 있었다.

영자는 성철을 불러 돈 몇천 원을 쥐어 주고는 삼거리에 있는 쌀집에서 쌀 한 봉지를 사가지고 들어오라고 심부름을 시켰다. 성철은 아차 싶었다. 보통 영자는 큰길을 통해서 집으로 오는 경우가 많았는데 오늘은 동네 골목길을 통해 왔기 때문에 성철은 피할 길이 없었다. 영자는 성철에게 가족의 땟거리를 사오라는 명을 내리고는, 고춧대처럼 가는 몸으로 세상의 짐을 두 어깨에 다 짊어진 채 내일 없이 오늘만 사는 사람의 표정으로 집으로 향했다. 성철은 엄마를 사랑

---

*고데 : 불에 달구어 머리 모양을 다듬는 집게처럼 생긴 기구. 여기서는 벽돌과 벽돌 사이에 모르타르를 채우는 데 쓰는 기구를 말함.

했지만, 엄마가 짊어진 가난이 창피했다. 다른 친구들 엄마처럼 향수냄새와 분가루가 아닌 땀 냄새와 검정으로 얼룩진 영자가 성철은 안타까웠지만 창피했다.

성철은 친구들이 어딜 가냐고 물어도 대꾸도 하지 않은 채 쌀가게를 향해 달음질쳤다.

"아저씨 쌀 한 봉지 주세요."

성철은 한참을 머뭇거리다가 간신히 말했다.

"잠시만 기다려라."

아저씨는 쌀 한 가마니를 쌀가게 자전거 뒤에 실려 보낸 뒤 성철에게서 돈을 받아 들었다. '저 쌀가마니는 누구네 집으로 가는 것일까.' 성철은 부러웠다.

손에 쥔 돈을 내밀자 쌀가게 아저씨는 누런색 봉투에 쌀을 담아 저울질 한 번에 한 주먹씩 쌀을 넣었다 뺐다 하면서 몇 번의 사정작업을 마친 후 마침내 만족할 만한 저울질을 끝내고서야 누런색 봉투를 성철에게 내밀었다. 다들 10kg, 20kg로 혹은 가마니 쌀을 사먹는 것을 본지라 성철의 어린 마음에 봉지쌀이 너무 창피했다. 들고 있는 가벼운 쌀 봉지만큼이나 성철의 자존심은 가벼워졌다.

성철은 쌀 봉지를 들고 어두워서 잘 보이지 않는 실개천 옆의 좁은 골목을 그대로 내달렸다. 가로등이 없는 좁고 긴 어두운 골목만큼이나 골목 안의 사람들은 힘겨워 보였다. 골목을 따라 다닥다닥 붙어 있는 집에서는 밥 짓는 냄새가 피어올랐다. 밥 짓는 냄새에 취해 한참을 달리고 있는데 어디서 튀어나왔는지 미처 발견할 틈도 없이 돌 주둥이에 걸려 성철은 그만 쌀 봉지와 함께 바닥에 나뒹굴었다.

어둡고 좁은 골목길에 보는 사람도 없었지만 창피함에 얼굴이 화끈거려서 성철은 아픔을 느끼기도 전에 벌떡 일어나 흩어진 쌀을 봉지에 주워 담았다. 동네 어귀 은행나무 밑에 놓인 평상에 나와 있던 동네 할머니가 부채질을 하며 훈계인지 위로인지 모를 말로 조심히 다니라고 했다. 어두워서인지 흰 쌀은 더욱더 반짝거렸다. 성철은 눈물과 콧물로 범벅이 되어 울면서 고사리 같은 손으로 한 톨이라도 더 주워 담기 위해 흙 묻은 쌀을 입으로 불어가며 누런 봉투에 담았다. 집으로 달려가는 내내 넘어져서 까진 무릎과 가난이 서글퍼서 눈물과 콧물이 흘렀다.

성철이 돌과 흙이 섞인 쌀 봉지를 내밀자, 영자는 성철의 얼굴과 옷에서 미처 털어내지 못한 흙과 까진 무릎에서 흐르는 피를 보았다.

"많이 아팠겠구나. 씻고 이리와 앉아보렴."

성철은 흐르는 물에 무릎과 손을 씻고 엄마 앞에 앉았다.

"조심히 다녀라."

영자는 까진 성철의 무릎에 빨간약을 바르고 다시 부엌으로 향했다. 영자는 어린 자식의 아픔에 길게 슬퍼할 시간이 없었다.

영자는 배고픈 가족들이 금방이라도 달려들어 본인을 해치기라도 하듯 쌀을 바가지에 담아 채로 열심히 돌과 흙을 골라냈다. 가족의 생계를 혼자 힘으로 짊어지는 버거움에 영자는 늘 저녁밥을 먹고는 곧바로 잠자리에 들었기 때문에 늘 집안은 어둡고 음울했다.

영자는 고사리 같은 손으로 들고 있는 쌀 봉지와 아들의 까진 무릎에서 흐르고 있는 피를 보고는 언제까지 이렇게 살 수 있을까를 생각했다. 저 핏덩이 같은 자식들이 무슨 죄가 있어 저렇게 살아야 하나, 영자는 가난한 자의 죄의 대물림을 생각하지 않을 수 없었다. 넘어져서 피를 흘리고 있는 아들에게 영자는 어떠한 위로의 말도 건넬 자신이 없었다. 영자는 아이들의 하루 생활은 어땠는지 무슨 일이 있었는지 오손도손 모여 앉아 이야기를 하고 싶었지만, 육체의 피곤함은 가족의 이야기꽃을 허락하지 않았다.

사실 동네에 성철의 집보다 더 가난한 집도 많았지만 봉지쌀이 가난의 대표작이라는 관념이 성철의 머릿속에 들어앉아 한동안 성철을 괴롭혔다. 영자도 푹 꺼져 있는 쌀독의 쌀 걱정을 늘 했기 때문에 형편이 나아진 지금도 쌀을 몇 가마니씩 사 들여놓고 늘 묵은쌀만 먹었다. 햅쌀을 사도 늘 묵은쌀이 되곤 했는데 영자는 햅쌀보다 마음 편한 묵은 쌀이 좋았다.

주인집 개에 물리다

성철의 셋집은 2m가 채 안 되는 폭의 도랑을 건너 골목이 긴 집이었다. 골목의 길이가 어림잡아 20m는 넘었을 것인데, 집으로 들어가는 긴 골목은 어린 성철에게는 상당히 위협적인 장소였다. 긴 골목에 피어난 형형색색의 꽃들과 달리 집으로 들어가는 성철의 마음은 늘 무겁고 어두웠다. 집에는 사랑하는 가족이 있었지만, 가족은 사랑으로 연결되지 못했다. 성철의 셋방은 대문과 주인집 안채를 거쳐 상당히 안쪽에 위치해 있었다.

셋집이라고 해봐야 방 한 칸에 부엌 하나 딸린 조그마한 집이었다. 방이 작아 윗목과 아랫목의 구분이 없을 법도 한데 어김없이 찾아오는 겨울의 윗목은 얼음장 같았다. 그 작은방이 마치 지구라도 되는 듯 온대지방과 극지방이 있었고, 그것을 가르는 회귀선이 있었다.

아랫목은 네 식구가 자기에는 비좁았다. 당연히 자다 보면 윗목으로 밀리기 마련이었다. 연탄보일러로 난방을 했으니, 아랫목은 너무 뜨겁고 웃풍은 셌다. 잘 때는 코가 시리지 않게 이불로 코를 감싸야 했다. 가끔 자고 일어나 머리가 아프면 연탄가스 중독을 의심해야 했지만 그래 봐야 고작 할 수 있는 것은 김칫국물을 마시는 것이 전부였다.

성철의 부모는 집주인에게 연탄보일러를 새 것으로 바꿔 달라고 하소연하지 못했다. 그나마, 겨울철에 셋집에서 쫓겨 나면 허허벌판 외에 갈 곳이 없었기 때문이었다. 그 많은 집 들 중에 네 식구가 편히 누울 집이 없었다. 집주인은 대문 앞 근처에 개를 묶어 놓았는데 그 개의 위세가 대단했다. 개 도 셋집 사람들을 알아보는지 성철네 식구, 그중에서도 성철 과 성철의 형인 성찬이 지나갈 때면 죽일 듯이 짖어대면서 물려고 덤벼들었다.

성철은 대문을 나설 때마다 개와 한바탕 전쟁을 치러야 했 다. 개 줄이 최대한 늘어나면 충분히 성철을 물 수 있었기에 영자는 개를 대문 멀리 묶어달라고 부탁했지만, 집주인은 그러 면 개로서의 역할을 할 수 없다며 거절했다.

개로서의 역할, 낯선 사람이 들어오면 못 들어오게 막고 짖는 것. 그래야 개도 밥값을 하는 것이었다. 하지만 낯선 사람을 보고 짖어야지, 왜 셋집 사람한테만 그리 짖어대는 것인지 성철은 이해하지 못했다. 주인집 개가 보기에도 늘 주눅 든 셋집 꼬맹이가 우스워 보였나 보다.

정작 그놈은 낯선 사람이 오면 꼬랑지를 내리고 살금살금 집으로 기어들어가기 일쑤였다.

성철이 대문 밖을 나서기 위해서는 항상 개의 시선을 다른 데로 돌려야 했다. 성철은 늘 그랬듯 이번에도 돌을 저쪽 바 닥으로 던져 소리에 반응하는 개를 따돌리고 대문 밖으로 나서려고 했지만, 이번에는 주인집 개가 속아 주지 않았다.

주인집 개새끼는 고개만 돌리는 시늉을 하고 뛰어나가는 성철의 종아리를 사정없이 물어뜯어 버렸다. 주인집 개새끼의 날카로운 이빨이 성철의 여린 종아리를 파고드는 순간 성철은 고통과 함께 수치심이 일었고 앞으로 일어날 일들이 주마등처럼 지나갔다.

성철의 울음소리와 개 짖는 소리에 영자와 집주인이 약속이나 한 듯 마당 앞으로 달려 나왔다.

상황을 파악한 집주인 아주머니가 대뜸 소리를 질렀다.

"아, 조심해야지. 그렇게 뛰어나가니 개가 물지. 광견병 주사는 맞았으니 걱정 안 해도 돼. 정 걱정되면 개털을 불에 지져 참기름이랑 발라보던지."

민간요법도 효험이 있다고 하지만 성철의 머리로는 도통 이해가 가지 않았다. 어째서 개에 물린 상처에 그 개의 털을 불에 지져서 바르면 낫는다는 건지. 소독효과나 상처를 아물게 하는 어떠한 효과도 개털에 있을 리 만무했다. 성철은 아마 주술적 의미가 있나 보다라고 생각했다. 혹시라도 모를 광견병에 대비하기 위해 성철은 결국 빨간약과 함께 불에 지진 개털을 붙이고 낫기를 바라는 수밖에 없었다.

천만다행으로 상처는 덧나지 않고 잘 아물었다. 그 뒤로

개는 대문에서 멀찍이 떨어져 묶였다.

「나는 주인집 개이다. 몸이 작고 겁이 많았다. 주인님은 나를 집지키기 용으로 키르셨지만 낯선 사람이 들어오면 도저히 짖고 물 자신이 없었다. 밥값을 못하면 쫓겨날지도 모른다는 두려움에 늘 시달렸다. 저 꼬마 녀석도 겁이 많은 거 같았다. 아마 꼬마의 부모도 주인님보다 서열이 낮은 것 같았다. 저 꼬마 녀석에게는 맘껏 짖어도 될 거 같았다. 저 꼬마 녀석에게 짖을 때는 밥값을 좀 하는 거 같았다. 그런데 희한하게 저 녀석이 대문을 들어서거나 나설 때면 항상 저 멀리서 무슨 소리가 들렸다. 나는 그 소리에 깜짝 놀라 집으로 들어가기 위해 방향을 틀었다. 그 사이 꼬마 녀석은 잽싸게 안으로 들어가거나 밖으로 나갔다.

어차피 저 꼬마 녀석을 물 생각은 없다. 괜히 물어봐야 일만 커질 뿐이었다. 맘껏 짖는 것만으로도 주인님에게 존재감을 드러낼 수 있었다. 나는 가끔 저 긴 골목 밖으로 보이는 줄에 묶여 유유히 걸어가는 흰색 강아지가 부러웠다. 주인이 부자인 거 같았다. 흰 강아지는 몸에 뭔가를 덮고 있었고 입에는 뼈다귀 비슷한 뭔가를 물고 있었다. 그 개가 부러웠다. 고깃국을 먹어 본 지가 언젠지 기억도 안 났다. 나는 주로 멀건 된장국에 말아져 있는 밥을 먹었다. 주인님은 아마 된장만 먹고 사는 거 같았다. 한참 생각에 잠겨 있을 때 그 꼬마 녀석이 나오는 소리가 들렸다. 저 꼬마 녀석에게 나의 시름을 맘껏 질러볼 심산이었다.

한참을 짖자 꼬마 녀석 손에서 뭔가가 던져졌고 어김없이 그 소리가 들려왔다. 꼬마가 대문 밖으로 뛰고 있었다. 오늘은 겁을 좀 더 주기로 결심했다. 오늘은 왠지 그러고 싶었다. 아마 아까 그 흰 강아지 때문이었을 것이다. 입을 벌리고 있는 힘껏 꼬마에게 달려들었다. 아차 싶었다. 생각했던 것보다 줄이 길었다. 뾰족한 나의 송곳니가 꼬마의 종아리에 닿았다. 이제 죽었구나 싶었다. 사람을 물다니 본능적으로 죽음을 직감했다. 꼬마의 울음소리에 여러 어른들이 몰려나왔다. 나는 슬그머니 집으로 몸을 숨겼다. 이제 곧 엄마 품으로 돌아가겠구나 생각했다. 엄마는 지난 무더운 여름날 갑자기 사라졌다. 주인님이 꼬마의 엄마처럼 보이는 사람에게 먼저 소리를 쳤다. 역시 주인님이었다. 나를 감싸고 있는 것 같았다. 나는 털을 좀 뜯기고 목숨을 구했다. 덕분에 나는 대문에서 멀리 떨어져 묶였고 밥값에 대한 압박감에서 조금은 편해졌다」

성철의 동네에서는 복날 어른들이 다리 밑에 모여 개를 줄에 묶어 흠씬 두들겨 팬 다음 보신탕을 끓여 먹곤 했다. 먹을 게 별로 없고 몸보신 할 게 없던 시절이라 기르던 개를 잡아먹는 것은 흠도 흉도 아닌 시절이었다.

작은 일탈

여느 때와 다름없이 친구들과 한참 수다를 떨다 성철은 1학기 성적표를 받아 들었다. 5학년 1학기 성적표. 물론 공부에 신경을 쓰지 않았고 결과에 연연하지 않는 성철이었지만, 이 초라하다 못해 부끄럽고 우스운 성적표를 받아들고 집에 갔다가는 또 한 번 난리가 날 것이 뻔했다. 성철의 성적표는 대관령 양떼 목장처럼 '양'이 너무 많았다.

'집에 가면 또 연례행사를 치르겠구나.'
집으로 돌아가는 길에 성철은 생각했다.
그 연례행사라는 것은 1년에 한두 번 치르는 의식 같은 것인데 성적표를 받아든 영자가 공부고 뭐고 다 때려치우라면서 책과 책가방을 갖다버리는 시늉을 하는 것이었다. 물론 빗자루 매질도 같이 말이다. 성철은 책과 가방을 매번 주우러 가는 것도 지겨웠다.

성철은 대안 없는 일회성의 그런 연례행사가 싫었다. 물론 공부를 하면 그런 연례행사에서 벗어날 수 있었지만 그 어떤 필요성도 의미도 알지 못했다. 성철에게 공부는 그냥 글이고 숫자였지 어떤 실체나 형상이 아니었고 실용적인 것도 아니었다. 성철은 땅거미가 질 무렵 뒷동산에 앉아 이대로 집을 나갈까 고민했다. 하지만 아무리 궁리를 해봐도 집을 나가서 살 방도가 떠오르지 않았다. 저 멀리 떨어지는 해를 바라보며 노을의 아름다움조차 공평하지 않다는 생각이 들었다. 결국 성철은 궁리 끝에 성적표를 고치기로 했다.

성철은 볼펜과 커터칼 등 장비를 챙기기 위해 일단 집으로 향했다. 뜬금없이 생전 안 하던 줄넘기 연습을 한다며 실내화 가방에 성적표와 커터칼 등 장비를 챙겨 집을 나섰다. 친구들한테 들었던 기억을 더듬어 커터칼로 성적표 위의 수학점수를 살살 긁어냈다. 너무 긁어낸 것 같아 침을 발라 손으로 꾹꾹 누르고 볼펜으로 숫자를 덧대기를 여러 번, 어린 성철이 보기에 성적표는 완벽해 보였다.

성철은 고친 성적표를 의기양양하게 부모님께 내밀었고 덧댄 부분은 선생님이 잘못 기재해 수정하신 거라고 둘러댔다. 부모님은 아무 말씀이 없으셨다. 성철은 부모님이 속아 넘어간 줄 알았다. 그렇게 잠이 든 그날 밤 꿈인지 생시인지 모르지만, 성철은 어머니의 엄하지만 따뜻한 목소리를 들었다.

"성철아 다음부터는 그러지 마라. 정직을 잃으면 모든 것을 다 잃는 것이다."

성철은 잠결에 "네. 엄마"라고 나지막이 대답했다.

영자는 성철이 어설프게 성적표를 고치고 거짓말을 하는 것에 걱정과 당혹감이 밀려왔다. 공부를 못하는 것보다 아들이 거짓에 익숙해지는 것은 아닌지, 혼을 내야 하나 어쩌나 저녁 내내 생각했다. 혹시나 성철을 불러 다그쳤다가는 성철이 삐뚤어질까 걱정되어 성철이 선잠이 들었을 때 귓속말로 조용히 얘기했다. 매를 들지 않아도 성철이 알아듣고 뉘우치길 바랐다.

(물건을 훔치다. 저금통, 초콜릿)

성철은 공부는 못했지만 순진했다. 공부를 못하고 세상의 관심사에 무뎌서 아마 더 순진했을 수도 있다. 학교에서는 공부를 잘하고 못하고를 갖고 모범학생과 불량학생을 구분하지만, 사실 그 사이의 연관관계는 없다. 다만 인과관계는 있을지 모르겠다. 공부를 못하는 학생이 현실의 불만족과 차별로 인해 불량하게 살 확률은 높을 수도 있으니까.

성철은 심부름 값으로 받은 백 원, 이백 원을 붉은색 돼지 저금통에 착실히 모아 부모님 생일 선물을 할 정도로 돈에 욕심이 없었다. 어느 날 집에 놀러온 막내이모가 집에 갈 차비가 없다며, 성철에게 돼지 저금통에서 돈을 좀 빌리자고 했다. 성철의 기억에 그때 이모는 대학생이었다. 성철은 다 차지 않은 돼지 저금통의 배를 가를 수는 없다고 맞섰다.

이모는 굳이 배를 가르지 않아도 돈을 꺼낼 수 있는 방법을 성철에게 설명하며 직접 보여주었다. 돼지 저금통을 뒤집어 돈을 집어넣는 동전 입구의 한쪽을 엄지손가락으로 꾹 누르고 흔들다 보면 동전이 입구 쪽으로 쏠리는데, 그때 다른 손 엄지와 검지를 이용해 동전을 빼내는 식이었다. 물론 초보자가 하기는 쉽지 않았다.

이모는 그렇게 성철의 저금통에서 버스비를 얻어 집으로 향했다. 성철의 막내이모는 4녀 중 막내로 태어났는데 또 딸을 낳았다는 죄책감에 외할머니께서 베개로 눌러 죽이려다 차마 죽이지 못하고 살아났다고 했다. 아버지를 일찍 여의고, 어머니는 고등학교 때 백혈병으로 죽은 아들을 잊지 못해 매일 술에 빠져 살다 보니 막내이모는 언니들이 보살펴 키운 업둥이 같은 존재였다.

그때 막내이모는 그나마 형편이 제일 나은 둘째 언니, 그러니까 영자의 동생집에 얹혀살고 있었다.

성철은 그런 막내이모가 평소 안쓰럽다고 생각했다. 하지만 욕하면서 배우고 나쁜 습관은 금방 몸에 배듯이 그 뒤로 성철은 돼지 저금통에 돈을 넣는 날보다 빼 쓰는 날이 많았다.

성철은 자기 저금통 외에도 둘째이모네 집에 있는 돼지 저금통에서도 돈을 그런 방식으로 몇 번 빼 썼다. 성철은 그 큰 돼지저금통에서 동전 몇 개 빼내도 돼지의 배는 절대 홀쭉해지지 않을 것이고 그 누구도 눈치채지 못할 것이라 생각했다. 하지만 가랑비에 옷 젖는다고 돼지 저금통은 어느새 가벼워져 있었다.

어느 날 영자는 누군가와 통화를 하고는 다짜고짜 빗자루로 성철을 때리기 시작했다.

"너가 커서 뭐가 되려고 그러냐? 창피해서 살 수가 없다."

성철은 날아오는 매를 피하기 위해 무조건 잘못했다고 빌었다. 하지만 잘못이나 부끄러운 감정이 드는 것은 아니었다.

그 다음날 막내이모는 성철을 불렀다.

막내이모는 그런 걸 가르쳐준 자신의 잘못이라면서도 성철에게 손바닥을 내밀라고 했다.

성철은 손바닥을 여러 차례 맞으면서 생각했다.

왜 우리 가족은 돈 몇백 원에 이렇게 가족끼리 매질을 해야 하는 것일까. 내 저금통에 처음 손을 댄 건 이모인데 왜 이모는 나를 때리는 걸까. 왜 이모는 몇백 원의 차비가 없어 조카의 저금통에서 돈을 꺼내야 했을까.

성철은 맞으면서도 때리는 막내이모가 안타까웠다. 중·고등학교 때부터 언니네 집에 얹혀살면서 형부의 눈치를 봐야 했던 막내이모에 대한 안타까움과 측은함이 들었다. 성철은 자신의 그런 감정이 막내이모의 삶을 살아내는 방편에 대한 애잔함으로 인하여 같은 집안사람으로서의 미안함인지, 아니면 그런 집안에 태어난 자신에 대한 안타까움인지 분간할 수 없었다.

하류 인생

천에 물든 검은 얼룩이 잘 지워지지 않는 것처럼 몸에 밴 나쁜 습관은 잘 끊어지지 않았다. 성철은 그 뒤로도 저금통에서 계속 돈을 꺼냈다. 자신의 저금통과 친구들의 집에 있는 저금통이 대상이었다. 성철은 무슨 큰 기술이라도 배운 듯 친구들에게 기술을 선보이며 오백원짜리 동전 한두 개를 꺼내 개선장군이라도 되는 양 오락실 문으로 들어섰다.

그 당시 오백 원이면 종일의 외로움과 무료함을 달래기에 충분했다. 외로움을 시간의 길이로 측정할 수 있는지 모르겠지만 그날그날의 외로움과는 별개로 새로운 날이 시작되면 또 다른 크기의 외로움이 다가왔다. 하지만 오락실에서 게임에 매몰될 때면 세상의 그 어떤 근심과 걱정도 사라졌다. 이 오락실에서 저 오락실로 몇 번 옮겨 다니다 보면 외로움을 환하게 비춰주던 해도 산 밑으로 저물어 가고 있었다.

성철은 삶에 대한 허전함과 불평을 해소하기 위함인지 아님 외로움을 달래기 위해서인지, 그것도 아님 금전적인 보충을 위해서였는지 그 뒤로는 학교 앞 슈퍼의 초콜릿 등에도 손을 대기 시작했다. 도둑질한 시간이 너무 짧아 도벽이라고까지 하기에는 무리가 있을 수도 있지만, 도벽이 잠재적인 심적 갈등으로 인해 일어난다고 하는 점에서 보면 성철의 도둑질도 그런 면에서는 비슷하다고도 할 수 있을 것이었다.

성철은 특히 '블랙로즈'라는 초콜릿을 훔쳤는데 그 초콜릿은 크기도 작고 가격도 높아 슬쩍하기에 좋은 상품이었다. 그렇게 초콜릿을 몇 번 손쉽게 주머니에 넣은 성철은 그것을 친구들에게 팔기도 하고, 나눠 먹기도 했다.

그러던 어느 날 성철의 도벽행각도 종지부를 찍게 되었다. '블랙로즈'를 주머니에 넣어 나오던 순간 슈퍼아주머니가 주머니를 보자고 한 것이었다.

"야, 너 주머니 좀 보자." 슈퍼 아주머니는 성철의 앞을 가로막았다.

"왜요?" 성철의 얼굴이 화끈거렸다.

"아, 글쎄. 한번 보자니까." 슈퍼 아주머니는 성철의 주머니에서 '블랙로즈'를 끄집어냈다.

며칠 계속해서 같은 초콜릿이 없어지고 있어 학생들을 의심하고 있던 차에 물건을 사지도 않고 나가는 성철이 딱 걸렸던 것이다. 당시 그 초콜릿은 가격이 비싸 초등학생이 사먹기가 쉽지 않아 잘 팔리지 않던 상품이었기에 몇 개만 없어져도 슈퍼 아주머니는 쉽게 알아차렸다.

"야, 경찰서에 가자. 어린 게 커서 뭐가 되려고 도둑질이야, 도둑놈아."

이상하게도 성철은 경찰서에 가자는 아주머니의 엄포에 두려움과 공포보다는 엄청난 수치심을 느꼈다. 평소 좋지 않게 생각했던 슈퍼아주머니에게 도둑놈이란 소리를 듣는다는 것이 부끄러움을 느끼는 수준을 넘어 자존감마저 무너지는 기분을 느끼게 했던 것이다.

물론 경찰서까지 가는 일은 없었다. 그 뒤로 성철은 남의 물건에 손을 대지 않았다. 그 당시의 수치심은 성철에게 하나의 기억과 감정이 아닌 주홍글씨 같은 것이었다.

아버지, 추운 겨울날 운동화 끈을 매주다

성철의 아버지 태복은 가족을 부양하고 보살피기에는 무능하고 약했다. 세상의 무게를 감당하기에는 생각이 많았고, 생각이 많은 것에 비해서는 배운 게 없었다. 하고 싶은 일은 많았지만 그걸 형상화할 배움과 재물은 없었다. 집안의 생계는 주로 아내인 영자가 책임져야 했다. 물론 태복이 삼십 대와 사십대의 대부분 세월에 일하지 않으려던 것은 아니었지만 원치 않게 허송세월하며 지낼 수밖에 없었다.

태복은 늘 허리가 아팠고 배운 게 없었지만, 그래도 처자식의 생계는 책임을 져야 했기에 화물차 운전, 신문지국 운영, 학원차 운행 등 이것저것 해보았지만, 의지가 약해서 한곳에서 오래 머물지는 못했다.

태복은 5남매 중 4남으로 태어났다. 물론 성철이 살면서 확인한 게 5남매였다. 태어나 어렸을 적 돌아가셨을지도 모르는 삼촌과 고모에 대해 들거나 한 기억이 없기 때문이었다. 할머니는 유독 태복을 미워했다. 아니 미워했다기보다는 좋아하지 않았다. 왜 그런지 성철로서는 이해할 수 없었다. 할머니께서 집에 왔다 가신 날에는 어김없이 부모님의 다툼으로 이어졌고 그래서 성철은 할머니가 집에 오시는 게 싫었다. 특히나 할머니는 성철에게 니 애미가 그렇게 하라고 시키든이라는 말을 잘했는데 어린 성철에게 그것은 말이라기보다는 매질에 가깝게 느껴졌다. 막내 삼촌은 누나와 형, 할머니의 보살핌을 받고 살아간 반면 태복은 배려와 사랑 대신 홀대와 멸시를 받으면 살아왔다. 막내 삼촌은 할머니께서 식당과 가게를 여러 번 차려 주었지만, 번번이 사업에 실패했다. 태복도 하고 싶은 일이 많았으나 혼자 힘으로는 할 수 없었고 비빌 언덕이 되어줄 사람도 없었다.

할머니는 성철과 성철의 형 성찬도 심하게 차별했는데 맛있는 음식이 있는 경우 성철을 멀리 심부름 보내고 성찬만 먹이곤 했다. 도대체 왜 그런 행동을 하셨는지 성철은 어른이 되어서도 이해하지 못했다. 특정인에 대한 차별과 애착으로 당신의 아픔을 치유하기 위해서였는지 아님 성철이 정말 미워서였는지는 알 길이 없었다. 아마도 사랑을 나누어 주기에는 받은 사랑이 너무 없어서였을 것이라고 추측만 할 뿐이었다. 살아계실 때는 아픈 곳을 들추기 싫어 묻지 못했고, 임종이 가까웠다는 소식을 듣고 성철이 병원에 도착했을 때는 할머니의 의식이 없어 묻지 못했다.

부모 자식, 남매 간에 무슨 일이 있었는지 성철은 알지 못했다. 하지만, 태복은 할머니, 할아버지와 형제들에게 깊은 사랑과 애착이 없어 보이는 게 확실했다. 그것은 할머니가 돌아가셨을 때도 둘째 삼촌이 죽었을 때도 태복의 슬퍼하는 모습을 볼 수 없었다는 것만으로도 알 수 있었다. 그건 다른 형제도 마찬가지였다. 성철은 부모형제가 죽어도 슬픈 감정이 들지 않는다는 것은 어떤 삶을 살아야 가능할까를 생각했다. 그리고 또 어떻게 살아야 세상에 혼자라는 느낌이 드는 것인지를 생각했다. 부모형제에게 버림받고 세상에 혼자 남겨져 방어막을 치고 그 누구도 들어오지 못하게 사는 삶은 어떤 것인지를 생각하고 또 생각했지만, 그것은 생각으로 가늠할 수 있는 것이 아니었다.

태복은 신부가 되기 위해 초등학교를 졸업하고 서울로 상경했다. 하지만 3학년 때 집에서 쌀을 보내주지 않아 결국 퇴교 조치를 당해 다시 고향으로 돌아와야 했다. 그때부터 태복이의 홀로서기는 시작되었다. 태복의 팔뚝에는 장미꽃을 비롯해 여러 문신들이 있었다. 팔뚝에 새겨진 장미꽃과는 달리 태복의 인생은 향기롭거나 화려하지 못했다.

그래서인지 태복은 팔뚝의 문신을 지우기 위해 병원에서 레이저 시술을 받았다. 태복이 지우고자 한 것이 단순히 팔뚝에 아로새겨진 그림이었는지 아니면 젊은 시절의 기억이었는지 모른다. 지우고 싶은 것이 젊은 시절의 기억이라면 잘

못 살아온 과거의 기억이 주홍글씨처럼 새겨져 있는 것이 참을 수 없었던 것이리라고 성철은 생각했다.

그래서 태복의 팔뚝에는 문신의 흔적만이 아련하게 상처 지어져 있었다. 팔뚝의 상처 때문인지 더위를 잘 타지 않아서인지는 모르겠지만 태복은 반팔 상의를 입지 않았다.

태복은 젊은 시절 밴드생활을 했다. 전자오르간, 트럼펫, 드럼 등 악기를 배워 나이트 밤무대, 룸살롱 등에서 반주를 하며 젊은 시절을 보냈다. 돈을 쉽게 벌었다. 쉽게 번 만큼 쉽게 썼고 지금의 영자를 만나 결혼했다고 했다. 성철은 두 분이 사랑으로 맺어진 것인지 얘기치 못한 일로 맺어진 것인지는 물어보지 않아도 알 수 있을 거 같았다.

결혼 후 아이가 생기자 태복은 밴드 일을 그만 두었다. 아이들의 미래를 생각해서였는지 아니면 뭔가 다른 사정이 있었는지 성철로서는 알 길이 없었지만 아버지의 말을 빌리자면 자식들의 미래를 생각해서 그랬다고 했다. 그 뒤로 포장마차, 식당 등을 했지만, 형편은 나아지지 않았고 시간의 흐름과 비례해서 생활은 팍팍해져 갔다. 팍팍해져가는 살림살이만큼이나 어머니와 아버지의 관계도 소원해져 갔다. 당장 내일 먹을 쌀을 걱정하고 내야 할 세금을 걱정해야 하는데 부부의 정을 생각할 시간과 여유가 어디 있었겠느냐고 성철은 어린 나이에도 짐작할 수 있었다.

하지만 성철은 무능한 아버지를 미워할 수 없었다. 그것은 단 하나의 따뜻한 기억 때문인데 성철이 초등학교 2학년 어느 추운 겨울 등굣길에 태복과 함께한 적이 있었다. 그 추운 겨울 성철의 운동화 끈이 풀린 것을 본 태복은 무릎을 굽혀 성철의 운동화 끈을 묶은 후 성철의 머리를 다정스럽게 쓰다듬었다. 물론 성철에게 아버지에 대한 따뜻한 기억은 그 기억 말고도 여럿이 있었다. 태복은 경제적으로는 무능했지만, 자식들에 대한 사랑이 없는 것은 아니었다. 다만 상황이 그러했을 뿐이고 시대가 그러했을 뿐이었다.

태복은 늘 골방에 혼자 있는 경우가 많았다. 눈을 감고 낡은 책장에 기대어 앉아 무언가를 항상 골똘히 생각했다. 태복은 무언가를 지키기 위해 항상 그 자리에 서 있는 장승과도 같은 존재였다.

성철은 어둠 속에서 침묵하고 있는 아버지가 안쓰러웠다. 성철이 보기에 아버지는 몸을 써서 벌어먹기에는 생각이 많았고 생각이 많은 것을 감당하기에는 형편이 따라주지 않았다. 성철은 언젠가 아버지가 하신 말씀을 기억했다.

'내가 다른 세상이 있다는 것을 조금만 일찍 알았다면 이렇게 살지는 않았을 거야. 뭔가 될 수 있고 할 수 있고 그런 세상이 있다는 것을 알려주는 사람이 있었다면 이렇게 살지 않았을 것이다.'

그렇게 며칠을 어둠 속에서 침묵하던 태복은 가끔 일자리를 알아보러 밖으로 돌아다녔지만 젊은 날의 고생으로 성치 않은 몸은 세상의 험한 일들을 감당할 수 없었다.

세상에서 할 수 있는 일과 주어진 일의 괴리로 인해 괴로워하던 태복은 그렇게 세상에서 조금씩 천천히 잊히고 있었다. 변해가는 세상 앞에서 태복은 세상을 향해 한 발자국도 나아가지 못했다.

세상으로 나아가지 못하는 만큼 그 에너지는 집안에서 불운한 에너지로 커져갔다. 이유가 있어 부부싸움을 하는 것이 아니라, 싸우고 싶은데 이유가 필요했다. 부부 사이에는 서로에 대한 원망과 미움이 가득했다. 집안에는 대화가 없었고, 어쩌다 오가는 말은 싸움으로 형상화됐고 그 싸움은 한쪽의 양보도 없이 치열하게 전개되었다. 그 사이에는 자식들의 울음이 있었고 어린 자식들의 그 울음은 서글펐고 서러웠다. 서로 죽일 듯이 달려들어 싸우는 이유는 하찮고 사소한 말다툼이었지만 사소한 말다툼은 세상에 대한 원망과 분노를 서로를 향해 겨누게 하는 도화선이 되었다. 성철은 그럴수록 더욱더 냉정해져 갔고 그러한 삶을 살지 않기 위해서는 다른 세계로의 탈출이 더 절실해져 갔다.

돈이 불행에서 벗어나게는 해준다

초등학교 시절, 매일 아침 일어나 전날 벗어둔 가방을 그대로 멘 채 학교에 가는 것도 버거운 그때, 성철은 세수는커녕 이도 못 닦고 간신히 학교에 가기 일쑤였다. 그래도 워낙 단 것을 먹을 기회가 없는지라, 또래 아이들보다 이가 빨리 썩거나 하지는 않았다. 그러나 시간의 흐름에 따라 충치는 생기기 마련이고 이는 썩기 마련이었다. 이가 썩어도 치과를 갈 형편이 아닌지라, 모든 것을 스스로 해결해야 했다. 사실 성철은 치과라는 병원이 있는지도 알지 못했다.

그 시절 모두가 그랬겠지만, 이가 흔들려도, 충치가 생겨도 집에서 해결할 수밖에 없었다.

하루는 성철이 충치로 인해 썩은 이가 너무 아파 죽을 것만 같았다. 벌레가 과일 속 깊숙한 곳까지 파고들 듯이, 고통은 성철의 잇몸을 깊숙이 파고들었다. 너무 아파서 정말 어쩔 줄 몰라 하는 성철을 본 뒤 태복이 마치 화산폭발로 분화구가 생기듯 썩어서 움푹 패어 버린 어금니 속으로 담뱃재를 밀어 넣었다.

몇 초가 흐른 뒤 성철의 어금니 깊숙이 찾아오던 고통은 봄눈 녹듯 사라져 버렸다. 일종의 신경치료가 아니었나 싶다. 당시에는 그게 몸에 좋은지 나쁜지 따질 만한 여유가 없었다. 일단 삶의 고통을 당장 완화하거나 피할 수 있다면 그렇게 하는 게 상책이었다. 그게 언 발에 오줌 누기라도 어쩔 수 없는 것이 현실이었다. 당장 오늘의 아픔을 견디는 게 중요했지 오늘 나의 행동이 내일 나에게 어떻게 돌아올지를 생각할 여유도 시간도 없던 때였다.

그래서인지 성철은 커서도 약한 잇몸 때문에 고생을 하게 되었다.

(크레이트 속의 작은 행복)

성철의 초등학교 생활 중에 몇 안 되는 낙이 있었는데 그 중에 하나가 우유급식 상자 속의 남은 우유를 챙기는 거였다. 우유는 2교시나 3교시가 끝나고 주번이 우유 배달 차에 줄을 서서 받아오게 되는데 배가 부르거나 우유 먹는 것을 깜빡하는 아이들로 인해 우유가 종종 남아 있곤 했다. 물론 아이들이 다 하교하기 전까지 남은 우유에 손을 대지 않는 것이 불문율이었다. 우유가 남아 있을 때면 성철은 맨 마지막까지 남아 그 우유를 챙겼다. 누구의 선택도 받지 못해 상자 속에 남아 있는 우유는 가진 자들의 흔적을 그대로 간직하고 있었는데 다 먹고 빈 우유각을 우유상자로 던지다가 흘러내린 우유방울들로 인해 남은 우유는 얼룩져 있었고 그 남은 우유를 밑바닥에서 건져낼 때 성철은 자신의 인생 자체가 밑바닥이라는 생각을 지울 수가 없었다. 가끔 성철은 우유가 남지 않을까 봐 빈 우유 곽으로 남은 우유를 잘

가려놓기도 했다.

성철이 우유를 유독 좋아해서 먹고자 그랬던 것은 아니었다. 당시 동네에 새로 생긴 오락실에 우유를 가져가면 백 원과 바꿀 수 있었다. 성철은 돈이 있든 없든 하굣길에는 늘 그 오락실에 들렀다.

성철의 성격이 그랬다. 뭐든 한번 빠지면 헤어 나오지 못하고 매몰되는 경우가 많았다. 한번은 아침부터 저녁까지 장장 12시간을 오락실에서 보낸 적이 있었는데, 돈이 없어 오락을 직접 하지는 못하고 그저 남들이 하는 오락을 12시간이나 지켜만 보았다. 그날 밤에 성철은 눈이 부어올라 눈이 잘 떠지지도 않았다.

그 당시에는 뭔가를 꼭 해야 한다는 생각이 없었다. 어차피 시간은 똑같이 주어져 있었지만, 그 시간을 유용하게 소비할 지혜와 의지가 성철에게는 없었다. 살아가는 게 아니라, 태양의 일출과 일몰에 그저 시간이 흘러가는 대로 살아지는 삶이었다. 뭔가를 고민하고 싶지도 않았고 이루고 싶은 것도 없었고, 설사 있다고 해도 그것을 이룰 수 있다고 믿지도 않았다.

그렇게 세상의 잉여인간처럼 인생의 소중한 학창시절 8년을 허비했다. 그렇게 허비하면서 보낸 세월은 성철을 무의 상태로 만들었고 비워진 만큼 그것을 남들과 비슷하게 채우는 데는 엄청난 고통이 뒤 따랐다.

분노, 성장의 발판이 되다

(사관학교)

성철은 그렇게 허비한 8년의 세월을 회복하기 위해 뼈를
깎는 노력을 기울여야 했다. 중학교 때는 선생님들의 매질
과 싸웠다고 한다면 고등학교 때는 자기 자신과 싸워야 했
다. 학교에서는 진도를 따라가기 위해 공부와 싸워야 했고
집에서는 우울함, 음침함과도 싸워야 했다. 고등학교 야간
자율학습이 끝나고 집에 돌아오면 온 집안이 어두웠다. 밖
에는 귀뚜라미 우는 소리라도 들렸지만 오히려 집안에서는
숨소리 하나 들리지 않았다.

성철은 조용히 문을 열고 집으로 들어가 방문을 열고 스
탠드를 켰다. 침대에는 성찬이 누워 있었다. 누워 있었지만
잠이 든 건지 아닌지는 알 수 없었다. 성철의 형 성찬은 성
마른 성격에 신경이 예민해 쉽게 잠들지 못했다. 성찬은 초
등학교 때는 공부를 곧잘 했다. 성찬은 없는 집 형편에도 맏
이라고 태권도장을 다녔고 아람단 활동을 했다. 그것도 길
지는 않았지만 말이다. 초등학교 때는 활달하고 인기도 많
았던 성찬은 중학교에 올라가서 급작스럽게 변했다. 집안의

우울감과 뿌리 없음을 감당할 수 없었던 것이었을까. 학교 생활에도 적응하지 못했고 성격도 점점 신경질적이고 예민하게 변해갔다.

성철이 늦은 시간까지 공부를 하면서 켜 놓은 스탠드는 성찬을 자극하기에 충분했고 누워서 뒤척이는 성철의 작은 움직임에도 성찬은 거칠게 화를 냈다. 성철은 마음 편하게 공부를 할 수 없었지만 공부하기로 한번 다잡은 마음을 놓을 수는 없었다. 성철은 형의 온갖 짜증을 견뎌내며 공부를 했다. 그럴수록 더욱더 독하게 공부에 매달렸다. 집에서 공부를 한다는 것이 이렇게 눈치를 봐야 하는 일인지도 이해할 수 없었고 도와주지 않는 가족이 원망스러워 집에 가기 싫었던 적이 많았다. 몇날 며칠을 밤새 공부하다 정신이 혼미해지기도 했다. 치열하고 독하게 공부를 한 만큼 성철은 성장해 가고 있었다. 성장해 가는 성철에 비해 집안형편은 성철의 성장을 따라가지 못했다. 자신의 성장을 뒷받침하기에는 형편이 어렵다는 것을 누구보다 잘 알고 있었기에 성철이 할 수 있는 선택은 많지 않았다.

성철은 학비가 무료이고 기숙사 생활에 품위유지비까지 주어지는 사관학교를 선택하기로 했다. 고등학교 3년 때 성철은 태복의 낡은 트럭으로 해군사관학교 체력검정과 신체검사를 받기 위해 진해로 향했다. 낡은 트럭 속에서 부자지

간은 어두운 밤만큼이나 낯설고 어색했다. 밤늦게 진해에 도착한 태복은 조금이라도 싼 여관을 구하기 위해 주변을 돌고 또 돌았다. 그렇게 어색한 하룻밤이 지나고 아침 일찍 두 사람은 사관학교 앞 해장국집에 들어갔다. 이번에도 두 사람의 테이블엔 해장국 한 그릇만 놓였다. 옆 테이블에 앉은 학생들은 모두 부모님과 함께 해장국 한 그릇씩을 시켜 다정하게 먹으며 자식에게 용기를 북돋아주는 이야기꽃을 피웠다.

"아줌마, 여기 선지 좀 많이 넣어 주세요. 또 압니까, 여기서 해군참모총장이 나올지."

"아 그럼요, 많이 드려야죠. 오늘 시험 보러 온 학생들 중에서 해군참모총장 안 나오란 법 없죠." 옆 테이블의 아저씨는 호탕한 목소리로 선지해장국 세 그릇을 주문했다.

성철은 중학교 졸업식 날 자장면을 먹던 때처럼 서글픈 마음이 들기보다는 먹어야 한다는 생각이 강했다. 먹어야 종일 계속되는 체력검정과 신체검사를 받을 수 있고 통과해야 다른 삶도 살 수 있다고 생각했기 때문이다.

선지가 목에 걸려 잘 넘어가지 않았지만 억지로 씹어서 넘겼다. 선짓국을 먹으면서 성철은 소의 피를 응고시켜 만든 선지처럼 자신의 삶도 형상화시켜야 한다고 생각했다. 선지가 되는지 버려지는 피가 되는지는 오늘의 결과에 달렸다고 생각했다.

사관학교 교정으로 들어가는 입구는 길었고 벚꽃나무로 가득했다. 성철은 해군사관학교 세병관 앞 연병장에서 오래 달리기, 턱걸이 등 체력검정을 받았고 충무관에서는 신체검사를 받았다. 수험생들이 시험을 보는 동안 같이 온 부모들은 해사반도 옆에 놓여 있는 거북선과 교내를 견학했다. 시험은 단계별로 진행되었고 탈락하는 학생들의 부모는 그때그때 호명되어 사관학교 버스를 타고 교정 밖으로 안내되었다. 떨어지는 학생들의 이름이 호명될 때마다 견학을 하는 부모들 사이에서는 자신의 아들이름이 불리지 않음에 안도하는 한숨소리가 곳곳에서 흘러 나왔다.

해질 무렵 성철은 마지막으로 시력검사장으로 향했다. 성철이 가장 걱정했던 것이 시력검정이었다. 시력 합격기준이 비교적 낮은 해군사관학교를 택한 것도 그 이유였다. 합격기준은 나안시력 0.3이상이었으나 성철의 시력은 0.3이 되지 못했다. 성철의 시력은 중학교 때까지 1.5로 좋은 편이었다. 하지만 고등학교 이후 열악한 환경 속에서 갑자기 밀려오는 학습량을 성철의 눈이 감당하지 못했고 시력은 급격히 나빠졌다.

선배들이 성철에게 시력이 크게 중요하지는 않다고 귀띔해주었기 때문에 나쁜 시력임에도 불구하고 희망을 가졌다.

"0.1. 불합격!"

"아닙니다. 다시 검사받겠습니다. 부탁드립니다."

성철은 절박함에 눈물이 났다.

눈의 각막에 눈물이 맺히면 일시적으로 시력이 좋아진다는 것을 성철은 알고 있었다. 눈물이 일종의 렌즈 역할을 하는 것이었다. 성철은 눈물이 맺힌 눈으로 검정선 앞에 섰다. 하지만 군의관의 시력검사는 길어졌고 눈물이 계속 나오지는 않았다.

예정된 시험시간이 다 끝나가자 태복은 안도했다, 합격이라고 생각한 것이다. 하지만 해가 수평선에서 채 사라지기 전에 성철의 이름이 호명됐고 두 사람은 나란히 사관학교를 나가는 버스에 올랐다.

"떨어진 게 내 탓인 거 같아 미안하구나, 성철아."

"아버지가 왜요?"

성철은 이해하지 못했다. 아버지가 미안하다는 뜻이 시력 때문에 떨어졌으니 눈 영양제를 사주지 못해서 미안하다는 것인지, 아니면 사관학교 외에는 다른 길이 없다고 생각하는 아들의 삶에 대한 미안함인지.

아들과 집으로 올라오는 차 안은 어색했다. 태복은 희망을 잃어버린 아들의 얼굴을 보는 것이 쉽지 않았다. 하지만 마음만으로는 해줄 수 있는 게 없었다. 성철이 본인처럼 살기를 바라지는 않았지만 삶을 이끌어 줄 수 있는 힘이 없었다. 뿌리는 나무를 지탱하고 나무는 그 힘으로 화분을 받아

열매를 맺든 화분을 날려 다른 나무의 열매를 맺도록 해야
하는데 오히려 화분이 뿌리를 지탱하는 자양분이 되고 있었
다. 성철의 집안이 그랬다.

  사관학교의 낙방은 성철에게는 삶의 등대가 사라진 것이
나 다름없었다. 며칠 학교를 가지 않고 방황하던 성철은 학
교 뒷산에서 자주 시간을 보냈다. 뒷산 호숫가에 돌을 던지
거나 물수제비를 하면서 성철은 많은 생각을 했다. 호수가
의 물수제비처럼 세상을 향해 날아갈 것인가, 아님 호숫가
에 잠긴 돌이 될 것인가, 호숫가에 잠기는 돌이 될지라도 파
장이라도 일으켜야 한다고 생각했다. 성철은 그 뒤 전액 장
학금을 받을 수 있는 지역의 대학교에 입학했고, 술과 함께
의미 없는 1학년을 보내다가 군대에 갔다. 기억은 인간이 만
들어낸 결과물이지만 그 기억이 사람을 집어삼킬 수도 있었
다. 마찬가지로 나무는 뿌리가 깊어야 오래 생존을 이어갈
수 있지만 결국 그 뿌리로 인해 나무는 어디로도 갈 수가
없는 것이었다. 성철은 결국 그것이 죽음으로 이어질지라도
뿌리를 잘라내고 벗어나야 한다고 생각했다.

  (첫사랑)
  결국 지역에 있는 대학에 입학한 성철은 하루하루가 무의
미했다. 그러던 어느 날 고등학교 선배가 자신이 회장으로
있는 동아리에 가입하라면서 교내 식당 앞으로 성철의 손을

잡아끌었다. 그 동아리는 기독선교회 동아리였다. 성철은 고등학교 때까지 여자를 만나 본 적이 없었다.

교내 식당 앞에는 동아리를 안내하는 부스가 있었고, 거기에 미애가 있었다. 미애는 얼굴이 하얗고 피부가 좋았고 긴 생머리를 하고 있었다. 청바지에 흰색 티를 입고 있었던 미애가 성철은 싫지 않았다. 미애는 성철을 전도하기 위해 전화를 자주했다. 성철은 미애가 자신을 좋아하는 줄 알았고 시나브로 사랑에 빠져들었다. 미애도 순진하고 순박한 성철이 싫지 않았다. 어딘가 모르게 슬픔을 담고 있는 얼굴에서는 연민을 느끼기도 했다.

첫사랑은 어색했고 달콤했고 짜릿했다. 때론 슬프고 외로웠다. 성철은 어릴 적 성당에 다닌 적은 있었지만, 하나님을 믿지는 않았다. 중간고사 시험 공부를 하던 늦은 밤 교정 뒤에서 성철은 미애와 벤치에 나란히 앉아 밤하늘의 별을 보다 처음 손을 잡게 되었다. 따스함이 손을 타고 차갑고 외로운 성철의 마음까지 전달되었다. 성철은 이성을 알고 나서 처음 잡아보는 여자의 손을 오랜 시간 잡고 있었다. 그리고 한 달 뒤 미애와 데이트를 하던 성철은 자신이 다녔던 중학교 운동장 벤치에 앉아 첫 키스를 하게 되었다. 성철의 혀가 미애의 입을 헤집고 들어갔다. 성철은 미애의 혀가 입으로 들어왔을 때 그것이 왜 달콤하고 따스한 것인지 사랑의 감정 때문인지 부드러운 혀의 감촉 때문인지 잘 몰랐지만, 그

시간이 영원히 계속되길 바랐다.

미애는 신앙심이 깊었다. 성철은 그런 미애를 맞춰주기 위해 교회수련회에도 자주 참가했다. 미애만 있으면 어디든 좋았다. 미애를 보기 위해 5시간을 기다리기도 했다. 하지만 미애의 신앙심이 깊어질수록 미애는 성철을 밀어내고 있었다. 그렇게 헤어지고 만나기를 몇 번 반복했고 결국 미애는 하나님과 성철 중 성철을 선택했다. 첫사랑은 장미꽃과도 같았다. 화려하고 향기롭지만 사람들이 장미가시에 찔려 상처가 나듯 우리들 모두는 크든 작든 첫사랑에 상처받고 그 상처는 때론 추억으로 때론 연민으로 우리들의 가슴속에 녹고 남는다. 그렇게 첫사랑에 헤매다 1년이 지나갈 무렵 IMF가 찾아왔고 IMF 한파는 성철을 군대로 내몰았다.

(날계란에 소주 한 컵)

끝날 거 같지 않던 2년 2개월의 군생활에도 마침표는 있었다. 정말로 전역을 앞둔 마지막 한 달은 1년의 시간과 맞먹는 무게와도 같았다. 후임병들의 헹가래가 끝나고 위병소를 천천히 걸어 나가는 성철의 발걸음에는 두려움과 설렘이 공존했다. 성철은 수원터미널에서 마지막 담배를 비벼 끄며 고향으로 향하는 버스에 몸을 실었다. 성철은 군대에서 담배를 배웠다. 담배를 피우지 않는 성철을 보면 선임병들은 군생활이 편한가 보다, 할 만한가 보다 등 갈굴 수 있는 온갖 수식어를 갖다 대며 성철을 괴롭혔다. 하지만 성철이 정말로 담배를 피우게 된 것은 공허해진 가슴을 담배연기로라도 채울 요량에서였다. 한번 피운 담배는 손에서 떠나질 못했다.

무엇 때문인지 모르겠지만, 집으로 향하는 성철의 발걸음이 가볍지만은 않았다. 군대에서 후임병들과 함께 있을 때는 외로움이나 공허함을 느끼지 않았다. 모든 사람이 같은 색의 옷을 입고 같은 신발을 신고 같은 밥을 먹고 동등하게 훈련을 받던 군대가 오히려 마음이 편했다. 군대에서는 그날의 훈련과 그날의 매를 맞으면 편하게 잠을 잘 수 있었다. 하지만 사회는 그날 그날의 정해진 양이 없었다. 더 뛰는 놈이 더 먹는 것이었다. 다시 불공평한 사회로 내던져진 것이었다.

집 앞에 도착한 성철은 낡아서 언제 떨어져 나갈지 모르는 철 대문을 바라보며 깊은 한숨을 내쉬었다. 조심스레 대문을 열고 집으로 들어가자 아버지가 마당에 나와 계셨다.

"저 왔습니다 아버지."

성철은 마치 하굣길 인사라도 하듯 무미건조하게 인사를 건넸다.

"그래, 고생했다. 밥은 먹었냐."

태복도 짤막히 인사를 받았다. 큰 환영을 기대한 것은 아니지만 섭섭한 마음이 성철의 마음속에서 꿈틀거렸다.

"아니요. 먹어야지요."

"그래, 들어가자."

성철은 아버지의 뒤를 따랐다. 가스레인지에는 새벽녘에 어머니가 끓여 놓은 듯 보이는 된장국이 올려져 있었다. 성철은 밥솥에서 밥을 한 그릇 떠서 된장국에 말았다. 성철은 밥을 넘기며 문득 내가 오늘 제대한다는 사실을 어머니가 알고 계실까 궁금했다. 오래된 싱크대 서랍장에 지워지기 힘든 찌든 때처럼 집안의 가난도 좀처럼 나아지지 않았다.

성철은 대충 밥을 먹고 밖으로 향했다.

"아버지, 밖에 좀 다녀오겠습니다."

"피곤할 텐데 쉬지 그러냐."

"잠깐 다녀올 데가 있어서요."

성철은 녹슬고 삐걱거려 언제 떨어질지 모르는 철문을 조심스레 열고 밖으로 나왔다. 집안은 언제 떨어져 나갈지 모르는 철대문만큼이나 위태로워 보였다. 대문은 마치 성철의 집을 압축해서 보여주는 상징물처럼 보였다. 어색한 부자지간에 좁은 집에 같이 있는 것이 숨막히기도 했지만 뭔가 하지 않으면 안 될 거 같다는 생각이 성철의 머릿속을 파고들어 전역 첫날도 그냥 쉴 수가 없었다.

성철은 동네 삼거리에서 지역신문지를 집어 들고 슈퍼 앞 파라솔 의자에 앉았다. 구인광고란을 보며 전화 걸기를 몇

통째 성철은 직접 와보라는 수화기 너머 한 마디에 신발 끈을 조여 매고 일어섰다.

성철이 찾아간 곳은 집에서 걸어서 1시간 거리쯤 되는 외곽에 위치한 공단의 한 아이스크림 물류창고였다. 트럭들이 바쁘게 들락거리고, 직원들은 열심히 차에다 상자를 싣고 있었다. 성철은 물류창고 한켠에 있는 사무실에 들어섰다.

"아까 전화 드린 사람입니다. 신문 보고 왔습니다."

"잠깐 앉으세요."

성철은 회의실처럼 보이는 구석 한 귀퉁이에 놓여 있는 의자에 앉았다.

관리자처럼 보이는 40대 중반의 남성이 성철을 위아래로 한번 훑어본 다음 물었다.

"언제부터 일하실 수 있어요?"

"오늘부터 할 수 있습니다."

"젊은 사람이라 패기가 넘치네. 오늘부터는 그렇고 이력서 가지고 내일 아침 7시까지 여기로 오세요."

"네. 알겠습니다."

성철은 집으로 돌아가는 길에 문구사에 들러 이력서 용지를 샀다. 다행히 증명사진은 군대에서 찍어 놓은 게 있었다. 증명사진을 찍는 것도 돈이 들었고 제대 이후의 모든 활동에는 비용이 발생했다.

집에 돌아와 보니 일을 마치고 돌아온 영자가 성철을 맞이했다.

"저 왔습니다, 어머니."

집안은 2년 전이나 지금이나 변한 게 없었다. 다만, 부모님이 조금 더 늙은 것과 얼굴에는 삶의 피로가 더 묻어나고 있을 뿐이었다. 대문이 세월의 흐름에 맞춰 더 녹슨 것처럼 부모님의 얼굴도 더 지쳐 있었다.

"고생했다, 성철아. 저녁 먹고 일찍 쉬어라."

새벽 일찍 일을 나가야 하는 영자는 8시 전에 잠자리에 들었다. 고된 일상은 아들의 제대를 축하하며 작은 담소를 나눌 만큼의 사치도 허락하지 않았다.

성철은 이른 저녁을 먹고 책상에 앉아 이력서를 썼다. 쓴다고 하기보다는 그냥 칸을 채워 넣고 있었다. 이력서 란의 가족관계를 적고 나니 쓸 만한 이력이 별로 없었다. 나중에 알게 됐지만 물류창고 일은 이력서가 필요한 게 아니고 사지가 멀쩡하고 그 멀쩡한 사지가 얼마나 버틸 수 있을까 하는 확인만이 필요한 일이었다. 초라한 이력서를 책상 속에 밀어 넣으며 성철은 담배를 집어 들고 마당으로 나갔다. 2년 전이나 지금이나 변한 게 없다는 사실에 감사해야 할지 슬퍼해야 할지 성철은 씁쓸함을 느꼈다. 경제는 IMF를 벗어나 빠르게 회복하고 있었지만, 성철의 집안은 회복하지 못했고 회복할 것이 없었다. IMF는 서민층의 삶을 제일 먼저 파고들었지만, 회복은 대기업부터였고 제도권 사람들이 먼저였다. 서민층의 삶은 좋아지기는커녕 계속 나빠지고만 있었다.

성철은 몇 개비 남지 않은 담배 중에 한 개비를 꺼내 불을 붙였다. 성철은 답답한 마음에 마지막 담배 한 개비를 꺼내 물고 담배각을 구겼다. 가지지 못한 인생은 빈 담배각처럼 쉽게 구겨져 버릴 것만 같았다.

담배는 필요악이었지만 때론 삶의 위안도 되고 희망도 되었다. 성철은 담배 연기를 폐로 받아들이지 않고 가슴으로 받아들이는 듯했다. 담배연기를 가슴 깊숙이 빨아들인 후 내보낼 때에는 근심과 걱정도 같이 나가기를 바랐다. 그 근심과 걱정은 담배연기만큼이나 어찌해볼 도리가 없고 손에 잡히지 않는 허상이어서 싸울 수도 없고 쫓을 수도 없었다. 근심과 걱정, 다 그 말이 그 말일 테지만 고민해서 해결될 일이면 이미 근심과 걱정이 아니었다. 그것은 한치 앞도 알 수 없는 불안한 미래에 대한 막연한 두려움이었다.

다음날 아침 일찍 성철은 이력서를 봉투에 담아 뒷주머니에 넣고 집을 나섰다.

"일찍 왔네."

어제 그 40대 중반의 남성이 문 앞에서 담배를 피우며 성철을 맞았다. 남성의 얼굴은 흙 색깔만큼이나 까맣게 그을렸고 움푹 들어간 눈은 얼핏 보기에도 고생에 찌든 사람처럼 보였다. 먹고 사는 게 인생에서 당장 시급한 사람인 듯했

하류 인생

다. 성철은 세상은 뭔가 위대한 일을 하러 오는 것이 아니고 태어났기 때문에 먹고 살아야 하는 것이라고 생각했다.

"네. 이력서 여기 있습니다."

"성철 씨, 왜 30분이나 일찍 왔어?"

"일종의 생존본능이랄까요. 허허."

성철은 머리를 긁적이며 대답했다.

성철은 왜 30분이나 일찍 왔냐는 말이 자신은 항상 살아남기 위해 노력해야만 한다는 사실을 상기시키는 것 같아 서글퍼졌다.

"성철 씨가 일할 곳은 여기가 아니고 저 위의 물류창고야."

"여기 말고 다른 창고가 있나요?"

"여기 말고, 저 위 물류창고에 사람이 부족해."

관리주임이 누군가를 불렀다.

"근용 씨."

창고에 대고 관리주임이 소리를 치자 성철과 비슷한 또래로 보이는 훤칠한 친구 하나가 나왔다. 덩치에 비해 키가 커서 더 말라 보였고, 말라 보이는 그 모습이 그를 더욱더 쓸쓸하게 보이게 만들었다. 왠지 세상의 무게를 혼자 짊어진 거 같은 모습이었지만 여전히 어린 티를 벗지 못한 얼굴이었다. 얼굴에는 아직 사춘기의 여드름이 남아 있었고 웃음에는 해맑은 티가 조금이나마 남아 있었다.

"근용 씨, 인사해. 오늘부터 저 위 창고에서 일할 성철 씨야."

성철과 근용은 서로 멋쩍은 듯 가볍게 눈인사만을 건넸

다.

"여기 성철 씨 제2 물류창고 데려가는데 근용 씨도 같이 가지."

"네, 주임님."

근용은 영혼 없는 대답을 남기고 트럭에 올랐다.

관리주임은 성철과 근용을 트럭에 태우고 또 다른 물류창고로 향했다.

차로 30분쯤 가자 성철에게 익숙한 동네가 나왔다. 어릴 적 지현과 자주 놀았던 종합운동장이 있는 동네였다. 지현의 집이 이 근처라 성철과 지현은 자주 이곳에 왔었다.

물류창고에는 환갑쯤의 머리가 희끗한 작업반장 2명과 철 없어 보이는 삼십대 초반의 사내 한명, 성철과 같이 들어오게 된 성철보다 서너 살 어린 청년, 이렇게 5명이 함께 일을 하게 되었고, 근용은 바쁠 때 아래쪽 창고에서 지원 나오는 정직원이었다. 말이 정직원이었지 아르바이트와 별반 다를 게 없었다. 나중에 깨달은 사실이지만 이런 일은 오히려 기한이 없는 정직원이란 게 더 끔찍할 수도 있다는 것이었다.

아이스크림 박스를 냉동 탑차에 상차하는 일은 단순했지만 쉽지는 않았다. 쉽지 않은 정도가 아니라 육체적 노력과 인내를 필요로 했다. 창고 구석에서 컨베이어 벨트까지 아이스크림 상자를 나르는 조, 컨베이어 벨트에서 상자를 들어

탑차 앞까지 옮기는 조, 탑차 안에서 박스를 정리하는 조. 작업은 단순했다. 작업은 단순하고 분명해서 요령을 부릴 여지가 없다는 점에서 성철은 두려웠고 압박감을 느꼈다. 단순하고 분명한 만큼 머리보다는 힘을 필요로 했다. 아이스크림 4상자를 한 번에 옮기는 일은 상당한 손바닥의 악력을 필요로 했다. 4상자의 무게는 6kg이 넘었기 때문에 손바닥 힘만으로 반복해서 상자를 드는 것은 상당히 힘들고 고된 일이었지만, 컨베이어 벨트 밑으로 손가락을 집어넣을 수 없었기 때문에 다른 방법이 없었다.

구인란에 가족 같은 직원을 구한다더니 점심은 직원들이 정말로 가족같이 직접 해 먹었다. 11시 30분쯤이 되면 환갑을 바라보는 작업반장이 쌀을 씻어 밥을 하고 배춧국을 끓여 조촐하다 못해 초라한 밥상을 차려냈다. 성철은 환갑이 다 된 어른이 차려주는 밥상을 나이 어린 사람들이 받아먹는 모양새가 처음에는 어색했지만 왜 그래야 하는지, 왜 그럴 수밖에 없었는지 긴 시간이 지나지 않아 알게 되었다. 반장은 식사를 차리는 시간만큼 육체적 고통을 덜 느낄 수 있었다. 사람의 마음이란 게 정말 생물 같아서 처음에는 어르신들이 일하는 게 안타까워서 어르신들이 좀 더 편하게 일할 수 있도록 성철은 조금이라도 더 일했다. 하지만 고된 일이 반복되고 몸이 피곤해지자 배려나 측은한 마음은 온데간데없이 서로 미워하고 원망하는 마음만 남게 되었다. 조금이라도 편하게 일하는 사람이 미웠고 심지어 화가 났다. 곳간에서 인심이 난다는 옛말은 틀린 말이 아니었다. 한 사람이 덜 움직이면 그 간극을 누군가는 채워야 했기에 철없는 어린 청년이 합리적이지만 패륜 같은 말을 뱉었다.

"나이가 들었으면 집에 계시지 왜 나와서 여러 사람을 고생시키는지 모르겠어요."

그 말을 듣고 있던 철없어 보이는 삼십대가(나중에 말하겠지만 그는 민아라는 사내다) 말을 받았다.

"야이, 상놈의 새끼야. 나이 먹고 일하기 싫은 사람이 어디 있어서 나오겠냐. 먹고 살려니까 그런 거지."

"자식들 있을 거 아니에요, 자식들이 용돈 안 주나?" 나이 어린 청년이 말했다.

"야, 이 새끼야. 너 하는 꼴 좀 보고 말해라. 너도 이렇게 살면서 부모님 용돈이나 드릴 수 있겠냐."

"삼촌, 제가 이 일을 뭐 평생 하겠어요. 저도 꿈이 있고 하고 싶은 게 있는데."

민아는 피식 웃으며 말했다. "알았다. 꿈을 잃지 말고 여기서 열심히 일해서 꿈 이루는 데 보태."

사실 민아는 철이 없었지 생각이 없는 사람은 아니었다. 다만 나이에 걸맞은 직업과 재력을 갖추지 못해 철없는 인간으로 낙인이 찍혔을 뿐이었다.

팍팍한 부식비로 차려 내온 밥상은 고된 육체노동을 하는

하류 인생

사람들에게는 턱없이 부족한 식사량이었기에 작업자들 전부는 글라스에 소주를 가득 따라 날계란과 함께 단숨에 들이켜 부족한 에너지를 채우곤 했다.

성철은 처음에는 소주를 마시지 않았다. 소주마저 마셔 버리면 정말 막노동꾼으로 전락할 것만 같았다. 군대를 가기 전 성철은 주말에 아파트 현장에서 노가다를 했다. 용돈을 벌기 위해 현장에서 자재를 나르고 벽돌을 졌다. 막노동의 하루는 새벽에 시작해서 대폿집에서 술과 함께 초저녁에 끝이 났다. 가벼운 주머니 탓에 막걸리에 김치와 두부를 곁들인 저녁 겸 반주였다. 품삯이 나오는 날에는 삼겹살에 껍데기를 구워 먹었다. 불판 위에서 지글거리며 익는 삼겹살과 소주는 지친 노동자에게 위안이 되었고 하루를 기다리는 낙이었다. 인부들은 어린 성철이 기특하다며 곧잘 데리고 다니곤 했다. 하지만 거기까지일 뿐이었다. 더 이상 삶의 진전이나 발전은 없었다. 성철은 그런 인생이 무섭고 두려웠다.

하지만 사람이 처한 환경은 사람을 쉽게 변하게 만들었다. 성철도 육체적 고통을 완화하고 오후에 일을 하기 위해서는 어쩔 수 없이 날계란에 소주를 먹게 되었고, 성철도 그 분위기에 서서히 동화되어 갔다. 사람은 변하지 않지만 환경은 사람을 변하게 만들었다.

처음에 성철은 소주 값으로 부식을 더 사지 왜 소주를 먹을까 궁금했다. 하지만 며칠 지나지 않아 단돈 천 원으로 정신과 육체의 고통을 달래주고 삶에 대한 저항의식을 소멸시켜주는 것은 소주밖에는 없다는 결론을 내리고 말았다. 소주를 한 컵 가득히 따르고 거기에 날계란을 깨서 단숨에 들이켰고, 계란이 넘어갈 때와 소주가 넘어갈 때는 엄청난 차이가 났으며, 계란의 부드러움 뒤에 목을 태우는 쓴 소주가 넘어가는 것은 마치 천국에서 지옥으로 넘어가는 것 같은 기분이 들게 만들었다. 작업반장은 이걸 마실 때도 노하우가 있어 날계란을 먼저 먹고 소주를 마셔야 위를 보호할 수 있다고 했다. 이런 상황에서 건강을 생각한다는 게 아이러니했지만 반장의 그런 충고에도 불구하고 성철은 늘 소주를 먼저 목 넘김 한 후에 날계란을 먹었다. 성철은 위 보호는 뒤로 하고 당장 목에서 느껴지는 감각에 충실할 수밖에 없었는데 칼칼함 뒤에 찾아오는 부드러움이 훨씬 나았기 때문이다.

날계란이 목을 넘어갈 때의 부드러움과 소주가 목으로 넘어 갈 때의 쌉쌀한 느낌은 얼핏 보기에 서로 공존하거나 양립할 수 없을 것 같지만 그러한 것이 오히려 삶의 부조화를 조화롭게 만들어 주었다. 인생에도 늘 희로애락이 있기 마련이지만 희로애락이 결국은 다른 감정이 아니었다. 모든 감정의 근원은 사람의 마음으로부터 나오는 것인 만큼 그 뿌리가 같으므로 깊게 들어가 보면 결국은 같은 것일 거라고 성철은 생각했다.

주름이 깊게 팬 작업반장의 얼굴에는 삶에 대한 욕구나 희망 같은 것은 없어 보였다. 그저 의무감만을 짊어진 채 살아있기에 살아가는 인생이었다. 소주 한 컵은 인생을 살아가는 의미가 되기에 충분했고 그 이상의 의미가 부여될 필요도 없었다. 성철은 인생을 살면서 늘 의미가 있어야 한다고 생각했다. 의미가 없으면 즐거움 혹은 단편적인 기쁨이라도 찾아야 했고, 다른 사람들은 어떤 의미, 어떤 즐거움으로 삶을 살아가고 있을까를 궁금해 했다. 하지만 작업반장의 주름진 얼굴을 볼 때면 인생에서 의미란 게 어쩌면 필요하지 않을 수도 있고, 단순한 의무감도 인생의 의미가 될 수 있는 만큼 어떤 이에게는 소주 한잔도 삶의 의미가 되기에 충분하다고 생각했다. 여기에서의 삶은 관념 속에서의 삶이 아니라 살아 숨 쉬는 현실적인 것이었다. 힘든 현실 속에서 하루하루를 버티는 데 삶의 의미가 있었고 하루하루를 버티기 위해 소주 한 컵을 들이켜는 것에 의미가 있었다. 생각에 잠겨있는 성철을 반장이 불렀다.

"성철 씨." 작업반장이 소주 한 컵을 더 들이켰다. 평소 한 컵 이상은 마시지 않았는데 그날따라 한잔 더 따라 마시며 물었다.

"자네는 대학을 다니다 왔다고 했지."

"네, 반장님."

"자식 같아서 하는 말인데. 이런 일은 오래 할 게 못 되니

빨리 그만둬. 몇 달 더 하다가는 몸이 금방 망가질 거야. 우리야 갈 데도 없고 그나마 쉬운 탑차 정리니 견디는 거지, 냉동 창고에서 오래 일하면 자네 팔 다 망가져."

삶에 대한 깊은 원망을 한숨에 섞어 내보내려는 듯 반장은 깊은 한숨을 내 쉬었다.

그랬다. 일은 매일매일 인간이 버틸 수 있는 한계를 시험하는 것처럼 힘들었지만 받는 급여는 일에 비해 너무 적었다. 성철은 매일 아침 눈 뜨는 것이 힘겨웠다. 매일 아침 7시부터 저녁 7시까지 12시간의 중노동은 젊은 성철조차 빠른 속도로 피폐하게 만들었다. 육체가 피곤했고 정신이 피폐해졌다.

성철은 매일 아침 근육이 찢어져 나가는 느낌을 받았다. 아이스크림 박스를 들 때 어깨, 팔 뿐만이 아니라 손가락 마디마디 통증을 느낄 수 있는 모든 부위에서 통증을 느꼈고 그 통증은 몸의 통증을 넘어 마음의 통증으로 다가왔다. 더욱이 세수를 할 때는 팔 관절이 굽혀지지 않아서 아이스크림 박스를 들 때의 자세로 세수를 할 수밖에 없었다. 팔을 들어 세수를 하는 것이 아니라, 얼굴을 낮춰 세수를 했다.

3개월 뒤 성철은 일을 그만두게 되었고, 사장은 월급을 1.5배로 올려주겠다는 파격 제안을 하였다. 성철은 사장이 나쁜 건지 자신이 바보였는지 혼란스러웠다. 성철은 그때 생각했다. 세상을 향해 짖지 않으면 결코 자연스럽게 돌아오는 것은 없다는 것을. 창고 안의 사람들은 세상을 알지 못했으며, 알려고 하지 않았다. 창고 안의 세상이 세상의 전부인 듯 살아가고 있었다.

아마 여름이 끝나고 가을, 겨울에 접어들면 아이스크림 창고일은 한산해지겠지만, 성철은 다가오는 7, 8월 무더운 여름이 두려웠고 겨울이 오면 급여는 아마 다시 원상복귀하거나 혹은 좀 더 삭감될 것이라는 것은 깊이 생각하지 않아도 알 수 있었다. 사장은 당장 다가오는 한여름 장사로 인한 조바심에 파격 제안을 했지만, 그 여름이 지나면 다시 본색을 드러낼 것이 뻔했다. 그것은 성철이 군대를 가기 전 세차장 아르바이트를 했던 경험에 비추어 봤을 때도 명확했다. 1학년 겨울방학 후 군입대가 예정된 2월까지 성철은 세차장에서 일했다. 추운 겨울날 꽁꽁 언 손발을 녹여가면서 세차를 한다는 것은 쉬운 일이 아니었다. 두 달 뒤 한꺼번에 정산해주기로 한 월급날 사장은 비가 와서 세차가 없던 날, 눈이 와서 세차가 없던 날, 일이 있어 몇 시간 늦게 출근한 날 등등을 열거하며 월급을 깎았다.

일당이 아니라 월급을 받기로 하고 한 일이라 깎인 월급이 억울했지만, 항의했다가 사장이 월급을 안 주고 버티면 곧 군대를 가야 하는 성철의 입장에서 유리할 것이 없었기에 그냥 주는 대로 받아들고 세차장을 나왔다. 시간조차 성철의 편이 아니었다. 그때 성철은 가진 자가 세상을 대하는 방법을 똑똑히 알 수 있었다.

꿈을 빼앗긴 자들

(근용이의 꿈)

근용은 성철과 동갑에 여수가 고향인 청년이었다. 근용이는 고등학교 때 지금의 아내와 야반도주를 했고 스물두 살의 어린 나이에 이미 아이아빠가 되어 있었으니 그의 삶이 그리 평범하다고 말할 수는 없었다. 평범하지 않은지 어떤지는 몰라도 일상적이지는 않다고 말할 수 있었다. 근용이의 어머니는 영관급 장교로서 여군이었고 아버지는 큰 배를 가지고 있다고 했다. 그래서인지 얼굴에는 단호함보다는 유함이 묻어났고 유함 뒤에는 연약함이 자리 잡고 있었다.

부족할 게 없는 집안에서 자랐지만 고등학교를 중퇴하고 야반도주를 한 데다 더욱이 군대까지 가지 않아 집에서는 버린 자식 취급을 받았다. 고등학교 때 근용이는 자연산 전복 한 개에 소주 한잔을 먹을 정도로 풍족했고 힘든 게 없어서 힘들었던 시절을 보냈다. 그런 그의 꿈이 지금은 운전면허증을 따서 다른 일을 하는 것이 되어버렸다. 근용은 대

하류 인생

학을 다니고 군대를 갔다 온 성철을 부러워했다. 둘은 동갑내기라서 그랬는지 처해 있는 상황이 비슷해서였는지 누가 먼저랄 것도 없이 봄 새싹 돋듯이 자연스럽게 친해졌고 말을 트는 사이가 되었다.

"성철아, 너는 군대도 갔다 왔고, 내년에 복학하면 학교도 다니고 부럽다."

성철은 근용의 말에 뭐라고 답해야 할지 몰라서 난감했다.

막막하기는 두 사람 다 별반 다를 게 없었기 때문이다. 성철이 군이 더 나은 것이 있다면 부양해야 할 처자식이 없다는 정도였다.

담배연기를 폐 깊숙이 빨아들인 후 내뱉으며 근용이가 말했다.

"난, 답이 없다. 운전면허라도 따서 트럭운전이라도 하고 싶은데 그것도 쉽지 않네."

"면허시험장 가서 운전면허 시험 보면 되잖아. 그게 뭐 어려운 일이라고."

성철이 대수롭지 않은 듯 대답했다.

"사장이 면허 따면 그만둘까 봐, 휴가를 안 준다."

그랬다. 어쩌다 쉬는 일요일에는 필기시험이나, 도로주행 시험을 볼 수가 없었다. 사장은 근용이 그만두지 못하게끔 고삐를 더욱더 조이곤 했다. 처자식이 있는 근용은 당장 회사를 그만둘 수 없었기에 사장의 말을 거역할 수 없었다. 애가 아프다거나, 고향에 제사가 있다거나 하는 핑계, 아니 설령 그것이 사실일지라도 사장은 휴가를 허락하지 않았다. 흔하디흔한 운전면허라도 따서 다른 일을 찾으려는 근용이의 사다리는 그렇게 매번 걷어 차였다.

성철이 보기에 근용은 계속 사장에게 휘둘리며 좌절만 반복하다가 평생 아이스크림 공장을 벗어날 수 없을 것 같았고 자본주의 제도 아래에서 근용이는 평생 아이스크림 박스를 날라야 할 거 같은 생각이 떠나질 않았다.

성철은 근용이의 아내가 궁금했다. 근용이 운전면허를 따는 단 몇 달만이라도 생계를 책임질 수 없는 것인지, 세상과 맞서 싸우기에는 너무 어리고 약한 것인지 궁금했다.

너무 어린 나이에 힘든 게 없어 힘든 일을 만든 탓에 꿈과 희망을 잃어버리고, 사는 게 아닌 하루하루를 살아내는 매일매일 몸이 통증에 시달리고 그 몸이 채 낫기도 전에 또다시 찾아오는 육체적 고통과 앞으로 더 나아질 희망이 없다는 정신적 공허함 때문에 근용이의 얼굴은 늘 어두웠다.

(민아 형)

아이스크림 창고에는 성철보다 몇 살 위인 30대 초반의 사내가 있었다. 민첩한 아이라고 해서 민아라고 불렸는데, 소싯적 몸과 주먹이 빠르고 빠릿빠릿 움직인다고 해서 형님들이 붙여준 별명이라고 했다. 민아는 솔직하고 단순해서 사람들 사이에서 계산하는 법이 없었다.

성철은 그런 그가 안타깝다 못해 한심해 보였다.

서른이 넘어 놀고 있는 그를 보다 못한 친형이 아이스크림 공장에 취직을 시켰다.

"아니, 친형님이 이런 힘든 곳을 소개시켜 준 거라고요?"

성철이 농담반 진담반으로 물었다.

"그게 아니고, 내가 워낙 개망나니처럼 사니까 여기서 몇 달 고생해서 사람 됐다 싶으면 뭐라도 하나 차려주겠다는 거지."

민아는 큰 형님과 나이 차이가 꽤 많이 났고 집안의 막둥이로 태어나 고생을 별로 안 해 봤던 터였다. 그나마 믿을 구석이 있어서인지 근용의 얼굴과는 달리 민아의 얼굴에는 근심이 없었다.

"성철아, 내 친구들 모임에 같이 가자." 월급날 민아가 성철에게 말했다.

"제가, 왜 형님들 모임에 가요. 안 갈래요."

"야, 그게 아니고 월급도 들어왔고 내가 너 맛있는 거라도 사주고 싶은데 마침 오늘 선약이 있어서 그래. 내 친구들은 별 상관 안 하니까 같이 가자."

거듭된 요청에 성철은 민아의 모임에 따라 나섰다.

모임 장소에는 민아 또래로 보이는 사내들이 열댓 명 정도 있었다. 선후배 관계인 듯 나이가 다 고만고만해 보였다. 술이 좀 돌자 누군가가 민아를 부추겼다.

"민아야, 오늘 월급날이라며, 한번 쏴라. 너 잘 나가잖아."

누군가의 부추김에 주변에서 환호했고 그 환호에 민아는 호응했다.

"네! 제가 오늘 한번 쏘겠습니다."

주변에서 환호성이 일었다. 성철은 이해할 수 없었다. 한달 내내 그렇게 힘들게 일해서 번 돈을 저렇게 한 번에 다 써버리다니. 성철은 그 상황이 용납되지 않았다. 주변에서 말리는 사람도 나무라도 사람도 없었다. 나이가 있으니 성철보다 조금 더 받는다고 해도 월급의 절반 가까이 되는 돈이었다. 2, 3차를 권하는 사람들을 뿌리치고 성철은 술이 거나하게 된 민아를 데리고 술집을 나섰다. 민아의 헐거워진 월급봉투가 안주머니에 잘 있는지를 연거푸 확인하면서 집 앞까지 민아를 데리고 갔다.

"성철아, 나도 내가 왜 이러고 사는지 모르겠다."

"형님이 왜요?"

"니가 봐도 한심하지?"

누가 봐도 한심해 보였을 테지만 성철은 차마 그렇다고 대답할 수 없었다. 성철이 그렇다고 하면 평생을 그렇게 살게 될 거 같았다.

하류 인생

민아는 담배를 한 대 꺼내 물고 불을 붙였다. 민아는 성철에게 자신의 대담함과 용기를 과시하고 싶었던 것인지, 아님 오늘과 어제를 잘못 살아온 자신에게 벌을 주고 싶었던 것인지 반쯤 피운 담배로 팔뚝을 지지고 있었다. 필사적으로 말리던 성철은 민아를 뒤로하고 집으로 향했다. 아무리 말려도 민아는 결국 자신에게 벌을 줄 것이고 그 벌을 줄 수 있다는 것을 과시할 것이었다. 월급날 두둑해진 지갑과는 달리 정신은 공허했고 헐거웠다. 집으로 돌아가는 성철의 머릿속에 민아와 근용이의 얼굴이 교차되며 알 수 없는 두려움이 몰려왔다.

제2장

욕
망

제1화
프롤레타리아

　4학년 1학기 종강파티를 끝내고 집으로 돌아온 성철은 책상에 앉자마자 토익 책을 꺼내 들었다. 기말고사로 인한 밤샘과 종강파티에서 마신 술 때문에 너무 피곤했지만 그대로 잠들 수는 없었다. 집안 형편 때문에 전액 장학금을 받을 수 있는 지방대를 택했던 성철은 제대 이후부터 대기업 입사의 꿈을 한순간도 포기한 적이 없었다.

　성철은 또다시 인생 분류표에서 하단에 머물수는 없다고 생각했다. 대기업에 입사하기 위해서는 전공에 상관없이 영어점수가 반드시 필요했기에 성철은 토익공부에 매달렸다.

　성철의 친구들 중에는 중소기업에 이미 취직한 친구들도 꽤나 있었다. 성철의 친구들은 처음부터 대기업 입사를 꿈꾸지 않았다. 그들은 C급 지방대에 입학해서 신입생이 되는 순간부터 C급 인생 즉 삼류인생이라는 걸 본능적으로 알았고, 이걸 벗어날 수 있다고 생각하지 않았다. 아니면 그보다 더 빨리 초등학교에 입학하는 순간부터 학교성적과 부모님의 능력으로 등급이 나뉜다는 것을 본능적으로 알았을지도 모른다. 신분의식은 제도와 틀에 의해 그들에게 의식화되고 고착화되었으며 본능화되었다. 인생에서 오늘은 어제를 산 결과여야 하는데 계급화는 어제를 오늘을 어떻게 살아도 내일에 영향을 주지 않게 만들었다.

친구들은 일찌감치 지방 C급 대학 위상에 맞게 취직을 하는 것이 순리라고 생각하고 있었을지도 모른다. 그래서 그들은 4학년이 되자 그저 그런 지방 중소규모의 직장을 찾아 하나둘씩 취업을 했고 그렇게 사회생활의 첫발을 내디뎠다. 중소규모의 회사가 나쁜 것이 아니라 그들의 사회적 처우가 나빴고 그들을 대하는 사회적 인식이 나빴다.

그들은 저임금, 장시간 근로를 당연한 것으로 받아들였고 벗어나거나 항변하지 않았다. 하지만 성철은 자신의 부모님처럼 하루살이 인생을 살고 싶지는 않았다. 하루 벌어 하루 먹고, 오늘 쉬면 당장 내일 입에 풀칠을 걱정해야 하는 삶이 성철은 싫었다.

성철은 그런 면에서는 친구들을 이해하지 못했다. 성철의 삶의 의미와 원동력은 세상에 대한 일종의 투쟁에 있다고 봐도 무방했다. 보다 나은 삶에 대한 갈망, 성공해서 상류층에 속하기 위한 몸부림을 통해 살아 있음을 느꼈고 살아갈 의미를 찾았다.

성철은 고등학교 성적이 좋았지만, 성적에 맞는 대학에 가지 못했다. 가정형편상 집 근처의 대학으로 진학할 수밖에 없었는데, 그때 성철은 담임선생의 말을 믿었다.

"니가 사회에 나갈 때쯤이면 학벌보다는 능력 위주의 시대가 돼 있을 것이다."

교탁에 서서 3학년 담임선생은 뭔가 큰 깨우침이라도 주는 듯 교과서적인 말을 해 나갔다.

그 말을 믿지 않았던들 다른 방법이 있는 것은 아니었지만, 성철은 반쯤 자포자기하는 심정으로 그 말을 믿었다. 성철에게 어쩌면 대학을 다닌다는 것 자체가 없는 자의 사치를 넘어 낭비에 가까운 것일 수도 있었다. 그래서인지 신분상승을 위해서 어떻게든 대기업에 입사해야 한다는 성철의 생각은 강박관념에 가까웠다. 학생들이 하나둘씩 취업을 해 나갔고, 4학년 2학기 학과수업에는 수업을 듣는 학생이 몇 명 남아 있지 않았다.

서울로 면접을 보기 위해 새벽 버스에 몸을 실은 지도 여러 번, 성철의 스펙에 서류통과해서 면접이라도 본 건 행운일지도 몰랐다. 대부분의 대기업이 입사원서를 수도권 대학에만 돌리기 때문에 지방대생은 원서조차 구할 수 없는 경우가 많았다. 이번에 면접을 본 H그룹도 성철을 어여삐 여긴 교수가 어렵게 받아온 원서였다. 지방대생은 대기업 합격이 아니라 원서조차 구할 수가 없었다.

C급 지방대생은 아무리 실력이 우수해도 그 실력을 보여 줄 기회가 없었다. 아무도 무대 위의 공연을 보러 와주지 않아서 얼마나 훌륭한 공연인지 보여 줄 수가 없었다. 무대의 커튼을 올릴 기회조차 주어지지 않았다.

이것은 어쩌면 당연한 것인지도 몰랐다. 아무도 그들만의 리그에 출신을 알 수 없는 시골 뜨내기를 들여보내 줄 마음은 없었다.

"성철아, 지도교수님이 찾으셔. 얼른 가봐."
"네 조교님."
조교의 말에 성철은 지도교수의 사무실을 향해 걸었다. 지도교수의 연구실까지 가는 복도는 미결수가 확정판결을 받으러 가는 길처럼 무겁고 길게 느껴졌다.

성철은 오늘이 H그룹 합격자 발표날인 것을 알고 있었다.
지도교수는 성철을 보고 머쓱한 듯 말을 꺼냈다.
"성철아, 어떡하냐 떨어졌다. 면접 좀 잘 보지 그랬냐."
지도교수는 애써 면접 탓을 하며 성철을 위로했다.
성철은 애써 웃음을 지으며 괜찮다고 했지만 서러움이 북받치는 것을 참을 수가 없었다.

H그룹 면접은 허탈감과 모멸감 그 자체였다. 5시간을 기

다려 본 면접에서 그룹사의 사장이 한 말이라고는 '성적이 좋네' 라는 혼잣말과 "근데 어디에 있는 대학이야?"라는 질문 하나뿐이었다. H그룹 사장은 본인과 같은 대학 응시자들과는 많은 대화를 나누었다. 아주 노골적이었다. 공적인 자리에서 너무 노골적이었다. 성철은 대부분의 응시생이 사장과 같은 동문인 것을 알고 좌절했다. 면접장에서 성철은 유령이었고 그림자였다. 5시간을 기다린 면접은 제대로 된 질문 하나 없이 1분도 되지 않아 끝났다.

교수실을 뒤돌아 나온 성철은 눈에서 흐르는 눈물을 주체할 수가 없었다. 그 눈물은 절망과 좌절 때문이었고, 미래에 대한 두려움 때문이었고, 무너진 자존심 때문이었다. 생계의 옥죔 때문에 성철은 졸업하고 공부에 매달릴 여유가 없다는 것을 알고 있었다.

성철은 처음으로 부모님을 원망했다. 지난 어린 시절 가난해도 행복했고, 나름대로 자존감이 있었다. 막연하지만 열심히 하면 잘될 수 있을 거라고 믿고 대학 4년 내내 열심히 살아왔다. 온몸이 알콜로 화끈거리고 속이 뒤집어질 정도로 술을 먹어도 결코 수업에 빠지는 일이 없었다.

성철은 무작정 걸었다. 그때 뒤에서 같은 과 친구 상규가 성철을 불러 세웠다.

"성철아. 오늘 수현이가 취직 턱 낸다는데 같이 가자."

"안 돼. 오늘 아르바이트도 있고. 내일 S그룹 면접이야."

"짜식. 열심이네. 그래 수고해라." 상규가 안타깝다는 듯 성철의 어깨를 한번 툭 치고 교문을 향해 걸어갔다.

잠시 망설이던 성철이 상규의 등에다 대고 소리쳤다. 소리 라기보다는 절규에 가까웠다.

"어디서 먹는데?"

"만날 가는 할머니집."

"알았어."

계속되는 좌절로 인해 외로움과 두려움이 성철의 온몸에 엄습했다. 젊은 날의 유일한 탈출구가 술과 담배뿐이었음에 도 그날은 그에게 주어진 삶의 무게로 인해 슬퍼도 술 한잔 먹을 마음의 여유가 없었다.

성철은 다음날 있을 S그룹의 면접이 두려웠다. 서류통과, 2번의 필기시험을 거치고 손에 쥔 면접기회였지만 자신이 없었다. 영어면접이었기 때문이다. 토익이나 토플점수는 어 떻게든 책과 씨름하며 점수를 올렸지만, 그 흔한 영어학원 한번 못 가본 성철에게 영어면접은 그야말로 다른 세상의 말처럼 느껴질 뿐이었다.

성철은 두려웠고 가슴속 깊이 공허함과 외로움을 느꼈다. 가슴에 헤아릴 수 있는 깊이와 닿을 수 있는 바닥이 있다면 오늘이 딱 바닥까지 떨어졌을 것 같은 기분을 느꼈다. 그래서 오늘만큼은 친구들과 같이 있고 싶었다. 잠시라도 외로움에서 벗어나고 싶었다. 친구가 문제를 해결해 주지는 못해도 일시적인 외로움은 덜어줄 수 있을 거라고 느꼈다.

"수현아 축하해. 직장생활은 할 만해?"

"어. 그럭저럭. 근데 위에 한 놈이 완전 갈구리야. 그놈 때문에 좀 힘들어."

"그래도 양복 입고 있으니까 멋있다."

"어울리냐, 남자는 역시 수트 발이지."

수현이는 새로 산 양복을 멋들어지게 차려입고 왔다. 성철은 평소 때와 달리 좀처럼 술이 넘어가지 않았다. 머릿속으로는 내일 면접을 포기하고 있었지만, 가슴은 미련을 버리지 못했다. 소주 반병을 채 마시지 않고 성철은 먼저 자리를 떴다.

성철은 취업준비를 하고 있는 고등학교 동창 녀석의 자취방으로 향했다. 전공이 달라 왕래가 자주 없었지만 그래도 고등학교 때 친구라 마음이 편한 놈이었다.

"웅아, 너는 잘돼가냐?"

녀석의 이름은 재웅이었지만, 고등학교 때부터 웅이라고 불렀다.

"그냥 취업재수라도 해서 좋은 데 가야지."

"야 그러게 고등학교 때 공부 좀 하지."

웅이 녀석은 집이 좀 사는 편이어서 공부만 했으면 원하는 대학에 갈 수 있었지만 공부를 못했다. 하긴 반에서 거의 꼴찌 하던 녀석과 반에서 1, 2등 하던 성철이 같은 학교를 다닌다는 것 자체가 아이러니하긴 했다.

"웅아, 나 오늘 여기서 자고 간다."

"그래. 너 내일 면접이지?"

"어. 근데 갈지 안 갈지 몰라. 가게 되면 양복 좀 빌려주라."

성철이 웅이의 자취방을 찾은 건 내심 양복을 빌리기 위해서였다. 아침에 눈을 뜬 성철은 온몸을 휘감아 오는 극도의 피로감을 느꼈다. 바위로 머리를 누르는 것처럼, 머리가 깨질 것 같아 쉽게 일어날 수가 없었다.

"웅아, 나 어제 소주 반병밖에 안 마셨는데 머리가 깨질 거 같다."

"취업 스트레스 때문이겠지."

성철은 웅이의 담배를 한대 꺼내 물었다. 복학 이후 잠시 끊었던 담배를 다시 꺼내 피울 만큼 성철은 초조했다. 성철은 수원에 있는 미애가 생각났다. 벌써 6년째다. 나만 믿고 있는, 군대까지 기다려준 마음씨 착한 미애.

성철은 미애에게 좋은 데 취직해서 빨리 데리러 갈 테니 걱정하지 말라고만 했다. 하지만 성철은 냉혹한 현실을 뼈저리게 느끼고 있었다. 성철은 담배를 꺼내 물며 지난 반 년 동안 면접을 보러 다니던 때를 떠올렸다. 세상에 대한 마음이 간절한 만큼 그 세상은 아득히 멀어져 갔고 멀어져 가는 만큼 성철의 마음은 세상과 연결되지 못하고 있었다.

제2화
삶과 죽음

　성철은 삶과 죽음의 차이를 구분할 수 없었다. 살고자 하면 죽음이 가까웠고, 죽고자 하면 삶이 그리워졌다. 삶과 죽음은 본능과 운명에 의한 것이라고 생각했다. 어릴 적 지현은 물에 빠져 죽을 뻔한 적이 있었다. 그날 성철과 지현은 친구들과 물놀이를 갔고 재밌게 살기 위해 물에 뛰어들었지만, 그것은 지현이에게는 죽음에 가까웠다. 물에 빠져 살고자 하는 그 발버둥은 죽음을 향해 달려가는 움직임일 뿐, 지현을 죽음의 문턱에서 꺼내주지 못했다.

　지현을 죽음에서 건져준 사람은 성철의 형 성찬이었다. 성찬은 지현을 살리고자 물에 뛰어들었고 삶을 위한 그 움직임은 성찬에게는 죽음의 몸짓이었고 반대로 지현에게는 삶의 움직임이었다. 지현은 본능적으로 숨을 쉬기 위해 성찬을 붙잡고 물속으로 밀어 넣으며 간간이 숨을 쉬었다. 살기 위한 그 움직임은 처절하다 못해 구질해 보였으며 저것이 인간의 삶에 대한 본능이구나를 성철은 생각했다.

삶이란 게 원래 그랬던 것처럼. 가까스로 살아 나온 둘은 한동안 아무 말도 하지 못했다. 성찬은 지현을 탓하지 않았다. 삶에 대한 본능은 탓할 것이 못 된다고 생각했을까 아니면 죽음의 문턱까지 갔다 온 충격 때문일까. 성철은 정확히 알 수 없었고 더 이상 알려고 하지 않는 것이 예의인 거 같았다.

성철이 대학교 3학년 때 고등학교 친구 Y가 죽었다. Y의 죽음은 Y가 세상으로부터 잊힐 때쯤 세상에 드러났다. 세상에 드러나기 전까지 Y의 부모님은 Y의 생사를 알기 위해 백방으로 찾아다녔고 무당까지 찾았다. 한 무당은 세상에 끈이 없는 거 같다고 했고 다른 무당은 어딘가에 생명이 붙어 있는 거 같다고도 했다. 죽었든 살았든 어디에 있겠냐는 Y 부모님의 물음에 어떤 무당은 나무가 보인다고도 했고, 다른 무당은 물이 보인다고도 했지만 어디라고 딱 잘라 말하는 무당은 없었다. 쌀점을 보는 무당이 있었고 육효점을 보는 무당이 있었다. 무당의 주물과 활웃은 화려했지만, 신통력은 화려함에 미치지 못했다. 술을 같이 먹던 같은 과 선후배 4명은 최면을 통한 기억소생을 위해 최면술사 앞으로 끌려갔다. 하지만 최면은 술에 의해 기억을 잃어버린 해마를 살려내지 못했다. 술이 먹어버린 기억을 해마는 최면술이라는 약을 통해서도 살리지 못했다.

Y의 죽음은 이러했다. 같은 과 선후배 4~5명이 자취방에서 술을 마셨고 다음날 5명 다 기억이 없었는데 그중 Y는 세상에 없었다. Y는 한 달 뒤 자취방으로부터 약 5킬로미터쯤 떨어진 저수지에서 세상을 등진 채 발견되었다. 세상 사람들은 의아해 했다. 5킬로나 떨어진 저수지에 왜 갔으며 5명 다 기억이 나지 않는다는 것도 의아해 했다. Y는 강해지기 위해 해병대를 갔다. 해병대는 삶이었지만 거기서 익힌 삶의 태도나 방식은 다른 한편으론 Y에게 죽음의 운명으로 다가왔다. Y는 죽은 지 한 달 뒤 발견되었고 발견된 Y의 몸은 순두부처럼 흘러내렸고 너무 물러 수습이 쉽지 않았다. 누군가는 뺑소니를 당한 게 아니냐고 했고, 또 누군가는 귀신에 홀린 것이라고도 했지만 아무도 그 진실을 정확히 알 수는 없었다.

Y의 영구차가 장지로 떠나기 전 학교를 들렀고 Y의 영정이 교내를 돌았다. 영정이 교내를 도는 의식은 이승에서의 아쉬움을 달래 기억을 잊게 하려는 것인지 아니면 이승에서의 기억을 잊지 않게 하기 위함인지 성철은 알지 못했다. 성철은 Y의 장지를 따라가지 못했다. 기말고사 시험기간이었고 장지에 따라가느라 시험을 놓치면 예정된 장학금을 받을 수 없었다. 그렇게 되면 성철은 다음 학기에 학교를 다닐 수 없었다. 성철은 삶과 죽음을 맞바꿀 수는 없었다. 마지막 가는 자의 길을 위로하지 못함을 성철은 온갖 핑계로 합리화

하고 있었지만 괴로운 마음을 떨쳐낼 수는 없었다.

세상에 나고 떠나감은 운명이지 선택이 아니었다. Y에게 주어진 삶의 시간이 거기까지였고 신은 더 이상의 시간을 허락하지 않았다. 그렇게 Y는 세상에서 잊혀졌다.

대학교 3학년 2학기 겨울방학 도서관에서 책과 씨름하고 있는 성철에게 다시 한번 친구의 죽음이 전해져 왔다. 겨울과 봄이 교차하려는 어느 겨울날 S는 흔적도 없이 이 세상에서 사라졌다. 방학 동안 자격증을 따기 위해 학원을 다니던 S는 대구 지하철 화재 때 세상으로부터 사라졌다. Y의 죽음이 의아했지만 분명했다면 S의 죽음은 단순했지만 분명하지 않았다. 세상 어디에도 S의 죽음을 확인할 수 있는 실체는 없었다. 모든 것이 녹아버린 화재의 현장에서는 확인할 수 있는 것도 사실로 받아들일 수 있는 것도 존재하지 않았다. 다만 S의 죽음은 휴대폰의 최종위치가 그 근처라는 점과 매일 같은 노선을 이용했다는 것, 화재사건 뒤로 S가 나타나지 않았다는 것의 추정치로만 가늠할 수 있었다. 남겨진 사람들에게 의아했지만 분명한 것이 나은 것인지 단순했지만 분명하지 않은 것이 더 위로가 되는 것인지는 모를 일이었다. 다만 악상에는 위로가 자리 잡을 수 없다는 것만이 확실했다. 죽음의 자리에서 삶은 다시 시작되었고 삶의 자리에서 죽음을 기억하는 사람은 많지 않았다.

삶과 죽음은 어느 순간 한몸이었고 어느 순간 분리되었다. 살려고 간 자리에서 죽는 자들도 있었고 죽으려고 간 자리에서 산 자들도 있었다. 성철은 삶은 본능이고 죽음은 운명이지만 본능과 운명이 다르다고 느껴지지 않았다. 삶이 느낄 수 있는 공허함이라면 죽음은 느낄 수 없는 공허함, 그 차이일 뿐이었다.

하류인생

제3화
두드려라,
그리하면 너희에게 열릴 것이니

마태복음 7장 7절 「구하라, 그리하면 구할 것이요. 찾아라, 그리하면 찾아낼 것이요. 문을 두드리라, 그리하면 너희에게 열릴 것이니」

성철이 가장 좋아하는 성경구절이었다. 성철은 비록 지방 C급 대학에 다니고 있었지만, 실력만큼은 자신이 있었기에 원서를 구할 수 있는 대기업마다 지원했다.

처음 몇 번은 서류전형을 통과하지 못했지만 좌절하지 않고 틈틈이 취업포털 사이트를 검색했고, 지원하고 또 지원했다.

H그룹 서류심사가 통과되고 면접을 보기 위해 성철은 전날 상경해 'Y'역 인근의 모텔방을 잡았다. 세탁소에서 빌린 양복과 넥타이를 옷걸이에 잘 걸어 두고 미리 준비해둔 예상 면접지를 꺼내 혼자 면접관과 신입사원 역할을 오가면서 연습했다.

모텔방에서의 서울은 무척이나 낯설었고, 성철은 세상에 홀로 남겨진 외로움을 느꼈다.

다음날 아침 창문을 통해 들어오는 햇살 덕분에 핸드폰의 알람이 울리기 전에 일어났다. 가벼운 주머니 형편과 날카로워진 신경 탓에 아침밥도 거른 채 양복을 주섬주섬 입었다. 전날 넥타이 매는 법을 배웠지만 잘되지 않았다. 다음날 넥타이를 매는 것은 새로운 일처럼 느껴졌다. 목에 맨 넥타이는 성철을 아주 우스꽝스럽게 만들었다. 성철은 문득 '누구에게나 자기에게 맞는 옷이 있다'는 할아버지의 말씀이 떠올랐다.

'자기분수와 주제를 알아야 한다는 뜻이었을 텐데, 넥타이는 결국 나에게 맞지 않는 옷이란 말인가. 아니다. 자주 입어서 어색하지 않게 되면 그게 내 옷이지 뭐.'

성철은 거울을 보고 몇 번이나 넥타이를 고쳐 맸다. 어색하지 않고 자연스러운 넥타이를 매는 것은 대기업에 취직하는 것만큼이나 힘들었다. 넥타이는 성철에게 마치 대기업과 동격인 것처럼 느껴졌다.

새벽별을 보며 버스에 몸을 실을 때마다 성철에게는 희망과 두려움이 공존했다. 처음에는 희망 쪽으로 시소가 기울어져 있었지만 시간이 지날수록 두려움 쪽으로 무게추가 이동해 가고 있었다.

하류인생

흐르는 물과 같이 시간은 흘러 졸업시즌이 다가왔고 가는 시간과 비례해서 느는 건 초조함으로 인한 담배뿐이었다.

K그룹의 필기시험 발표날이었다. 미애는 어제 아빠 제사 때 오빠 꼭 붙게 해달라고 빌었으니까 좋은 소식 있을 거라고 말했다. 미애는 하나님을 믿었지만, 세상적인 일에는 멀리 있는 하나님보다는 자신을 예뻐했던 아빠를 찾았다.

성철은 저녁에 집에 앉아 K그룹 합격자 발표화면을 띄워놓고 다른 회사 시험공부를 하고 있었지만, 온통 정신은 모니터에 가 있었다. 그때 핸드폰이 책상 위에서 징 하고 울렸다. 웅이었다.

"성철아."

수화기 너머로 웅이의 목소리가 들려왔다.

"어 웅아."

"축하해. 너 K그룹 필기시험 붙었다."

"정말, 진짜야? 그래. 알았어. 고마워."

성철은 재빨리 통화를 끝내고 켜놨던 인터넷의 새로 고침 버튼을 재빨리 눌렀다. 합격자 게시판에 분명 자신의 이름 석 자가 새겨져 있었다.

"어머니, 아버지 붙었어요. 저 K그룹 붙었어요."

초저녁에 잠이 든 영자는 아들의 목소리에 눈을 번쩍 떴다.

"고생했다. 정말 고생 많았어."

성철의 손을 부여잡고 영자는 이내 눈물을 보였다. 아들에게 내색하지 못했던 그간의 서러움과 미안함이 일순간에 몰려왔다.

성철은 미애에게 전화를 걸어 합격소식을 전했다.

미애가 말했다.

"거봐, 내가 오빠 붙는다고 했잖아. 아빠가 내 소원을 들어주신 거야." 미애와 성철은 동창이었지만 학교를 일찍 들어간 미애는 성철을 오빠라고 불렀다.

미애의 아버지는 미애가 어릴 때 돌아가셨고, 이번 제사 때 미애는 아빠에게 소원을 빌었다고 했다.

이번 입사시험만큼은 성철도 자신이 있었다. K그룹은 원서 접수 때부터 학교, 고향을 적지 않는 블라인드 면접이었다. 오로지 실력만 보고 뽑겠다고 했다. 성철은 임시직, 인턴 같은 그림자 인생을 살지 않아도 된다는 안도의 한숨을 내쉬었다.

성철은 어려서부터 넉넉하지 못했던 형편에 가난이 무엇인지 몸과 마음으로 잘 알고 있었다. 물론 가난하다고 해서 행복하지 않은 것은 아니고 부자라고 해서 반드시 행복한 것은 아니었다.

하지만 돈이 많다면 불행에서 벗어날 수 있는 확률은 그만큼 높을 것이며, 생계를 걱정해야 하는 만큼 가난의 늪에 빠질 가능성이 많았고, 그만큼 불행할 확률이 높은 것은 부정할 수 없는 현실이었다. 돈이 행복의 충분조건은 아니더라도 필요조건인 것은 분명해 보였다.

성철은 가난은 개인의 노력만으로는 쉽게 끊을 수 없다는 것도 잘 알고 있었다. 성철은 가난은 늪과 같아서 벗어나려고 발버둥 치면 칠수록 더욱더 빠져들어 헤어날 수 없다는 것을 잘 알았다. 그것은 성철에게 짧지만 살아온 경험이었고 그 경험은 살아있는 생명처럼 분명하고 명확했다.

성철의 부모는 열심히 일했지만 결국 제도권의 한계를 극복할 수 없었고 밥 세 끼 먹고 사는 것도 쉽지가 않았다. 성철은 민주주의 사회에 살면서 주인으로서 주권을 행사하기 위해서는 경제적 민주주의가 먼저 이뤄져야 한다는 것을 누구보다도 잘 알고 있었다. 월세방의 주인집이 그러했고, 학교가 그러했고, 사회가 그러했고 제도권이 그러했다.

군주제가 폐지되고 자본과 함께 자본 민주주의가 도래하자 노동의 진정한 가치는 잊히고 오로지 자본의 힘, 자본에 따라 신분이 형성되었다. 누군가는 그럴 것이다. 왜 빚을 지냐고, 하지만 뿌리가 없는 사람, 가풍과 전통과 그런 것이 없는 카뮈의 최초의 인간이라면 제도권에 종속되지 않을 수 없었다. 제도권에 대항할 수 있는 가풍과 전통이 없더라도 신의 가호가 있어 불행을 만나지 않는다면 예외일지 모르겠다.

우리가 동일 시대를 살더라도 같은 제도를 누리는 것은 아니었다. 표면상으로는 같아 보이지만 같지 않았다. 1등 국민, 2등 국민, 3등 국민이 누리는 제도가 다르고 거주지가 달랐다. 성철의 부모님은 1금융권에서는 돈을 빌릴 수 없었다. 당연히 1등 국민이 아니었기 때문이었다. 그래서 하층민은 이자가 높은 2, 3금융권에서 대출을 받을 수밖에 없었다. 제도권 밖의 사람들은 그것조차도 불가능했다. 세상에는 상류인생, 하류인생, 투명인간이 존재했다.

성철의 부모님은 새벽부터 저녁까지 일을 했지만 뫼비우스의 띠처럼 가난을 벗어날 수는 없었다. 그도 그럴 것이 일을 해도 돈은 얼마 받지 못했다. 돈을 벌기 위해 필요한 경비와 최소한의 생계유지에 들어가는 비용을 제외하면 별반 남는 게 없는 소득은 형편을 낫게 하지 못했다. 그나마 그것도 받지 못하는 경우도 있었다. 가난한 사람의 권리를 지켜주는 사람은 아무도 없었고 그들에게 권리가 있다고 생각하지도 않았다.

세대가 세월이 거듭될수록 계층의 고착화로 인하여 신분상승은 불가능했다. 그러다 보니 사람들의 머릿속에는 신분의식이 자리 잡게 되었다. 신분의식을 인정하지 않고 거부하다 현실의 벽에 부딪혀 괴로워하면 사회 부적응자로 낙인이 찍혔다. 조선시대 반상제도처럼 아예 이분화가 되어 버리는 세대가 현 시대임을 성철은 알고 있었다. 그렇기에 성철은 대기업 입사에 대한 미련을 더욱더 버릴 수가 없었다. 신분 상승에 대한 욕구가 강하면 강할수록 그것은 더욱더 성철을 옥조여왔다. 성공이 행복과 같은 개념도 아닐 것인데 행복하려면 성공해야 한다고 생각했다. 성공과 행복이란 단어가 성철에게는 이음동의어였다.

이태백, 도시락족, 3포세대, 청년실신 등 청년실업에 대한 신조어는 손으로 다 헤아리기조차 힘든 어려운 세상이 되어 있었다. 누구는 눈높이를 낮추라고 했다. 그러면서 그들은 무슨 수를 써서라도 그들의 자식은 기득권 사회에 남겨두려 애를 쓰고 있었다. 눈높이를 낮추라는 것은 즉 그들은 그들만의 리그에 이방인이 들어오는 것을 원하지 않는다는 것이었다.

성철은 최종면접 합격과 동시에 200만 청년실업 시대에 메이저리그에 입성하는 행운을 거머쥐었다. 성철은 그 당시에는 그것이 행운이었지 불운이라고 생각한 적은 없었다. 성철은 이제 그들만의 리그에 들어설 입장권을 얻은 것이었다.

한 달 뒤 성철은 신입사원 연수에 들어갔다. 신입사원 오리엔테이션에서 다 그렇듯 돌아가며 자기소개를 해 나가는 시간이 있었다. 역시 메이저리그다웠다. 정말 하늘을 난다는

SKY출신이 70~80%에 유명한 여대 출신이 대부분이었고 성철을 포함해 지방대 출신은 손에 꼽을 정도였다. 그나마 지방대는 이름을 대면 다 아는 명문 국립대 출신들이었다.

성철은 자신의 차례가 되자 소속감을 느낄 수 없는 초라한 스펙에 자기소개가 망설여졌다. 학교를 얘기해야 하는지 말아야 하는지를. 하지만 성철은 생각했다. 나도 떳떳이 시험을 통과해 입장권을 얻어서 들어온 메이저리거다. 성철이 출신대학을 말하자 여기저기서 웅성거리는 소리가 들렸다. 아마도 그게 어디 있는 학교인지를 묻는 소리임을 성철은 경험적으로 알았다.

성철은 면접 때마다 학교가 어디에 있는지 등 학교를 설명하는 곤욕을 치르는 게 일이었기 때문이다. 모두 쉬는 시간에는 동문들끼리 삼삼오오 모여 이야기꽃을 피웠다. 하지만 성철은 동문이 없었다. 심지어 강원도 산골 출신의 성철은 동향이라고 할 만한 친구도 없었다. 대부분이 수도권과 광역시 출신이었다. 그렇게 SKY 출신 A급, 수도권 중위권 대학 B급, 지방대 출신 C급으로 자연스럽게 신분이 나뉘었다. 성철은 신라시대 육두품 제도와 비슷하다고 생각했다. 성골, 진골, 육두품 이렇게 세 등급으로 나뉘어 육두품은 능력에 관계 없이 신분상승이 제한되어 있었다.

연수 한 달 내내 성철은 혼자 밥을 먹어야 했다. 물론 그들이 의도적으로 성철을 피하지는 않았지만, 성철도 적극적으로 그들과 가까워지려는 노력을 하지 않았다. 그것은 내성적인 성격 탓일 수도 있었고 아니면 본능적인 자기방어기제였는지도 몰랐다. 우수한 성적으로 연수원을 졸업했지만, 성철은 원하는 곳으로 발령을 받지 못했다. 아마도 끌어가는 사람이 없었을 것이었다. 성철은 강원도 시골의 어느 작은 지점으로 발령을 받았다. 회사에서는 그곳을 유배지라고 불렀다.

나중에 알게 된 일이지만 심지어는 '엑소더스 Y'라는 말이 생겨났을 정도로 그곳은 모두가 기피하는 지점이었다. Y는 그들이 유배지를 부르는 이니셜이었다. 그만큼 그곳은 인사발령이 적은 곳이었다. 그런 만큼 조직에서는 그곳에서 은밀한 일들을 많이 진행시켰다.

제4화
직장생활

(환영식)

성철은 시외버스를 타고 Y지점이 있는 K시로 향했다. 터미널에 도착한 성철은 다시 택시를 타고 Y지점이 있는 빌딩으로 향했다.

"기사님, Y지점 빌딩으로 가주세요"

기사는 아무런 말도 없이 K시내로 차를 몰았다.

"신입사원 이성철입니다. 앞으로 열심히 하겠습니다." 목적지가 분명하지 않은 인사이긴 했지만, 누구도 눈을 맞추며 반기는 사람이 없었다.

"그래 앉아. 이번 신입직원들은 실력이 대단하다지. 그래 학교는 어딜 나왔나?"

관리팀장인 이성문 팀장이 은근히 동문이 아닐까 하는 기대에 찬 얼굴로 물었다.

역시 이곳도 학교부터 묻는구나. 사람이 사는 사회에서 연이란 끊어 낼 수 없는 굴레인 것일까를 생각하며 성철은 깊은 한숨을 내쉬었다.

"네. Z대학 나왔습니다." 한참을 생각에 잠기며 멍한 표정을 짓던 이성문 팀장이 물었다.

"Z대학? 어디에 있는 학교야?"

"네. W시에 있습니다."

이내 이성문 팀장의 얼굴이 굳어졌다. 성철은 어쩌면 저렇게 사람을 앞에 두고 싫은 표정을 지을 수 있는지를 생각했다. 떫은 감을 씹은 표정이었다. 이곳은 그랬다. 처음부터 같이 갈 사람이 아니라고 생각하면 대놓고 까는 데가 이곳 메이저리그였다. 내용물이 중요한 것이 아니라 포장이 중요했고 그 포장지가 자신들과 같은 포장지인지가 중요했다.

"어. 그래. 직원들하고 인사해." 이성문 팀장은 꿀이 가득한 꽃인 줄 알고 주둥이를 씨방으로 밀어 넣는 순간 꿀이 없는 꽃이라는 것을 알아챈 벌의 표정을 지으며 자리에 앉아 신문을 펼쳐 들었다.

"네, 팀장님."

"요새는 왜 이렇게 지잡대(지방잡대)가 많이 들어오는지 몰라. 균형발전이다 뭐다 해서 지잡대 뽑자고 하는 것도 갑질이야, 갑질." 이성문 팀장은 혼잣말인지 들으라고 하는 말인지 신문을 보며 중얼거렸다.

성철은 신입사원에게 별 관심을 보이지 않는 직원들의 자리를 찾아다니며 인사를 했다. 하나같이 패배자의 얼굴을 한 직원들에게서는 어떠한 메아리도 돌아오질 않았다. 하나같이 꿀이 없는 꽃들이었고 더 이상 피울 것이 없는 꽃들이었다.

성철은 발령 첫날부터 어딜 앉아야 할지조차 알려주지 않는 냉혹함을 맛봐야 했다. 그때 누군가 뒤에서 성철을 불렀다. 성철은 반가운 마음에 뒤를 돌아다보았다.

"성철 씨라고 했나?"

"네. 과장님." 성철은 근무복 왼쪽 가슴에 붙어 있는 작은 명찰을 보며 대답했다.

"어, 내 직위는 어떻게 알았어?" 김기회 과장은 성철의 시선을 따라가다 자신의 왼쪽 가슴에 붙은 명찰을 보며 머쓱해 했다.

"성철 씨 담배 피우나?"

성철은 비록 며칠이지만 끊었던 담배를 다시 피우는 게 내키지는 않았지만 그렇다고 고개를 끄덕였다. 접대 담배를 피기 위해 성철은 김기회 과장이 타주는 커피 한 잔을 들고 휴게실로 향했다.

"보아하니 공부 꽤나 했나 봐. 들도 보도 못한 대학 나와서 입사한 걸 보면."

"아, 네. 아직 많이 부족합니다."

"근데 입사해도 출신은 바코드처럼 따라다녀. 바코드 알지, 마트에서 물건 살 때 찍으면 가격이랑 원산지 나오는 거. 성철씨 여기 올 때 성철 씨보다 먼저 와 있는 게 성철 씨 인사기록카드야. 성철 씨 원산지도 다 나와 있지. 성철 씨는 소고기로 따지면 국내산은 아니고 수입산, 그것도 호주산도 아니고 미국산. 알지 미국산. 미국소가 한국 들어와서 몇 년 산다고 한국소가 되겠어?"

성철이 굳은 표정을 지어 보이자 김기회 과장이 말했다.

"근데 긴장 풀어. 그래도 여기는 성철 씨랑 비슷한 처지에 있는 사람이 몇 명 있어. 미국산."

"네?" 성철은 내심 놀라면서도 안도감이 들었다.

"이놈의 회사가 홍보전략 하나는 끝내주거든. 자신들은 학교, 지역 출신을 가리지 않고 인재를 채용한다. 블라인드 채용을 통해 순전히 실력만을 보고 신입사원을 뽑는 열린 기업이다. 심심할 때면 꺼내놓는 카드거든. 단골메뉴지. 한마디로 개XX 같은 회사야. 뭐 그 덕분에 나도 들어오긴 했지만."

"그럼 과장님도 지방대 출신이세요?"

"어 X대 출신이야. 성철 씨도 잘 모르지? 여기 있는 사람들 몇 명이 그래. 나머지 몇 명은 출신은 성골인데 내쳐진 사람들이고. 그 뭐랄까. 그래 야구로 치면 더그아웃이라고 나 할까. 회사에서는 여기를 정크필드라고 부르지. 뭐 근데 진짜 성골 출신 중에 몸이 안 좋아서 요양차 오는 사람도 있긴 있어. 여기가 공기 하나는 끝내주거든."

K그룹은 전자회사로 Y지점은 지역대리점 관리 및 판촉지원, 제품 공급 등이 주 업무였다.

"성철 씨 어쨌든 오늘 소주 한잔 어때? 그래도 신입사원 환영식은 해줘야 도리지. 안 그래?"

"네. 알겠습니다." 그래도 사람대접을 해주는 김기회 과장이 성철은 내심 고마웠다.

김기회 과장이 데려간 곳은 허름한 곱창 집이었다. 허름한 만큼 전통이 있는 집인지 맛은 꽤 괜찮았다. 식당은 허름하면 전통이 있어 보였고 맛집처럼 보였지만 사람이, 집안이 허름하면 전통과 가풍이 없어 보였다. 학교 다닐 때 친구들과 먹던 기름기 없는 안주에 비하면 곱창은 황제의 찬이었다. 소주가 몇 잔 오갈 무렵 40대 중반의 한 사내가 싱글벙글한 얼굴로 식당에 들어섰다.

얼굴만 보아도 돈 꽤나 있어 보이는 지역유지처럼 보였다.

"차 사장님 여깁니다." 김기회 과장이 손을 들어 인기척을 했다.

"어. 김 과장. 옆에는 누구야?"

"성철 씨 인사드려. 여기는 차 사장님. 이 지역에서 제일 큰 대리점을 하시는 분이야. 이 동네에서는 차 사장님 안 통하면 아무것도 못해."

"아, 김 과장 오늘 왜 이렇게 비행기를 태워. 겁나게."

"안녕하세요. 차조은(造銀) 사장입니다. 아버님이 조금(造金)이라고 작명하셨으면 은이 아니라 금을 만들었을 텐데." 차조은 사장은 이름 그대로 한자 그대로 은을 만든다는 뜻이었다. 차 사장은 이름 때문에 재물의 양이 금에 미치지 못한 아쉬움 때문인지 이름이 너무 세속적이어서 그런 건지 이름에 대해 부연설명을 했다.

"안녕하세요. 신입사원 이성철입니다."

"이거 영광입니다. 앞으로 잘 좀 부탁드립니다." 접대가 몸에 익은 듯 기름진 얼굴에 싱글벙글한 표정은 술을 마셔도 좀처럼 변하지 않았다.

"과장님, 저 잠깐 화장실 좀 다녀오겠습니다."

"어 그래."

"김 과장, 저 친구는 성골이야 육두품이야?"

"아, 차 사장님, 여기에 성골이 왜 와요. 차 사장님 보시기에는 저놈이 아파 보여요? 성골은 아픈 놈만 온다니까." 김기회 과장은 업계 짬밥이 몇 년인데 이런 어이없는 질문을 하냐는 듯 차 사장을 쳐다보며 말했다.

"그리고 성골이 왜 저랑 술을 먹겠어요." 이곳 Y 지점은 회식을 해도 성골, 진골, 육두품 등 등급에 따라 따로 테이블에 앉았다. 누가 시켜서 그런 것인지, 아님 본능적으로 자기 신분에 맞는 자리를 찾아 앉다 보니 자연스럽게 그렇게 된 것인지 아는 사람은 없었다. 아니 묻는 사람이 없었기에 대답하는 사람이 없었다. 회식에서 대화는 테이블끼리 이어졌고 테이블을 건너다니며 술을 마시는 건 일종의 금기였다.

"아, 김 과장 듣겠어. 자 많이 마신 거 같은데 그만 가자고. 자 이번 달도 잘 부탁해. 월례비보다 조금 더 넣었어. 얼마 안 되니까 김 과장 용돈 해."

"매번 고맙습니다. 차 사장님. 근데 진짜 얼마 안 되네요."

"김 과장, 요즘 불경기라 나도 힘들어." 차 사장이 죽는소리를 하자 김기회 과장이 받아쳤다.

"농담입니다, 농담. 근데 차 사장님이 힘들다고 하면 다른 사람은 이미 오동나무 관에 있어야 돼요."

"알았어, 알았어. 그만 가네."

"차 사장님은 가셨나 봐요?" 화장실에 다녀온 성철이 반대편의 빈자리를 보며 물었다.

K그룹은 자사의 제품판매 촉진을 위해 대리점에 판매지원금, 판매실적에 따른 인센티브, 판매제품에 대한 AS 등을 지원하고 있었다. 대리점의 사장들은 AS 우선지원과 신제품 우선배정, 판매지원금과 실적 부풀리기, 하자제품 반품처리 등 각종 편의를 위해 K그룹 Y지점에 월례비를 상납하고 있었다.

"어. 술을 많이 드셨나 봐. 자 가자고, 2차는 내가 살 테니까. 성철 씨 아가씨 있는 집 좋아하나?"

대학을 갓 졸업한 성철이 아가씨가 있는 집이라는 말에 당황해 하자 김기회 과장은 얼굴 가득 묘한 웃음을 지으며 성철의 어깨를 감싸 안고 자신의 단골집으로 향했다.

정신을 차리고 눈을 떠보니 아침 7시였다. 성철은 초겨울 산곡풍을 맞으며 회사로 향했다. 산곡풍은 성철의 코트를

하류 인생

휘감으며 몸속을 파고들었고 회사생활만큼이나 그 동네의 건물도 바람도 성철에게는 낯설었다. 낯설었기에 더 추웠고 매서웠다. 어제 김기회 과장이랑 어떻게 헤어졌는지 잘 기억이 나질 않아 내내 마음이 초조했던 성철은 김기회 과장을 보자 자신도 모르게 고개를 푹 숙였다.

"어. 성철 씨 왔어."

"네. 과장님. 어제는 어떻게 된 건지? 기억이 잘 나지 않아서요." 성철은 거부할 수 없는 고참의 술잔과 첫 발령지에서의 무관심으로 인한 스트레스를 날려 보내기 위해서였는지 자신도 모르게 과음을 했다. 사실 김기회 과장은 의도적으로 성철에게 연거푸 술을 주었다. 모든 것이 낯설고 어려웠던 성철은 돌아오는 술잔을 거절할 수 없었다.

"어. 성철 씨가 과음한 거 같아서 내가 택시 태워 보냈어. 성철씨 주사가 있던데."

"죄송합니다."

"괜찮아, 남자가 술 먹다 보면 그럴 수도 있지. 자 오늘부터 열심히 하자고."

(비밀업무)

성철의 야근은 부서발령을 받은 이틀째 되는 날부터 시작되었다. 지방의 작은 부서였지만 갓난아이라고 눈, 코, 입이 없는 것이 아니듯 일의 양은 적지 않았다.

더 큰 문제는 이미 패배의식에 젖은 직원들이 일을 하려고 들지 않는 것이었다. 그도 그럴 것이 조직에서 승진기회도 박탈당한 소위 C급(씨벌 놈들), 쓰레기라고 분류된 사람들인지라 일에 대한 열정도, 책임의식도 없었다. 김기회 과장은 술 한 번 사주고 머슴을 하나 얻은 듯 온갖 일을 성철에게 시키기 시작했다. 성철은 거의 한 달 내내 날을 새다시피 일을 해야 했다. 뭐 하나 제대로 가르쳐 주는 사람도 없거니와, 6시 퇴근 시간이 되면 남아 있는 사람도 없어 물어볼 사람도 없었다.

성철은 그래서 매뉴얼과 지침을 독학하고, 기존에 처리했던 문서를 찾아서 참고하는 식으로 일을 처리해 나갔다. 정말로 무에서 유를 창조하는 작업이었다. 실무는 학교에서 배운 것과는 거리가 멀었다. 아니 학교에서 배운 것을 접목해서 써먹을 수 있는 것이 없었다. 말 그대로 학교공부는 취직을 위한 공부였다.

편한 마음으로 일할 수 있다는 것만이 성철에게 유일한 위로가 되었다. 부서의 절반이 삼류대 출신에 그나마 소위 일류대 출신들도 낙오된 자들만이 있어서인지, 학벌로는 큰 위세를 부리지는 않았다. 성철의 특기인 꾸준함으로 열심히 야근한 덕분에 1년이 채 되지 않아 Y지점은 성철이 없으면 돌아가지 않을 정도가 되었다.

Y지점은 관리팀, AS지원팀, 신제품 공급팀, 판촉지원팀으로 구성되어 있었다. 관리팀에 배정된 성철의 업무 중 가장 중요한 업무는 공금관리 및 비자금관리였다. 이곳은 지점은 작았지만, 관리구역이 넓고 비교적 시골인지라 본사의 관리가 덜 미쳐 비자금 조성이 쉬웠다. 그리고 관광지에다 공기가 좋아 높으신 분들이 꽤 자주 찾는 일명 접대지점이었다. 비자금은 소방서 등 관공서, 공식적으로 처리할 수 없는 민원처리비, 임원 접대비, 사적용도 등 다양하게 사용되었다. 관공서는 가전제품에 불이 나거나 하자가 생겼을 때 사건무마 등을 위해 평소에 관리가 필요했다. 특히 세탁기나 냉장고 등 가전제품에서 불이 났을 때는 소방서의 감식과 판정이 중요했다.

　Y지점은 일명 '접대지점'이었다. 그것은 골프장 등 관광 휴양지가 많아 회사 임원급들이 자주 찾아오기 때문에 여기 관리팀 직원의 업무는 높으신 분들의 접대가 반이었다. 그것은 아프신 성골들을 위한 일종의 보험이기도 했다. 관리팀 직원들은 혹시 아픈 성골에게 잘 보여 본사로 진출하기를 내심 기대하고 있었다. 그들이 아무리 패배자라도 마지막 희망을 놓지 않는 게 사람이었고 더욱이 자식들을 위해 교육환경이 좋은 수도권으로 전근 가기를 희망하고 있었기 때문에 희망고문은 계속될 수 있었다. 물론 기러기 아빠들도 있었지만 세상에서 소외되면 될수록 가족에 대한 그리움과

의지하는 마음은 상대적으로 더 컸기에 수도권 전근에 대한 그들의 열망도 커져갔다. 사람의 마음도 풍선과 같아서 이쪽에서 공허해진 마음은 저쪽에서 찾기를 희망하고 있었다. 몇 년씩 주말부부를 한 그들은 지쳐 있었고 돌아가고 싶은 마음은 간절했다.

물론 처음부터 성철이 이 일을 맡게 된 것은 아니었다. 묵묵히 일한 지 1년이 지난 시점에 묵묵하고 차분한 성철을 유심히 지켜본 지점장이 성철에게 이 일을 시킨 것이었다. 성철은 처음에는 내키지 않았지만, 지점장의 회유는 매혹적이었다.

"성철 씨, 이 회사 언제까지 다닐 수 있을 거 같아, 사회생활은 인맥이 있어야 돼, 끈 알지 ?"

"네. 지점장님"

"내 라인 타, 내가 끌어 줄 테니까, 회사에서 내 라인 타고 싶어서 줄 대는 사람들 많아, 영광인 줄 알아"

"알겠습니다. 지점장님"

성철은 이제껏 가져 본 적도 없고 타 본 적도 없는 라인을 타 보기로 했다. 이제 자신에게도 배경이라는 것이 생긴 것이다.

"성철씨 잠깐 내 방으로 들어와 봐." 지점장은 성철을 자신의 방으로 불렀다.

하류 인생

"네. 지점장님." 성철은 업무노트를 집어 들고 지점장실로 향했다.

"이번 달 수금액이 얼마야?"

"3천만 원 정도 됩니다."

"그래. 고생했어. 회사를 운영하다 보면 비공식적으로 쓰이는 돈이 많아. 다 좋은 데 쓰는 거니까 쓸데없는 생각은 말고."

"네. 지점장님."

성철이 비자금 조성업무를 맡고부터는 금액이 거의 2배 가까이나 많아졌다. 성철은 그동안 Y지점의 위수구역이었지만 월례비를 걷지 않던 작은 대리점까지 저인망 그물을 이용해 쌍끌이 작업을 하듯 훑었다. 반발을 잠재우기 위해 그동안 해주지 않았던 반품처리 등을 해주었다. Y지점은 어차피 실적보다는 비자금 조성이 중요한 곳이었다. 오히려 비자금 조성액이 곧 실적과 연결되는 곳이었다. 성철은 대기업이 비자금 조성을 위해 건설회사나 페이퍼컴퍼니를 만들 듯 Y지점은 그런 업무를 위해 만든 지점처럼 느껴졌다. 그런 지점에서 성철은 지점을 돌리기 위해 만들어진 소모품이었다.

천을 물감에 염하듯 성철은 그곳 생리에 빠르게 물들어갔다. 현실과 이상 사이에서 성철은 현실을 택하기로 했다. 현실에 적응해서 잘 사는 것도 삶의 한 방편이라고 생각했다. 태양이 먹구름에 가리어져 금세 어두워지듯 20년간 지키려고 애써온 성철의 가치관과 도덕적 양심이 현실적인 한계 앞에 부딪히자 성철은 금세 변하게 되었고, 변하고자 마음을 먹게 되자 오히려 마음이 편해졌다. 성철에게 선과 악만 있을 뿐 회색영역은 없었다. 착하게 살 수 없다면 확실히 악해지자고 성철은 생각했다.

"성철씨 근데 요즘 P대리점이 왜 그래. 영 비협조적이야. 앞으로 그 대리점에는 신규 인기상품은 주지 말아야겠어. 물건 깡도 너무 많이 하고."

"알겠습니다. 이번에 만나서 잘 좀 얘기하겠습니다, 지점장님."

지점장은 규모에 비해 월례비를 적게 내는 P대리점이 영 마음에 들지 않았다. 월례비는 매출액에 일정비율을 정해서 걷고 있었는데 지점장은 월례비도 세금처럼 소득에 따라 과표구간을 달리해야 한다고 생각했다. 매출이 많은 대리점은 비율을 높여야 한다고 생각하고 있었으나, 스스로 그 말을 꺼낼 수는 없었다.

지점장에게 듣기 싫은 소리를 들은 성철은 P대리점 주인인 차 사장에게 전화를 걸었다.

"차 사장님. 오늘 소주나 한잔 하시죠."

"어. 이 주임. 근데 내가 오늘 약속이 있어서."

"알겠습니다. 그때 그 삼겹살집에서 오실 때까지 기다리

하류 인생

죠. 저 시간 많은 거 아시죠. 퇴근하고 나면 어차피 갈 데도 없어요."

성철은 근무 3년 차에 이미 김기회 과장보다 더 능구렁이, 아니 자연체의 빨대가 되어 있었다. 말 그대로 사람이라기보다는 개미의 단물을 빨아 먹기 위한 빨대가 되어 버린 것이다.

결국, 차 사장은 오늘은 빠져나가기 힘들다는 생각과 한편으로는 오늘 담판을 짓겠다는 생각으로 성철의 약속 장소로 나갔다. 아마 관용으로 포장된 포기라는 무기를 들고 나갔을 것이었다.

"아니, 이 주임 이렇게 막무가내로 나오면 어떡해."

"막무가내요? 차 사장님 같이 좀 살아야지, 저도 오늘 지점장님한테 신나게 깨졌어요. 아까 오다 보니까 손님도 많던데. 미스 홍이 그러는데 이번에 새로 출시한 세탁기 잘 팔린다면서요."

"미스 홍, 이년은 별 쓸데없는 소리를 다하네." 차 사장은 성철이 들으라고 하는 것인지 아님 혼잣말인지 모르게 허공에 대고 욕을 뱉었다.

"다음 달부터는 정말 조금만 더 챙겨주세요. 안 그러면 저도 다 생각이 있어요."

"근데 이렇게 자꾸 올리면 어떡해. 나도 정해진 금액은 따박따박 내고 있는데."

"차 사장님, 제가 굳이 얘기 안 해도 지점장님이 무슨 생각하시는지 잘 아시잖아요. 월급도 오르고 물가도 오르고 가전제품 가격도 오르고 대리점 매출도 오르고 모두 다 올랐어요. 안 오른 건 김기회 과장 아들내미 성적하고 월례비밖에 없어요."

"알았어. 이 주임."

"자 드시죠. 차 사장님. 박리다매라는 말 아시죠. 한 번에 너무 욕심 부리지 마시고 차분히 가시자고요. 대리점 1, 2년 할 것도 아니잖아요. 아들내미한테 물려주신다면서요. 진짜 요즘 같아서는 그냥 차 사장님을 이 대패 삼겹살처럼 잘게 썰어 드리고 싶어요. 대패 삼겹살 얼마나 좋아요. 한번에 팍 익고, 뒤집지 않아서 좋고, 신경 안 써도 돼서 좋고. 이끼까지는 아니더라도 대패 삼겹살처럼만 살자고요."

차 사장은 협박 아닌 협박을 하는 이성철이 죽일 정도로 얄미우면서도 한편으론 서글픈 마음이 들었다. 참 안타까운 일이었다. 몇 년 전만 해도 한없이 순진하고 맑은 눈을 가졌는데 저렇게 빨리 물들다니. 차 사장은 어쩐지 쓴웃음이 나왔다. 어린 성철에게 까인 자신의 처지가 한심했고 너무나도 빨리 망가져 버린 성철이 걱정스럽기도 했다. 죽을 줄 모르고 화려한 등불을 향해 달려드는 불나방 같은 성철이 안타까웠다.

불나방이 불을 향해 달려드는 것은 불이 좋아서가 아니

다. 빛을 향해 일정한 각도를 유지하면서 나는 특성 때문이다. 그렇게 계속 각도를 유지한 채 나선을 그리면서 불빛 주위를 빙빙 돌다 불 속으로 들어가게 된다. 그게 불나방의 운명인 것이다. 차 사장은 성철이 불나방처럼 불빛 주위를 빙빙 돌고 있는 게 확연히 보였고, 불속으로 들어가기 전에 누군가가 성철을 구해주길 바랐다. 누군가 성철의 삶의 각도와 인생의 방향을 바로잡아 세상을 바로 보게 해주길 바랐다.

차 사장은 몇 해 전 김기회 과장과 만났던 이성철을 기억했다. 꿈과 열정으로 가득 찬 젊은이어서 순간 성골로 착각할 정도였다. 그런데 이제 성철은 죽은 나무에 기생하는 치마버섯처럼 자본주의의 꽃이자 독인 권력과 돈에 길들여진 마름이 되어 있었고 더군다나 가진 것이 없던 사람이 완장을 차니 거침이 없다고 생각했다. 일제시대에 가장 무서웠던 사람은 일본순사가 아니라 일본순사가 완장을 채워준 조선인이었다. 차 사장은 평생 칼자루를 잡은 사람보다는 평생 칼자루를 잡고 싶어하다 어느 순간 칼자루를 쥔 사람이 더 무섭다는 말을 실감하게 되었다.

(독이 든 성배)
평화롭던 Y지점이 술렁이기 시작한 건 본사의 실세가 내려오면서부터였다. 박이철 지점장은 S대 출신에 본사에서도 승승장구하던 서울 출신의 탑 오브 더 마운틴이었다. 박이철 지점장은 엄청난 골초로 폐가 안 좋아 본사에서 배려 차원에서 Y지점으로 발령을 낸 것이라는 소문이 돌았다.

이름만큼이나 그는 세상 이치에 밝았다. 어떻게 하면 사람을 움직이게 할 수 있는지 사람의 심리를 잘 알고 있었다. 그런 것도 인문학이라면 그는 인문학에 통달했다고 할 수 있을 정도였다.

문제는 박이철 지점장이 회사에서도 3대 악당으로 불릴 만큼 아주 깐깐했기 때문에 직원들이 그를 꺼려한다는 데 있었다. 여기서 깐깐하다는 것은 업무적으로 꼼꼼하다는 뜻이 아니었다. 업무를 자신의 이권과 관련시킨다는 뜻이다. 이때부터 Y지점의 분위기는 달라졌다. 이에 앞장선 건, 아니 홍위병으로 활동한 건 다름 아닌 성철이었다.

일단 박 지점장은 일을 하지 않는 사람의 고가는 최하위로 매겨 성과급을 적게 주었다. 봉급이 줄어들자 사람들이 움직이기 시작했다. 성철은 역시 목구멍이 포도청이라는 말을 실감하게 되었다.

박이철 지점장도 처음에는 성철을 신뢰하지 않았다. 삼류대 출신이라는 그의 인사기록카드는 박이철의 심기를 건드리기에 충분했다. 하지만 전 지점장 얘기도 있고 어쨌든 자신도 여기서 믿고 일할 사람이 필요했다.

박 지점장과 마찰을 일으킨 사람은 며칠 뒤 한반도에서

자동차로 갈 수 있는 맨 끝으로 발령 나거나, 인사위원회에 회부되어 중징계를 받거나 혹은 파면당하기도 했다. 박이철이 지금의 자리에 오르기 위해 몇 명이나 자르고 유배 보냈는지 셀 수 없을 정도였다 .박 지점장은 삼류대 출신, 육두품 따위를 직원으로 인정하는 거 같지 않았지만, 성철에게는 달랐다. 성철은 자신을 인정해 주는 박이철을 믿고 따랐다. 비록 삼류대 출신이지만 성철 자신도 열심히 하면 승진도 하고, 잘 나갈 수 있다고 믿었다. 아니 그렇게 믿고 싶었다. 자신은 불속으로 뛰어드는 불나방이 아닐 거라고, 불 주변에서 맴돌 뿐 결코 희생양이 되지는 않을 거라고 다짐했다. 전 지점장은 성철을 이용만 했지만 박이철은 자신을 따듯하게 대해주었다.

성철의 본 임무는 수금과 공금횡령으로 변경되었다. 박이철은 전 지점장과 비교해 볼 때 거의 두 배나 되는 수금액을 요구했다. 성철은 자신이 이용만 당하고 토사구팽당하는 것은 아닌지 두려웠지만 되돌아가기에는 이미 너무 멀리 와버렸다는 사실을 알게 되었다. 구관이 명관이라는 말은 괜히 생긴 게 아니라는 걸 실감하게 되었다.

성철은 공장으로 직접 내려가 하자가 거의 없었지만 기스 등으로 반품되어 있는 물건을 공장장에게 돈을 건네고 사오기에 이르렀다. 원래 그런 제품은 직원특가나 대리점 DP상품으로 할인해 팔게 되어 있었으나, 공장장과 짜고 일정량을 중요하자가 있는 것처럼 꾸며서 빼돌린 다음 일반고객에게 싸게 되파는 방식이었다. 성철은 매달 빚을 갚아 나가듯 수금액을 꼬박꼬박 채워나갔다. 떡을 만지는데 콩고물이 안 생길 수 없었다. 성철도 용돈을 챙겨 쓰기 시작했다. 성철의 도덕의식과 양심은 콩고물의 단맛에 취해 더 이상 세상의 빛을 볼 수 없었다.

"성철 씨 이번 달도 고생했어. 조금만 참아. 곧 좋은 날이 올 테니까."
"네. 지점장님."
박이철 자신도 사실은 놀라고 있었다. 불가능할 것 같았던 금액을 성철이 꼬박꼬박 채워오는 것이 신기하기도 하고 다른 한편으로는 두렵기까지 했다.
성철은 이 조직의 먹이사슬 끝에는 누가 있을까가 궁금했다.

2년 뒤 건강이 회복된 박이철은 본사로 올라가면서 성철에게 본사로 같이 갈 것을 제안했다. 사실 성철이 알고 있는 사실들이 너무 많아 두고 가기에는 마음이 불안했다. 언제 터질지 모르는 시한폭탄을 두고 올라가느니, 본사로 데리고 가 곁에 두고 관리하는 편이 나을 듯해 보였다. 적은 가까이 둘수록 안전하다는 것이 박이철의 철학이었다.

박이철은 올라가기 전 성철을 불렀다.

"성철 씨, 본사로 같이 가는 게 어떤가?"

얼마 남지 않은 결혼식과 미애를 생각하다 잠시 머뭇거리던 성철은 자신 같은 삼류대 출신에게 두 번 다시 오지 않을 기회라는 생각에 박이철을 따라 가겠다고 말했다. 물론 박이철이 왜 자신을 데려가는지 짐작은 하고 있었다. 하지만 여기서는 더 이상의 미래가 없었다. 새로 오는 지점장이 자신을 어떻게 대해 줄지도 의문이지만 이제는 수금액을 맞출 자신도 없었다. 성철은 인사발령과 결혼이 자신에게 새로운 길을 알리는 나팔소리이길 바랐다.

성철은 결혼식이 2주도 채 남지 않았지만, 새로운 모험을 시작하기로 결심했다. 성철은 본사에 가면 이런 더러운 일은 하지 않아도 될 거 같았다.

"미애야, 나 본사로 발령 날 거 같아." 성철은 미애의 마음이 어떨지 아랑곳없이 더 큰 세상으로 나간다는 기대감에 소풍을 가는 어린아이처럼 마냥 들떠 있었다.

"오빠, 그럼 우리 어디서 살아?"

"집도 구해야 하고, 인사발령 나면 정신없어서 바로 출근해야 할 거 같은데. 그래서 신혼여행은 못 갈 거 같아."

"어쩔 수 없지 뭐." 미애도 태어난 고향을 떠나 대도시에서 살아본 적이 없는지라 걱정이 앞섰다.

"오빠, 나가면 아는 사람도 없는데." 미애는 차라리 성철이 중소기업에 취직했으면 좋겠다는 생각을 했다. 요즘 들어 미애는 성철이 점점 낯설어졌다. 언젠가 꽃집에서 그 화려함에 눈길을 빼앗긴 적이 있는 이국적인 꽃처럼 성철은 더 화려해지는 거 같지만 내 것이 아닌 것만 같았다. 예전에 그 소박함과 순박함도 없어지고 다른 사람처럼 느껴졌다.

"걱정 마, 가서 살다 보면 친해지고 그런 거지. 서울은 사람 사는 동네 아닌가." 2주 뒤 결혼식을 마친 성철은 그렇게 난생처음 서울 살이를 시작했다.

제5화
미친 전세값

　성철과 미애가 서울에 올라와 제일 먼저 놀란 건 전세값이었다. 결혼 전 임신을 했던 미애를 데리고 성철은 서울에서 집을 구하러 다니기 시작했다. 최대한 회사 근처에 집을 얻기 위해 발품을 팔았지만 없는 돈에 집을 구하는 것은 쉽지 않았다.

　"아저씨 여기 전세방 있어요?" 미애가 들릴 듯 말 듯한 목소리로 중개사를 향해 물었다.

　"얼마짜리 찾으시는데요?" 단번에 시골 뜨내기 출신인 걸 알아차렸는지 중개사 아저씨는 고개도 돌리지 않은 채 신문을 보며 물었다. 무관심하다 못해 그 도도한 태도에 미애는 더욱 주눅이 들었다.

　"얼마짜리 있는데요?" "뭐 1억5천부터 3억까지 다양하지." 성철은 계란 값으로 닭을 사러 나온 심정이었다.

　"네?" 미애와 성철이 놀라 서로를 쳐다보자, 그럴 줄 알았다는 듯이 중개사가 안경 너머로 둘을 힐끗 쳐다보았다. 아니 20년 된 12평짜리 아파트 전세값이 그렇게 비싸단 말인가. 성철에게는 신세계가 따로 없었다.

미애가 용기를 내서 다시 한 번 물었다. "좀 더 싼 건 없나요?"

"좀 오래되긴 했는데 재건축 대상 아파트라 전세값이 싼데 거기라도 보시겠수? 근데 여기는 전세계약이 1년 단위로밖에 안 돼. 재건축 들어가면 바로 비워줘야 하고." 어느새 부동산 중개사는 미애에게 반말을 하고 있었다. 세상은 돈이 나이고 예의였다.

"네." 미애의 목소리는 성대와 목젖을 건너뛰어 나온 듯 세상에 울리지 못하고 있었다.

"가봅시다." 중개사는 큰 선심이라도 쓰는 듯 성철과 미애를 뒤로한 채 앞장섰다. 마치 일제시대 완장이라도 찬 이장처럼 중개사는 아파트 한 동 한 동을 빠르게 뒤로하며 걷고 있었다.

성철에게는 박이철이 알아봐 준 은행에서 대출받은 돈 9천만 원이 전부였다.

"근데 얼마짜리 방 구하고 있어? 보아하니 이제 막 결혼해서 지방에서 올라온 거 같은데. 직장 때문에 이사 오시는 거요?" 중개사는 성철의 찌푸린 인상을 의식한 듯 '요'자를 마지못해 붙이고 있었다.

"네."

"직장이 어디신데요?" 중개사는 별로 궁금하지 않지만 마땅한 대화거리라도 찾는 듯 성의 없이 물었다.

성철은 여기서는 그 누구보다도 자신 있게 대답할 수 있었다.

"K그룹 다니고 있습니다."

"좋은 데 다니시네요. 학교 다닐 때 공부를 열심히 하셨나 봐요." 중개사 아저씨의 완장색깔이 바래지는 순간이었다.

"우리 아들놈도 빨리 취직을 해야 하는데. 이건 취업이 하늘의 별 따기보다 더 힘들다고 하니." 중개사는 당신 아들놈 신세 한탄을 한참이나 한 뒤 성철과 미애를 재건축 아파트 단지로 이끌었다. 중개사는 그래도 나름 이름 있는 직장을 다니다 은퇴하고 중개소를 차린 동네의 유지처럼 보였고, 자신의 완장에 걸맞은 사회적 지위를 아들놈이 이루지 못하는 것에 대한 원망이 가득해 보였다.

중개사가 소개시켜 준 아파트는 보기에도 허름해서 곧 무너져 내릴 거 같은 아파트였다. 아파트라고 하기보다는 그냥 콘크리트 덩어리라는 표현이 맞을 거 같다는 생각이 들었다. 25년 된 12평짜리 아파트 전세값이 9천만 원이라니 그것도 제일 싼 게 그랬다. 성철과 미애는 신세계의 충격을 다시 한 번 실감하며, 왠지 모를 공포감과 절망감이 엄습해 오고 있는 것을 느꼈다. 표현 그대로 정말 다른 세상이었다. 9천만 원이면 성철과 미애의 고향에서는 32평짜리 아파트를 살 수 있는 돈이었다. 정말 기가 찰 노릇이었다.

중개사는 성철과 미애의 영혼을 갈취하듯 말했다.

"아 그 돈 가지고는 더 다녀봐야 집 못 구해." 중개사의 말이 다시 짧아지고 있었다. "여기가 집은 이래도 교육환경, 주거환경 훌륭하고 다 웬만큼 있는 사람들이 사는 곳이니 신혼살림하기에 그리 나쁘지 않을 거야. 나는 그 돈으로는 더 가볼 데가 없을 거 같으니까 마음에 안 들면 다른 중개사한테 가보고." 중개사는 다시 한 번 신분 차이를 확인시켜 주듯 엄포를 놓고 뒤돌아갈 채비를 하고 있었다.

성철과 미애도 어제오늘 종일 다녀봤지만 가진 돈으로는 원하는 집을 구할 수 없다는 걸 알고 있었다.

"알겠습니다. 계약할게요." 성철은 집은 낡았지만 좀 수리해서 쓰면 1~2년은 그럭저럭 버틸 수 있을 거 같다는 생각이 들었다. 아니 더 이상 고를 선택지가 없다는 것을 직감적으로 알고 있었다. 성철은 메이저리그에 입성해도 어린 시절 단칸방 신세를 면할 수 없음에 깊은 절망감을 느꼈다.

"그럼 이 집 매매가는 얼마나 해요?" 성철의 뜬금없는 질문에 중개사는 평생 벌어 사지도 못할 집을 왜 묻는지 모르겠다는 표정을 얼굴을 담으며 말했다.

"한 6~7억 할걸. 전세 9천이면 거저야, 거저." 중개사의 비아냥거림이 성철의 귀에서 메아리치고 있었다.

9천만 원짜리 전셋집은 남루했다. 화장실은 간신히 한 사람이 들어가 일을 볼 정도의 크기에 주방은 겸손하다 못해 초라했으며 안방은 휑하다 못해 싸늘했다.

하류 인생

제6화
박이철의 과거

(선민의식)

박이철은 그날의 치욕을 잊을 수가 없었다. 누구에게나 삶을 지탱하게 하는 원동력이 있듯 이제 박이철을 버티게 하는 것은 분노였다. 어떻게든 놈들에게 복수해야 한다는 생각은 거의 노이로제 수준이었다. 지금껏 부족한 것 없이 원하는 대로의 삶을 살아온 그에게 그날의 사건은 인생에서 누군가에게 뭔가를 빼앗긴다는 게 어떤 건지 박이철에게 알려준 사건이었다.

질투는 그 감정만으로도 완벽한 사람을 마른 빵 조각처럼 쉽게 부서지게 만들었다.

박이철은 서울토박이로 외고, S대 상대를 거쳐 K전자에 입사한 엘리트였다. 부유한 집안의 장남으로 원하는 건 뭐든지 손에 넣어야 직성이 풀리는 성격의 소유자였다. 할아버지는 지방에 큰 땅을 소유한 지주였는데 소작농만 해도 수백 명은 되었다. 요즘 말대로 아버지의 무관심과 할아버지의 재력으로 엘리트 코스를 걸어온 사람이었다.

어렸을 적 박이철이 할아버지 댁에 방문했을 때 할아버지는 소작농을 몽둥이로 때리고 있었다. 그 연세에도 기운이 넘치던 할아버지는 손자 박이철을 보고서야 매질을 멈췄다.

"할아버지 저 사람 아프겠다. 왜 때리는 거야?"
"저런 것들은 맞는 데 이유가 없단다. 그저 때려야 움직이는 놈들이지. 아주 근성부터 뜯어고쳐야 할 놈들이야."

그것은 자신의 아버지도 마찬가지였다. 기사 아저씨, 집사들도 아버지한테 욕을 먹으며 모욕을 당하기는 매한가지였다. 그때부터 박이철의 뇌리에는 계급은 왕족시대에만 존재하는 것이 아니고 자본주의 사회에서도 존재하는 엄연한 현실이고, 학교에서 배우는 인간의 존엄성은 부자들에게만 존재한다는 선민의식이 자리 잡혀 가고 있었다. 그 자신은 일반국민이 아닌 국민이었다.

그래서 박이철 자신도 자신에게 걸림돌이 되거나, 방해가 되는 자들은 무참히 짓밟아 버렸다. 그것은 그에게는 당연한 일이었고 양심의 가책 따위는 없었다. 처음부터 그들은 존중받아야 하는 대상이나 인격체가 아니었기 때문이다.

그런 그의 자존감에 상처를 남기 건 다름 아닌 최 이사였다. 최 이사는 처음으로 박이철의 것을 빼앗아간 사람이었다. 빼앗긴 게 소중하건 소중하지 않던 남에게 뭔가를 빼앗겼다는 것은 박이철에게 치욕 그 자체였다.

그날 이후 박이철은 오로지 치욕스러운 그날의 복수만을 꿈꾸어 왔다. 회사 사람들은 이제 회사에서 박이철은 끝났다고 수군거렸다. Y지점에서 모은 비자금으로 2년간 공을 들여 다시 올라온 본사였다. 이제 그 첫 단추를 꿰었을 뿐이었다. 자신이 다시 올라오게 된 데에는 성철의 공이 컸다는 사실은 인정할 수밖에 없었다. 성철이 자신처럼 성골이라면 같은 길을 갈 수 있었을 거라는 아쉬움이 잠시나마 박이철의 마음에 스쳤다. 그런 면에서 이성철은 꼭 필요한 존재지만 가까이 두기에는 부담스러운 존재였다. 자신이 데리고 있다 그 폭탄이 터지면 자신도 무사하지 못하리라는 것을 박이철은 잘 알고 있었다. 박이철은 성철이 자신의 분수에 맞는 자리에서 만족하며 살기를 바랐지만 박이철은 성철의 욕망을 알고 있었고 결국 성철의 끝을 준비해야 함을 직감했다.

제7화
토사구팽

(파견)

박이철이 성철을 불렀다.

"성철 씨 집은 구했어?"

"네, 본부장님."

"이거 결혼해서 신혼여행도 못 가고 어떡하나. 안사람 불평이 이만저만이 아니겠어."

"아닙니다. 괜찮습니다."

"성철 씨 미안한데 파견 좀 나가야겠어. 지금 본사에 자리가 없네. 1년만 나갔다 와. 솔직히 성철 씨 자리 하나 만들기가 쉽지 않네. 성철 씨 학벌도 그렇고. 아직은 끌어줄 수 있는 여건이 안 돼. 가면 배울 게 많을 거야. 학벌이 그러니까 경력이라도 잘 관리해야지."

청천벽력 같은 소리에 성철은 어안이 벙벙했다. "네? 어디로요?"

"우리 회사가 이번에 빌트인 아파트에 가전제품 대규모로 납품하는 거 알지?"

"네." 성철이 서러움에 복받친 목소리로 대답했다.

"J건설사에 1년만 파견 갔다 와. 그럼 내가 어떻게든 자리 하나 마련해 놓을 테니까."

거부할 수 없는 그의 제안에 성철은 고개를 들지 못한 채 대답했다.

"알겠습니다. 언제부터 가면 되죠?"

"일단 오늘 가서 인사부터 하고, 내일부터 출근하면 될 거야."

"본부장님 이번에는 약속 지키셨으면 좋겠습니다." 성철은 깍듯이 인사를 하고 본부장실을 나왔다.

성철은 무거운 발걸음으로 안국역으로 향했다. J건설 사업총괄부 지만용 과장을 찾아가라는 박이철 본부장의 말 한마디에 성철은 무작정 3호선 지하철에 몸을 실었다. 지하철에서 바라보는 한강은 참 아름다웠다. 하지만 성철은 점점 작아지는 현실 속의 자신을 추스르기에도 벅차다는 걸 온몸으로 느끼고 있었다. J건설사 아파트에 가전제품을 납품하는 갑과 을의 관계 속에서 성철은 결국 J건설사의 뒤치다꺼리를 하러 나가는 것이었다.

"안녕하세요? 혹시 지만용 과장님 아니세요."

"네. 맞는데요."

"저 K그룹에서 파견 나온 이성철이라고 합니다."

"네. 반갑습니다. 일단 저기 앉으세요. 부장님 회의 가셨으니까 오시면 그때 직원들 인사하시죠." 지만용 과장은 모니터에서 눈을 떼지 않은 채 말했다.

잠시 후 건설회사 부장다운 풍채의 중년 남성이 씩씩거리며 사무실로 들어섰다. 배가 너무 나와 꼭 눈코입이 아니어도 앞뒤를 구분하기란 어렵지 않았다.

"부장님. 저기 K그룹에서 파견 나왔는데요."

"그래 때마침 잘됐네. 사업총괄부랑 몇몇 부서가 통합하기로 했으니까 오늘부터 며칠간은 일하면서 이사 좀 해야 될 거야. 업무에 지장이 없도록 하라니까 알아서들 하라고."

업무에 지장이 없도록 이사를 하라는 부장의 말은 말로와 닿지 않았고 폭력에 가까웠다.

지만용 과장이 말했다.

"저 첫날부터 미안한데 오늘부터 같은 식구라고 생각하고 같이 좀 합시다." 성철은 회사에서 가족, 식구 이런 말에 혐오감을 느꼈다. 아이스크림 공장에서도 가족 같은 사람을 구한다고 했고 정말 가족같이 밥도 같이 해먹었다. 성철은 생각했다. 정말 가족이라면 이렇게 혹사시킬 수 있을까.

"네. 과장님. 그럼요. 같이 해야죠."

성철은 인사를 온 첫날부터 이삿짐을 나르기 시작했다.

처음에는 같이 나르던 직원들이 하나둘씩 업무를 핑계로 사라지고 성철 혼자 5층과 지하 2층을 오가며 짐을 날랐다. 저녁 9시가 다 되어서야 성철은 집으로 돌아가는 잠실행 지하철에 몸을 실었다. 지하철 의자에 앉아 등을 기대고 눈을

166　　　　　하류 인생

감자마자 잠이 쏟아지기 시작했다.

다행히 눈을 떴을 때 지하철은 건대역을 지나 구의역을 향하고 있었다. 만취상태에서도 집을 찾아가는 일과 버스든 지하철에서든 아무리 깊은 잠에 빠져들어도 집 근처에 오면 본능적으로 잠이 깬다는 사실이 놀랍고도 궁금했다. 이것이 생존에 대한 본능 때문인지 아님 마음속의 어떤 불편함 때문인지 늘 궁금했다. 문득 대학교 때 죽은 Y가 생각났다. 그는 왜 본능적으로 살아 돌아오지 못했을까, 무엇이 그를 죽음으로 이끌었을까를 생각했다. 집에 들어서자 11시가 다 되어 갔다.

"오빠, 이제 와. 오늘 힘들었지." 미애가 안타까운 표정으로 성철을 바라보았다.

"어. 나 내일부터 J건설사에 파견 나가."

"잘된 거야? 아님." 미애는 성철의 표정을 보고 말끝을 흐렸다. 미애도 임신 중이라 어리광도 부리고 싶고, 일찍 와서 같이 놀러도 가고 싶다고 말하고 싶었지만, 성철의 얼굴을 보고는 그만 입을 다물었다.

성철은 미애가 가여웠다. 어쩌면 이 모든 것이 허상일지도 모른다고 생각했다. 어쩌면 이 세상에는 자신이 생각하는 행복 따윈 없을지도 모른다고 생각했다. 행복은 스쳐가는 바람처럼 잡을 수 없고 닿을 수 없는 것이었기에 헤아릴 수 없었다. 다만 그냥 바람처럼 막연하게 느껴질 뿐이었다. 다

부질없는 짓일지도 모른다고 생각했지만 돌아간다면 어떻게 어디로 가야할지 막막했다. 미애의 부른 배를 보면 불러온 배만큼이나 불안감이 차올랐을 거라고 생각했지만, 아는 체를 할 수가 없었다. 그 순간 감당할 수 없는 불만이 자신에게 쏟아져 내릴 것만 같았다.

성철은 씻지도 않은 채 식탁에 앉아 캔 맥주를 하나 마시고는 잠이 들어 버렸다. 다음날도 성철은 이삿짐센터 직원처럼 이삿짐을 날랐다. 성철은 아예 미애 몰래 작업복을 챙겨 가지고 나왔다. 성철은 이런 설움은 아무것도 아니라고 생각했고 받은 설움만큼 강해질 것이라 생각했다. 못 배우고 돈 없어서 이 세상 사람들이 당했을 서러움과 고통은 훨씬 더 심할 것이라고 생각했다. 이 정도에 무너질 순 없었다. 성철은 군 제대 후 알바를 했던 아이스크림 창고의 동갑내기 근용이를 생각했다. 운전면허가 꿈이라는 근용이를 생각하자 위안이 돼서인지 세상에 대한 야유 때문인지 알 수 없는 쓴웃음이 나왔다. 이유를 알 수 없었지만, 성철은 근용이와 민아 형이 어떻게 살고 있는지가 궁금했다. 대부분 타인에 대한 그런 궁금함은 다음날 치열한 일상 속에서 자연스럽게 사라졌다.

그렇게 일주일이 지나고 부서정리가 완료되자 이진성 부장이 성철을 불렀다.

"자네 일주일 동안 고생이 많았네. 오늘 회식인데 시간 어떤가?"

"네. 괜찮습니다."

"자, 오늘 부서정리도 마무리되고 K그룹에서 파견직원도 오고 했으니까 소주나 한잔하러 가자고."

이진성 부장의 말에 지만용 과장이 주변 눈치를 보며 일어나 "좋죠, 부장님."을 좋지 않지만 좋은 듯 크게 외쳤다.

성철은 혹여 회사에 피해라도 갈까 봐 성심성의껏 술을 마셨다.

"이 친구 술 잘 마시네." 이진성 부장은 젊은 시절의 자신이라도 보는 듯 회상에 잠긴 표정으로 성철을 바라보았다.

"부장님. 다음 접대 갈 때는 이 친구 데려가야겠어요." 옆에 있는 지만용 과장이 거들었다.

그렇게 2, 3차가 이어지고 술이 오르자 지만용 과장이 성철을 불렀다. "자네가 부장님 모셔다 드리고 들어가. 우리는 한잔 더하고 갈 테니까." 우리는 한잔 더하고 간다는, 그 우리라는 말에 이성철은 없었다. 성철은 여기서도 손님이었고 이방인이었다. 성철은 평생을 이방인처럼 살 거 같은 느낌을 지울 수가 없었다.

"알겠습니다." 성철은 내가 왜 자기네 부장을 챙겨야 하는지 의문을 갖지도 못한 채 이진성 부장을 부축해야 했다.

"부장님, 좀 일어나 보세요." 택시에서 아무리 깨워도 이진성 부장은 좀처럼 일어나지 못했다. 성철은 인생의 무게에 눌려 좀처럼 일어나지 못하는 이진성 부장을 바라보며 어릴 적 마당에 놓인 쥐덫에 걸려 발버둥 치는 쥐새끼가 생각났다. 아무리 발버둥 쳐도 절대 헤어날 수 없는 쥐덫에 걸린 쥐. 성철은 이 부장을 자신의 몸에 반쯤 걸친 채 집 근처까지 갔다. 부장이라는 직함이 주는 사회적 무게감만큼이나 물리적인 무게감도 만만치 않았다. 감당할 수 없는 인생의 무게를 몸으로 다 흡수한 것인지 아니면 사회적 무게감을 갖기 위해 마셔온 술 때문인지 사실 그게 그것일 것이지만 이진성 부장은 자신의 몸을 지탱하지 못했다.

집 근처에 이르자 웬 중년의 여성이 성철을 향해 달려왔다. 아마도 지만용 과장이 이진성 부장의 술버릇을 잘 알기에 전화를 했을 것이었다.

"고맙습니다. 애들이 곧 나올 테니 조금만 기다려 주세요." 이진성 부장보다 머리 하나는 큰 고등학생으로 보이는 사내가 투덜거리며 다가와서는 이진성 부장을 부축했다. 사회에서 주는 직함의 무게감이 가정에서는 통하지 않는 거 같았다. 사회에서의 무게감과 위엄이 가정에서의 존경심과 사랑과 일치하지는 못했다.

성철은 지하철을 타고 오는 내내 씁쓸한 기분을 지울 수가 없었다. 소주 몇 병도 이기지 못하는 이진성 부장. 토목

하류 인생

과 출신으로 현장에서만 20년 넘게 있었던 강철 같은 사내. 리비아의 모래바람을 마시며 회사를 키워온 이진성 부장은 자부심이 대단했다. 멋이라곤 모르고 오로지 가정과 회사를 위해 한 몸 던진 중년의 사내. 그의 얼굴에서는 단호함 속에 타협이 묻어있었다. 하지만 이제는 자신의 몸 하나도 가누기 힘든 중년의 사내일 뿐이었다. 안쓰러웠지만 그래도 그에게는 큰 아파트와 중형승용차가 있었다.

큰 아파트와 중형 승용차가 과연 자신의 청춘과 꿈과 바꿀 만한 가치가 있는 것인지 생각했지만 그것이 가치가 있든 없든 살아갈 자나 죽을 자나 세상은 절박함이었기에 살아가야 했고 또한 살아내야 한다는 측면에서 그것들은 유용했다.

그래도 이진성 부장은 행복한 편이라고 생각했다. 베이비붐 세대의 그들은 개발도상국에서 누릴 수 있는 모든 혜택, 천수가 아닌 만수를 누린 자들이 아닌가.

그에 비해 20대인 성철과 그들 또래는 무한 경쟁 속에서 88만 원 세대, 도시락족, 인턴, 알바족으로 전전하는 이들이 대부분이었다. 계획경제 시대에 부를 쌓은 부모의 자식들은 고액과외에, 학원을 통해 일류대를 진학하고, 해외연수의 스펙을 쌓은 G세대가 될 수 있었지만, 그렇지 않은 나머지 즉 떨거지들은 그야말로 이방인에 불과했다.

이러한 계급의 고착화는 아마도 일제시대와 조선시대까지

거슬러 올라가도 그 뿌리를 알기 어려울 것이었다. 성철은 역사를 잘 알지 못했지만, 여하튼 개화기 이후부터 뭔가 확실히 잘못된 것만은 확실하다고 생각했다. 자본주의 시대, 경쟁사회에서 살아남는 자가 강한 것은 사실이지만, 그건 공정한 경쟁에 기초를 두어야 한다고 생각했다. 그러한 생각은 손에 잡히지는 않았고 머릿속에서만 관념적으로 맴돌았다.

이 사회는 가난의 대물림이 너무나도 당연시되었다. 대통령이 아무리 공정사회를 외쳐도 그저 뉴스나 신문에서는 가십거리로 취급할 뿐 진지한 고민이나 노력의 모습은 보이지 않았다. 그건 누구도 공정사회를 원하지 않기 때문이라고 성철은 생각했다. 아니 정확히 말하면 누구나가 아니고 기득권 세대일 테지만. 성철은 이진성 부장에 대한 어설픈 동정심과 개똥처럼 쓸모없는 자신의 생각을 담배연기와 함께 날려 보냈다.

성철의 주머니 속에서 진동이 느껴졌다. 미애였다.
"오빠, 어디야?"
"어. 지금 가고 있어." 그러고 보니 시간이 벌써 12시가 넘었다.
"오빠, 나 삼거리에 있는 떡볶이 먹고 싶은데 올 때 사올 수 있어?"
성철은 순간 울컥했다. 임산부가 고작 먹고 싶은 게 떡볶

172 　　　　　하류 인생

이란 말인가. 한참 동안 말이 없자 수화기 너머로 미애의 기죽은 목소리가 넘어왔다.

"왜 사오기 힘들어? 힘들면 그냥 오고."

성철은 애써 눈물을 참으며 물었다.

"아니, 더 맛있는 거 먹고 싶은 거 없어?"

미애는 금세 환한 목소리로 대답했다.

"아니, 나는 떡볶이가 제일 맛있어."

"알았어. 금방 사갈게." 성철은 미애를 생각하니 눈물이 글썽거렸다. 아는 사람 하나 없는데 얼마나 외롭고 힘들까. 얼마 전에는 침대 밑에 십자수 바구니가 있기에 뭐냐고 물었다.

"낮에 심심해서. 요 옆에 있는 십자수 가게 언니가 나 십자수 잘 뜬다고 도안대로 떠오면 개당 만 원씩 주기로 해서 심심풀이로 하고 있어. 대출금도 갚아야 하고." 마지막 말이 차마 목젖을 넘어 입 밖으로 나오지 못하고 몸속으로 다시 후퇴하고 있었다.

성철은 버럭 화를 냈다. 미애에게 화를 냈다기보다는 아마 자신한테 화가 난 것이 맞을 것이었다.

"임산부가 종일 쭈그리고 앉아서 그거 하면 뱃속의 아이한테 퍽이나 좋겠다."

"그럼 어떡해. 오빠 혼자 고생하는 거 보기 너무 안쓰러워서. 우리도 대출금 빨리 갚고 돈도 모으고 해야 우리 애기 태어나면 좀 더 좋은 집으로 이사 갈 거 아니야." 미애가 적의 없이 항변했다.

지금 생각하니 무작정 화를 낸 자신이 한심스러웠다.

"아줌마, 떡볶이 얼마에요?"

"마무리 장사니까 5천 원에 다 가져가."

"싸주세요. 오뎅 국물도 좀 주시고요." 성철은 떡볶이와 오뎅 국물을 받아들다 문득 자신이 종일 매를 맞고 하굣길에 지현이와 먹었던 떡볶이가 생각났다.

"젠장 떡볶이와의 인연이 질기기도 하네."

초인종을 누르자 미애가 밝은 얼굴로 성철을 반겼다.

"어유 술 냄새. 아가야, 너는 커서 술 마시면 안 돼." 미애가 투정 아닌 투정을 부렸다.

미애는 떡볶이를 받아들고 어린아이처럼 마냥 즐거워했다. 돈 천 원이 아까워 벌벌 떠는 미애를 생각하니 마음이 아팠다.

"맛있어?"

"응. 너무 맛있어."

"서울 생활은 어때?"

"그럭저럭. 아는 사람도 하나둘씩 생기고, 십자수 가게 언니도 잘해주고."

"그래. 다행이네." 둘의 대화는 단순하고 단출했다.

성철은 그럭저럭의 의미를 잘 알고 있었다. 사전적 의미의 그럭저럭은 충분하지는 않지만, 어느 정도는 괜찮다는 뜻일 테지만 미애의 그럭저럭은 사전적 의미의 그럭저럭이 아님을 성철은 너무나 잘 알고 있었기에 마음이 저미어 왔다.

(폭탄주 사역)

성철 특유의 끈기와 성실함은 J건설에서도 인정을 받았다. 성철은 J건설에서는 학벌이 아닌 K그룹의 직원으로서 그 능력을 인정받기 시작했다. 끈기와 성실함은 그 단어의 정직성만큼 화려하지는 못했다. 성철은 그런 단어가 미덕일까를 생각했다. 왜 나는 끈질기게 버텨야 하고 어떠한 환경 속에서도 성실해야 할까를 생각했지만, 그냥 그래야 한다고 생각을 정리해 버렸다.

성철은 원래 J그룹 업무지원으로 파견을 나갔지만, 주객이 전도된 것처럼, 모든 업무를 직접 맡아서 처리하고 심지어는 J건설 이사결재까지 직접 받기도 했다. 성철은 늘 불안했다. 자신의 학벌이 늘 그렇듯 남들보다 더 열심히 하지 않으면 안 된다는 강박관념에 어느새 예스맨이 되어 있었다. 늘 야근은 그의 몫이었다. 생명이 어미의 자궁 속에서 밖으로 나올 때 탯줄을 끊어야 완전한 생명체가 되었지만, 성철은 이전 세상과는 뭔가를 완전히 끊어내지 못했고 현 세상과의 접점에서는 무언가와 연결되지 못했다.

"성철씨 오늘 발주처 접대 있는 거 알지?"

"네." 성철은 미애가 챙겨준 숙취해소 드링크를 옥상에 올라가 몰래 마셨다. 자기가 왜 이렇게까지 해야 되는지 자신도 이해할 수 없었지만, 자신은 뭐든지 거부할 수 없는 원죄를 지은 것처럼 늘 궂은일은 자신의 몫이었다.

"내가 J건설사 직원도 아니고, 씨팔." 성철은 육두문자를 혼자 내뱉으며 계단을 내려갔다. 성철은 어쩌면 메이저리그에 발을 들여놓은 것 자체가 원죄일 수도 있다고 생각했다. 성철은 원죄(SIN)의 중심에 내가(I) 있기 때문에 그 죄를 본인이 감내해야 된다고 생각했고 그러한 불안한 생각은 꼬리에 꼬리를 물고 이어졌다.

지만용 과장은 일을 주로 말로 하는 스타일이었다. 오늘도 발주처 접대자리에서 술보다는 주로 입심으로 분위기를 주도하는 그였다. 그게 그가 살아가는 삶의 한 방식이라 생각하며, 성철은 소주를 입으로 털어놓고는 잔을 돌리기 시작했다. 군대에서의 구전축구보다 사회에서의 구전업무가 오히려 일반화되어 있었다.

사장과 이사와 부장의 입을 거쳐 내려온 업무를 직원들은 온몸으로 받아내야 했다. 그렇게 입에서 입으로 형상도 실체도 없는 화려한 말들이 내려와 직원들의 피와 고혈을 먹고 형상화되어 다시 부장과 이사의 입을 거쳐 사장의 눈 속으로 사라졌다. 때로 그 눈빛은 감탄의 눈빛이었으며 때로는 아무런 초점이 없는 눈빛이었다. 모든 곡식이 사람의 입을 거쳐 창자를 통해 항문으로 나가듯 모든 일이 그렇게 진행되고 되풀이되었다.

노가다 현장이 다 그렇듯, 어느 정도 술이 오르자 폭탄주를 돌리는 시간이 되었다. 그러한 시간은 누가 말한 것도 아니었고 누가 말하지 않은 것도 아니었다. 그냥 모두 다 폭탄주를 돌려야 할 때를 알고 있었고 원래부터 온몸으로 느끼고 있는 듯했다.

한 잔씩 다 돌리고는 발주처의 담당부장이 술이 좀 되었는지 오늘 죽도록 마셔보자고는 계속해서 폭탄주를 제조해 돌리기 시작했다. 이 폭탄이 멈추는 곳이 우리가 되면 안 된다며 이진성 부장은 계속해서 폭탄주를 제조해서 돌렸고, 성철은 제일 많이 흑기사로 불려나갔다.

발주처의 담당부장이 술에 곯아떨어지자 오늘의 전쟁도 그 막을 내렸다. 아침에 미애가 깨우는 소리에 눈을 뜬 성철은 전날밤의 일들이 기억 나지 않았다. 술을 마신 다음날 기억이 나지 않는 그런 기분이 성철은 제일 싫었다. 세상의 온갖 단어를 다 갖다 붙여도 그 감정을 표현할 수 없었고 모든 뉴런을 동원해도 기억은 죽은 자가 살아 돌아올 수 없듯이 머릿속으로 되돌아오지 못했다. 술이 한 잔 두 잔 넘어갈 때 전두엽과 해마는 고등어가 소금에 절여지듯 알콜에 절여졌고 뇌의 피로와 함께 해마는 아무것도 기억하지 못했다.

술이란 게 그랬다. 술이 목 넘김을 할 때 술은 단순히 물과 화학물질의 합성물이 아니었고 삶이었고 감정이었다. 술은 늘 변함이 없었지만, 사람의 기분에 따라 술은 달고 쓴맛을 냈으며, 달콤 쌉싸래한 맛을 냈으며, 알 수 없는 맛을 냈다. 술은 몸의 온갖 말초신경을 자극해 세상과 성철을 분리해 놓는 간극제 역할을 하기도 했다. 술은 목젖을 타고 빗속으로 들어가 창자를 휘감아 몰아쳤고 그 휘몰아침은 국밥을 토렴하듯 몸을 데워 주었다. 국밥을 토렴하듯 술이 식도를 넘고 그 술이 다시 식도를 되넘어오면 성철은 자신의 인생도 어느덧 따뜻해짐을 느꼈다. 술이 처음 식도를 넘어갈 때는 물이 위에서 아래로 흐르듯 중력의 법칙처럼 자연스러운 것이었지만 그 술이 다시 식도를 넘어 올라올 때는 중력의 법칙을 거스르는 것인 만큼 다음날 큰 고통으로 다가왔다.

술은 때로 성철에게 용기를 주기도 했으며 그 용기는 세상을 주기도 했다. 술은 이성으로 통제된 감정을 분출하게 함으로써 성철을 세상의, 삶의 주인공으로서 정체성을 가질 수 있도록 만들어 주었다. 성철은 비루한 세상을 잊은 채 밤새그 세상을 돌고 돌아 밤늦게 집으로 돌아왔으며 그 세상은 다음날 아침 성철에게 또 다른 좌절과 고통으로 돌아와 있었다. 화려했던 전날의 세상을 잃어버린 좌절과 고통은 허무함과 반성을 가져다주었지만, 반성은 이성의 의식이고 허무함은 본능의 감정이었기에 이성이 허무함을 이길 수는 없었다. 그래서 그런 생활은 무한대로 반복될 수밖에 없었다.

성철은 세상의 시름과 삶의 공허함을 잊는다는 핑계로 자주 술을 마시게 되었다. 처음의 술은 원칙과 정도가 있었지만 두 번째 술은 원칙만 남아 있었고 마지막 술은 원칙과 정도는 없고 내일이 아닌 오늘밤만을 사는 사람의 술자리였다. 그 뒤로는 술이 곧 나고 내가 곧 술이 되는 무아지경에 이르게 되고 그 뒤로는 술이 내 몸을 먹어치우고 있었다.

상처와 기억이 시간의 흐름에 따라 낫고 흐릿해지듯이 시간에 비례해서 술은 깨기 마련이었지만 어느 시간까지는 시간의 흐름에 따라 창자의 고통과 정신의 고통은 커져 가는데 그것이 숙취였고 그 시간을 극복하지 못하고 다시 전날의 화려한 세상으로 돌아가게 되면 결국 중독이 되는 것이었다. 결국 그렇게 되면서 인생은 야근이 아니면 술자리가 되는 주경야경이거나 주경야주가 되어 있었다. 성철이 인생에서 다시 기대고 의지할 것은 술과 담배뿐이었고 그것은 아무것도 없던 시절이나 지금이나 마찬가지였다.

아침 일찍 잠시나마 내가 전날에 술을 먹은 것인지 어떤 것인지 기억도 어정쩡한 순간 전날의 기억이 사라졌음을 알고 좌절과 공포감에 휩싸여 성철은 말을 내뱉었다.

"젠장, 나 어떻게 들어왔지."

"뭘 어떻게 들어와. 내가 걱정돼서 요 앞 삼거리에 나가보니 택시에서 내려서 욕이란 욕은 다 하면서 오던데. 내가 가방 달라고 하니까 나도 못 알아보고. 오빠 요즘 무슨 일 있어?"

"아니야." 성철은 화장실로 달려가 변기를 부여잡았다. 몇 해 전 배낚시에서 심하게 느꼈던 그 기분과 똑같았다. 속에서는 높은 파도가 몰아쳤고 나의 위장은 알코올이라는 파도에 의해 롤링과 피칭이 반복되면서 위 안의 음식물을 변기 속으로 토해내고 있었다. 성철은 이 배설물과 함께 세상에 대한 욕심과 미련과 원망이 같이 사라져 버리길 바랐다.

미애가 언제 왔는지 뒤에서 등을 두드리고 있었다.

"오빠, 요즘 너무 힘든 거 같아."

"그럼 먹고 살기가 쉽냐?" 성철은 좌절과 공포감을 미애에게 돌리고 있었다.

"왜 나한테 그래." 미애는 눈물을 글썽거렸다. 요즘 미애도 힘든 모양이었다. 종일 말할 상대도 없고, 모르긴 몰라도 어머니가 또 뭐라고 한 게 틀림없었다.

성철은 미애가 했던 그럭저럭이란 말이 생각났다. 위에서 하는 그럭저럭은 정말 사전적 의미의 그럭저럭이었으나 밑에서 하는 그럭저럭은 죽지 못해 산다는 말이었다. "씨팔." 같은 단어를 써도 계층마다 뜻이 다르다는 것을 느끼자 성철은 욕지기가 치밀었다.

"옷이나 줘."

"밥 안 먹고 갈 거면 꿀물 타 놨으니까 먹고 가."

남산만 해진 미애의 배를 보니 미안한 마음도 들고, 삶의 무게감도 그만큼 더 깊어지는 거 같았다.

그래 열심히 벌어야 한다. 내가 이 직장에서 얼마나 버틸 수 있겠어. 버틸 수 있을 때까지 버텨야 한다.

성철은 쓰린 속을 부여잡고 회사로 향했다. 잃어버린 기억을 찾는 일보다 앞으로 기억해야 할 일들이 성철에게는 더 중요했다. 성철은 모니터를 바라보다가도 속이 계속해서 울렁거려 연방 화장실을 들락날락했다.

"성철 씨 왜 그래?" 지만용 과장이 성철을 한심하다는 듯 쳐다보며 물었다.

'왜 그러긴, 니가 안 처먹은 술 내가 먹어서 그런다.' 성철은 혼잣말을 중얼거리며 지만용 과장을 쳐다봤다.

"거 젊은 사람이 왜 그렇게 술을 마셔. 가서 좀 쉬다 와."

그랬다. 성철은 살아남기 위해 술이 아니라, 더한 거라도 먹어야 했다. 학벌도 백도 없는 그런 시시한 삼류인생은 그보다 더한 고통도 참아내야 한다고 생각했다.

제8화
버려야 할 것과
가져가야 할 것

(박이철의 음모)

"최 사장, 일은 차질 없이 준비되고 있겠지?"

"네. 걱정 마십시오. 저희에게 실수는 없습니다."

"자네가 할 일은 그냥 들어가서 재미만 보면 되는 거야."

"알고 있습니다."

"그만 나가 봐. 내가 D-day가 잡히면 연락할 테니까 전화 잘 받고."

"네." 무뚝뚝한 사내가 말없이 커피숍을 먼저 나갔다.

"아, 죄송합니다." 성철은 급히 들어오다 낯선 사내와 그만 부딪치고 말았다.

"성철 씨, 여기야," 박이철은 환한 얼굴로 성철을 맞이했다.

"파견근무 힘들지. 조금만 참아. 다 성철 씨 경력에 도움이 될 거야. 듣자 하니 아주 잘하고 있다고 하던데."

"네. 그냥 본부장님께 누가 되지 않도록 하기 위해 열심히 하고 있습니다." 성철은 아직은 때가 아니라고 생각했다. 때가 될 때까지는 참고 기다려야 한다.

"그래. 자네는 그 열심히 하는 모습이 참 마음에 들어. 오늘 주말인데 같이 바람이나 쐬러 가자고. 소개시켜 줄 사람도 있고."

"네. 본부장님."

"근데 자네 정말 장부 같은 거 없지?"

"그런 게 있을 리 만무하지 않습니까." 성철은 보란 듯이 되물었다.

"그래 알았어." 성철은 지금의 최 이사를 비롯해 지난 Y지점 근무 7년 동안 K전자의 핵심인사들을 두루 모셨다. 분명 박이철은 성철이 비자금 장부를 가지고 있다는 걸 알고 있었다. 사람들은 어리석은 건인지 현명한 것인지 구린 일을 할수록 기록에 더욱더 집착한다는 것을 박이철은 알고 있었다. 그리고 자신과 같이 최 이사, 기타 Y지점을 거쳐 간 지점장들도 비자금을 만들어 상납했다는 걸 알고 있었다. 그래서 그 비자금 장부만 손에 넣으면 최 이사뿐만 아니라, 자신의 눈에 가시 같았던 놈들을 일거에 제거할 수가 있었다.

하지만 성철은 생각보다 어리석지 않았다.

성철도 그게 비장의 카드이자, 위험한 무기라는 것을 알고 있었다. 잘 사용하면 적을 벨 수 있지만 잘못 휘두르다간 자신도 다칠 수 있다는 것을 누구보다 성철이 잘 알고 있었다.

비장의 카드를 써야 할 때를 성철은 본능적으로 알고 있었다. 성철은 비자금 장부와 통장을 가지고 있었다. 처음에는 현금을 보관했지만, 금액이 커지다 보니 통장이 필요할 수밖에 없어 대포통장을 만들었다. 성철은 나중을 위해 지폐의 일련번호도 적어두었다.

하지만 지금은 그걸 사용할 때가 아니었다.

(생명의 탄생)
출산 준비로 미애가 친정에 내려간 지 한 달쯤 되었을 때 손위 처남에게 전화가 왔다.

"이 서방, 미애가 진통이 오는 거 같은데 오늘 좀 내려와야 겠어."

"네. 형님."

성철은 자신의 아이가 태어난다는 기쁨과 기대에 연신 시계만 쳐다보았다. 그렇지만 차마, 아내 출산 때문에 일찍 퇴근한다는 얘기를 꺼내지 못했다. 성철은 혼자 못난 놈이라고 열 번도 더 외치고. 퇴근시간이 다 되어서야 처갓집으로 향했다. 그나마 출산일이 평일이 아니고 주말이어서 다행이었다.

초음파 사진으로만 보던 내 딸은 다음날 오후에나 태어났다. 어찌 저리 예쁘게 생겼을까 생각했다. 신생아는 다들 못

생겼고 사람 같지 않다는데 하은이는 그렇지가 않았다. 성철은 연방 신생아실로 내려가 자신의 딸 하은이를 바라다보았다. 성철은 하은이가 다른 애기들보다 훨씬 뛰어난 외모를 가지고 있다고 생각했다. 성철은 애기 얼굴에 어떻게 저런 단호함이 묻어나올 수 있을까 신기했다. 얼굴에는 단호함으로 가득 차 타협이 보이지 않는 얼굴이었다. 성철은 단호함으로 가득 찬 하은이의 얼굴을 바라보며 하은이의 고단함이 걱정되었다.

"미애야, 고생했어."

"오빠, 딸인데 섭섭하지 않아?"

"섭섭하긴 다 알고 있었는데. 그리고 요즘은 딸이 대세야. 아무 걱정하지 말고 몸조리 잘해."

"오빠, 내일 올라가야 돼?"

"어. 내일 영어시험이 있어."

"그거 봐야 돼?"

"봐야 돼. 언제 필요할지 몰라." 늘 뭔가 하지 않으면 안 된다는 생각이 성철에게는 거의 강박관념으로 다가왔다.

그래서 성철은 일요일 아침 일찍 국가 공인 영어시험을 치르기 위해 서울로 향했다. 정말 이렇게까지 해야 하는 건가. 성철은 아무리 생각해도 주객이 전도된 자신의 삶이 뭔가 잘못된 거 같았지만, 뭐라도 하지 않으면 늘 불안한 자신을 제어할 수가 없었다. 성철은 어리고 어리석었다. 아니 현명할 만큼 나이를 먹지 못했고 세상에서 중요한 것과 중요하지 않은 것을 알아낼 수 있는 시간과 경험이 없었다.

늘 남들은 앞서가는데 자신만 뒤처져 낙오되는 악몽에 시달리곤 했다. 그래서 성철은 술을 마시지 않고 일찍 퇴근하는 날은 거의 영어공부에만 매달리다시피 했다.

영어시험을 끝낸 성철은 잘 보든 못 보든 뭔가를 했다는 생각에 마음이 뿌듯했다. 하지만 한편으로는 미애를 두고 온 것이 안쓰러웠다. 하지만 사회에서 확실하게 자리를 잡을 때까지는 어쩔 수 없다는 핑계로 자신을 위로하며 집으로 향했다. 이것도 다 내 가족을 위해서라는 말로 자위하며. 하지만 결론적으로 말하면 성철은 죽을 때까지 영어를 써먹을 일이 없었다.

(친구의 죽음)
사무실에서 일하던 성철은 주머니속의 핸드폰 진동을 느끼고 핸드폰을 열었다. 고등학교 동문회에서 온 문자였다. 친구 성민의 죽음을 알리는 문자였다. 친구의 갑작스러운 죽음이 성철에게는 충격이었다.
문자를 보고 있는 사이 진동이 계속되며, 고등학교 동창인 종민의 이름이 액정에 나타났다.
"성철아, 니 소식 들었지?"
"어."

"니 언제 가볼 건데? 시간 되면 오늘 같이 가자."

잠시 망설이던 성철은 알았다며 전화기를 집어넣고 옥상으로 올라갔다. 성철은 언제부턴가 끊었던 담배를 다시 피우기 시작했고, 내뿜는 담배 연기만큼이나 세상살이의 고민은 깊어졌다.

도대체 왜 죽은 걸까. 녀석은 학교 다닐 때 공부도 곧잘 해서 서울 소재 상위권 대학에 진학했었다.

집안 형편이 좋지 않은 건 알고 있었지만 자살한 이유가 뭘까. 성철은 모처럼 6시를 조금 넘겨 사무실을 나와 안산의 고려대병원으로 향했다. 42번 국도를 내달리던 성철은 러시아워에 약간의 짜증을 느꼈다. 요즘은 사소한 일에도 신경이 곤두서고 짜증이 잘 났다.

2시간이 넘게 걸려 도착한 그곳은 그야말로 초상집이었다. 하긴 젊은 사내가 자살을 했으니 악상 중에 악상이었다. 수년 동안 만나보지 못했지만 고등학교 동창만큼 편한 친구들이 또 있을까.

"어. 성철아, 왔어." 종민이 일어나 마중 나왔다.

"그래 일찍 왔네. 도대체 뭐가 어떻게 된 거야?"

"야. 말도 마. 정말 세상 살맛 안 난다. 성민이 가정형편 안 좋은 거 알지. 그래서 아마 학자금 대출을 받아서 겨우겨우

학교 다녔나 봐. 공무원 시험준비 하는데 학자금 대출 계속 갚으라고 독촉하고 이자 감당도 안 되니까 편의점 알바하면서 공부 계속했는데 알바하면서 시험 붙기가 쉽냐고. 그렇게 나이 먹으니까 이제 중소기업이라도 들어가려니 나이가 걸려서 못 들어가고 그러다 보니 막노동 뭐 이것저것 하면서 또 나이만 먹어가니까 도대체 답이 안 보였던 거지. 우리 나이가 벌써 몇 살인데 아직도 편의점 알바냐." 세상에 대한 푸념인지 원망인지 모를 종민의 말이 세상을 향해 쉴 새 없이 쏟아져 나왔다.

"어차피 패배자로 사느니 죽음을 택한 거지." 고등학교 동창이자 대학동창인 웅이였다.

성철은 눈물이 핑 돌았다. 사회에 제대로 발을 내딛기도 전에 빚의 굴레에서 벗어나지 못하는 이 안타까운 현실이 원망스러웠다.

성철은 말도 없이 장례식장을 빠져나와 정처 없이 걸었다. 성철은 걸으면서 생각하고 또 생각하며 다짐했다. 나의 자식들에게는 이런 슬픈 현실을 남겨주지 않겠다고.

성철은 하늘에 있는 성민을 향해 소리쳤다.

"야, 이 못난 놈아. 이 지랄 같은 세상에 대고 소리 한번 못 쳐보고 그렇게 가냐." 성철은 성민이 원망스러웠다. 자신

과 같은 처지의 성민이 세상에 패배한 걸 보고 성철은 겁이
났다.

(이룰 수 없는 사랑)

성철은 젊은 시절 가끔 가던 강원도 고성군 바닷가의 어느
민박집에 누워 있었다. 밤늦은 시간이 되자 달의 인력에 의해
파도가 거칠어졌고 바닷가 깊은 안쪽의 민박집까지 파도소리
가 들려왔다. 파도는 보이지 않았고 오로지 소리만이, 고요하
지만 명확하게 성철의 귀에 들려왔다. 실체는 없었고 오로지
실체를 뒤로한 소리만이 밀려왔다. 실체가 없어 두렵지 않았
지만 한편으로는 그게 더 두려웠다. 소리만으로도 파도의 높
이와 깊이를 가늠할 수 있었지만 명확하지는 않았다. 파도는
해안가 절벽에 부딪혀 부서졌다가 거품을 내며 뒤로 물러났고
달에 힘입어 이내 다시 달려들었다.

소리가 귀에 닿을 때쯤이면 파도는 이미 부서져 현실의 것
이 아니었음에도 존재하지 않는 실체는 성철을 더욱더 두렵
게 만들었다. 실체가 없는 소리의 두려움을 성철은 헤아리
기 힘들었다. 파도는 지구와 달과 물이 만들었을 테지만 그
뜻과는 상관없이 파도는 해안의 절벽에 부딪혀 쉽게 사라졌
다. 멀리서 조용하지만 아득하게 개 짖는 소리가 들려왔다.
개 짖는 소리는 또 다른 소리에 묻혀 성철의 마음에 와 닿지
못했다. 성철은 두려움에 파도를 확인하러 나갈 수 없었다.

사람의 욕심이 끝이 없다는 것을 성철은 이미 알고 있었다. 성철에게 사랑도 파도소리와 같이 실체 없이 다가왔다. 실체를 확인하기가 두려웠고 실체가 없을까 봐 두려웠다. 그녀를 바라만 볼 때는 보는 것만으로도 행복했다. 성철은 초등학교 때부터 사랑하는 사람이 매년 바뀌었다. 그도 그럴 것이 보통 짝사랑이 그렇듯 상대가 눈앞에서 멀어지면 마음에서도 자연스럽게 멀어지게 되는 것이었다. 파도소리는 바다를 떠나면 들리지 않을 것이라 생각했다.

　그래서 매년 학년이 바뀌어서 짝사랑의 대상이 바뀌면 그 사랑은 자연스럽게 다른 사람에게로 옮겨갔다. 아무리 사랑은 움직이는 것이고 마음은 생물이라지만, 스스로 생각해도 너무 줏대가 없다는 생각이 들었다.

　그러한 줏대 없음을 극복하기라도 하듯 성철은 미애와 10년간의 열애를 했고 결혼했다. 하지만 지금 성철은 다른 사람이 좋아졌다. J건설사 파견 근무 때 만난 그녀였다. J건설사 파견시절 외롭고 힘든 성철에게 다가와준 유일한 사람이었다. 사회적 통념을 깊이 인식했던 성철은 그런 감정을 애써 무시하며 마음속 깊은 곳에 감춰두고 있었지만, 그녀를 좋아하는 마음이 몸 밖으로 표출되는 순간 맘속의 모든 감정이 밖으로 쏟아져 내렸다. 감정은 말과 같아서 입 밖으로 한번 뱉은 말을 주워 담을 수 없듯이 한 번 표출된 감정은 주체할 수가 없었다. 표출되든 아니든 그 감정은 몸속에 있었을 것인데 한번 표출된 감정은 절제할 수가 없었다. 성철의 입술이 그녀의 입술에 닿는 순간 모든 감정이 입술을 통해 세상 밖으로 휘몰아쳐 나오듯 마음이 요동치고 있었다. 그것은 비구름이 뜨거운 공기를 만나 비로 형상화되는 것과 비슷했다.

성철은 그의 입술이 그녀의 입술에 닿는 순간, 판도라의 상자가 열려 모든 재앙과 죄악이 뛰쳐나올 거 같은 두려움을 느꼈지만, 심장을 통해 뿜어져 나오는 뜨거운 피는 그 모든 두려움을 압도하기에 충분했다. 처음이 어려웠고 마지막이 어려웠다. 나머지 과정은 물 흐르듯 자연스럽게 흘러갔다. 처음엔 이성과 감정의 치열한 싸움이 계속되었다. 이성적으로는 사랑할 수 없는 사람이었지만 몸 밖으로 튀어나온 성철의 감정은 사회적 통념과 제도를 단숨에 넘어 버렸다.

누군가 자신을 사랑하고 또 자신이 누군가를 사랑한다는 것에 대해 성철은 자신이 없었다. 그것이 사랑인지 제도에 대한 저항을 통한 쾌감이었는지 명확히 알 수는 없었지만, 자신의 감정을 누군가에게 투영하면서 성철은 오랜만에 살아있음을 느꼈다. 나중에 성철은 그것이 혹시 자신에 대한 자긍심이 아니었을까 막연하게 생각했다. 그녀의 사랑을 통해 성철은 누군가에게 사랑받을 수 있고 가치 있는 존재라고 느꼈고 대단한 존재일지도 모른다고 느꼈다.

늘 그랬다. 마음이 머리를 이해하지 못하고, 몸이 마음을 따라가지 못하고, 행동이 말을 일치시키지 못했다. 머리로는 안 된다는 것을 알았지만, 심장은 터질 것 같았고 마음은 요동치고 있었다. 마음으로는 순수해야 한다고 나만은 불륜이 아닌 사랑이라고 스스로를 다스리고 있었지만, 마음이 몸을 다잡지 못했다. 입으로는 십계명을 읊었지만, 행동이 말을 형상화시키지 못했다. 성철은 처음에는 자신이 쓰레기 같다는 감정을 느꼈지만, 시간이 갈수록 죄의식은 옅어지고 합리화는 쉬워졌다.

성철은 그런 일련의 상황을 알고 있었기에 후회했다. 좋은 사람을 시간의 흐름 속에서 만나는 것이 아니고 동일선상에서 모든 좋은 사람을 한 번에 만날 수 있다면 어떨까를 생각했다. 동일선상에서 모든 좋은 사람을 만나면 후회가 없을 것이지만 앞으로의 기대나 희망도 없을 것이다. 지금 순간은 그녀를 먼저 만나지 못한 것에 대해 후회를 했다. 성철은 그녀를 사랑하는 것인지, 아니면 술을 먹었기에 몸이 가는 대로 행동을 한 것인지 알지 못했다. 혹은 그녀도 자신을 사랑하는 것인지 알지 못했다. 단순히 술기운의 사치였는지 아니면 사랑은 원래 있던 것이고 알코올이 거기에 용기를 불어넣어 움직이게 한 것인지 자신의 감정을 읽어 내기란 어려웠다. 하긴 사랑이란 꿈도 있고 할 일도 많을 때 하는 것이고 나이를 먹으면 몸이 가는 게 곧 사랑이라고 어느 영화에서 그랬던 거 같았다.

그녀를 안고 그녀의 입술과 나의 입술이 맞닿아 있을 때는 세상을 다 얻은 것 같았다가 다시 세상을 다 잃을 것 같은 두려움이 밀려왔다. 처음의 두려움은 뜨겁고 젊은 피로 달랠 수 있었고 한번 달래진 두려움은 두려움이 아니었다. 처음의 설렘은 기대감으로 변했고 기대감은 욕정으로 변해가고 있었다. 성철은 어쩌면 욕정과 사랑은 분리할 수 있는 것이 아니고 하나의 감정일지 모른다고 합리화시켰다. 성철의 사랑은 처음에는 아가페적이었지만 점차 에로스적인 사랑으로 변해갔다.

사랑을 하려고 하는 게 아니듯 그렇게 변하려고 변한 것이 아니었지만, 헌신적인 사랑은 육체적인 사랑으로 변했고 또 그 사랑은 집착으로 변해갔다. 처음에는 손만 잡고 입만 맞추어도 좋았고 연락만 주고받아도 좋았다. 하지만 시간은 사람으로 하여금 질투를 만들어 냈고 그 질투심은 소유와 집착으로 변했다.

누가 먼저랄 것도 없이 성철과 그녀는 호텔로 향했다. 누군가는 말했을 것인데 그게 성철인지 그녀인지 서로 암묵적이었는지 성철은 기억이 나질 않았다. 성철은 그녀의 몸에 자신의 몸을 밀어 넣었다. 그녀의 밑은 이미 열려 있었고 성철을 아무런 저항 없이 받아들였다. 서로의 자연스러움이 성철은 오히려 부자연스러웠다. 둘의 몸은 원래 받아들이던 사람의 관계처럼 자연스러웠고 서로의 몸에 쉽게 몰입되었다. 성철의 입술이 그녀의 꽃판과 꽃술에 닿을 때 그녀는 신음했다. 성철은 그녀의 몸에 자신의 몸을 일치시킬 때 그녀의 이름 석 자를 생각했다. 성철은 세상에서 같이 할 수 있는 이름 석 자이기를 바랐지만 그럴 수 없음을 알고 있었다.

성철은 그녀의 몸을 잡고 신음할 때 그것이 죄로 인한 신음인지 죄를 씻기 위한 신음인지 분간할 수 없었고 미애의 이름은 생각났지만, 얼굴이 떠오르질 않았다.

호텔에서 내려다보는 호수의 야경은 아름다웠다. 성철은 호수의 야경만큼 사랑의 결말이 아름답지 못할 것을 직감했다.

둘은 호텔을 나와 밤하늘을 보면서 걸었다. 새벽시간 그날따라 별들은 유난히 총총히 빛났다. 새벽은 세상에 아무도 남지 않고 둘만이 남아 있다는 착각을 불러일으켰다. 그녀는 별과 이야기가 있어서인지 몸 받음 이후의 공허함이 없다고 했다.

성철은 몸 밀음 이후에 공허함이나 허무함이나 그 어떠한 감정도 남아 있지 않았고 단지 현실 세계로 돌아가 눕고 싶었다. 넘지 말아야 할 선을 넘었을 때의 짜릿함과 두려움은 그 크기가 같은 것이어서 서로 상쇄되어 아무것도 남지 않았을 것이라고 성철은 생각했다. 둘은 사랑일 거라고 믿었고 사랑이었지만 그것은 아무리 잘 포장해도 불륜이었고 불장난이었다. 불륜과 불장난을 사랑으로 승화시키기에는 가진 것이 너무 없었고, 잃을 것이 너무 많았다.

그렇게 그녀와 성철은 시간의 흐름 속에서 물리적 공간의 변화 속에서 멀어져 갔다. 성철은 만남을 인연으로 인연을 사랑으로 승화시키지 못했다.

멀어짐은 그리운 마음으로 그리움은 서글픈 마음으로 진화했고, 서글픈 마음은 아쉬움으로 남았다. 그날 그렇게 차에서 내리는 것이 둘의 마지막이었다면 손이라도 잡아볼걸 하는 아쉬움이 남았고, 그 아쉬움은 담배연기를 통해 세상으로 분출됐다. 성철은 그녀의 웃는 얼굴을 잊기 위해 담배를 피웠고 상황을 합리화시키기 위해 담배를 피웠고 외로움과 서글픔을 잊기 위해 담배를 피웠다. 결국 둘의 사랑은 거기까지였다. 둘의 사랑은 시간의 흐름과 물리적 공간의 변화를 해결할 의지도 힘도 없었다.

그녀는 다가가면 멀어졌고 잊으려 한 발짝 뒤로 물러서면 다가와서 일정 거리를 유지했다. 태양과 달과 지구처럼 늘 일정 거리를 유지해야만 공존할 수 있다고 믿는 듯 보였다.

어쩌면 그녀가 현명한 것이었을지도 모른다. 성철은 사랑의 본질은 불륜(不倫)이라고 어느 철학책에서 읽은 적이 있었다. 사랑은 기존의 무리를 벗어나 새로운 무리를 이루고 싶어 하는 것이라고, 그것은 곧 새로운 무리를 이루는 순간 그것도 사랑이 아닐 것이라는 뜻이었다. 그렇게 일정거리를 유지하는 것만이 사랑을 유지할 수 있을 거라고 생각하는 그녀를 성철은 감당하기 힘들었다.

성철은 늘 그녀의 연락을 기다렸다. 연락이 오는 날도 있었고 없는 날도 있었다. 찾아가 만날 용기도 없었다. 아무것도 할 수 없는 것에 분노와 좌절과 허탈을 느꼈다.

성철은 그런 그녀의 감정을 도대체 분간하거나 이해할 수가 없었다. 감정이라는 놈을 몸에서 분리시켜 독립적으로 분석할 수 있다면 가능할지도 모른다고 생각했다. 또한 성철은 조현병 환자처럼 자신의 감정이 무엇인지 분간할 수 없었다. 다만, 그녀와 헤어지는 순간 오랜 그리움과 절망이 죽음 직전까지 따라다닐 것이라는 것만 직감할 수 있었다. 죽을 자리임을 알지만 가지 않을 수 없는 장수처럼 성철도 가지 않을 수는 없었다. 가지 않았다면 기나긴 후회와 공허함이 성철을 덮칠 게 분명했기 때문이었다. 성철은 후회와 공허함 대신 그리움과 절망을 택하기로 했다. 살면서 그리워할 것이 없다면 그것보다 더한 고통은 없다고 생각했기 때문이다.

오랜 시간이 흘러 성철은 그녀 감정의 본질은 결국 자기방어였을 거라고 생각했다. 인간은 그러한 감정을 사랑으로 포장하기도 하고 질투나 미움으로 표현하기도 하지만, 그 본질은 결국 자기 자신의 방어 그 이상도 그 이하도 아니었다. 사람은 결국 자신이 갈 수 있는 길만 가고, 짊어질 수 있는 짐만을 짊어진다고 성철은 생각했다. 하지만 성철은 그러한 감정이 나쁘다고 생각하지는 않았다. 성철 또한 자신이 버릴 수 있는 것과 버릴 수 없는 것을 혼동했을 뿐 본능적으로 자신을 지키려 했을 것이었다. 서로에게 다가가면 상처를 주는 고슴도치처럼 일정 거리를 유지해야 서로를 보호할 수 있다는 그녀의 생각과 일정 거리를 유지할 수 있는 그녀의 담담함과 고요함에 성철은 고마움과 두려움을 느꼈다.

정말 인연이라면 언젠가는 다시 만날 거라고 생각하며 성철은 미련을 버렸다. 다만 지금은 그 미련을 버리는 게 쉽지 않아 서러울 뿐이었다. 한참 시간이 흘러 문득 그녀가 생각날 때마다 성철은 생각했다. 왜 그녀를 사랑했을까, 그냥 너라서 좋다는 것처럼 이유가 없는 사랑이 진정한 사랑일까 아님 이유가 없다는 것은 그냥 그녀가 거기 있어서 좋아하게 된 것일까. 다른 사람이 거기 있었어도 좋아했을까. 성철은 그녀라서 사랑한 것인지 그녀가 거기 있어서 사랑한 것인지 알 수 없었다. 시간이 더 흘러서는 사랑인지조차도 확신할 수 없었지만 그리운 마음이 남아 있는 것만은 확실했다.

제9화
세상이 투전판이었다

앞날에 대한 희망이 가늘어지면 질수록 성철은 더 자극적이고 극단적인 방법으로 세상의 돌파구를 찾았다. 성철은 아침에 눈을 떠야 할 이유를 찾았다. 자신이 눈을 떠야 하는 이유는 출근을 해야 하기 때문이었지만 그것만으로는 부족했다. 성철은 그래서 주식을 시작했다. 처음에는 재미로 시작했다. 세상은 열심히 살아서 성공하기에는 너무나 빨랐고 부의 증가속도를 월급은 절대로 따라갈 수 없었다. 한 푼도 쓰지 않고 20년 동안 월급을 모아야 지금의 전셋집을 살 수 있다는 생각을 하니 직장 생활에서는 답을 찾을 수가 없었다. 그렇다고 물려받은 재산이 있어서 남들처럼 부동산을 사고팔아서 돈을 굴릴 수도 없었다.

성철은 어릴 적 투전판에서의 쓰라린 기억을 애써 지우며 자신만은 자본주의가 합법적으로 만들어낸 투전판에서 성공할 수 있을 거라고 생각했다. 통장에 있는 2천만 원을 인출해

주식계좌로 옮겼다. 성철은 처음에는 조심스럽게 주식을 했다. 잃어야 몇십만 원이었고, 벌어야 몇십만 원이었다. 재수가 좋아 테마주에 일이백만 원을 투자해 며칠 만에 백만 원을 벌기도 했다. 성철은 잘하면 큰돈을 벌 수 있을 거 같았다. 주식을 투자로 생각하지 않고 투기로 생각하게 되었다.

그렇게 성철은 주식판으로 점점 더 빠져들었다. 처음부터 발을 들여놓지 말아야 할 곳에 발을 들여놓게 된 것이었다. 조류독감 테마주, 방산 테마주, 4G테마주, 바이오 테마주, 해외자원 테마주, 제약 테마주, 무상증자 테마주 등 수많은 테마주에 손을 대기 시작했다. 성철은 우량주, 가치주에 장기 투자를 하면 돈을 벌 수 있다는 것을 머리로는 알고 있었다. 하지만 조급하고 일확천금을 좇는 마음으로는 우량주에 투자할 수 없었다. 하루에 2~3프로씩 오르는 것으로는 성에 차지 않았다. 하루에 상한한 30%, 하루 변동폭 최대 60프로, 빨간 불기둥을 봤을 때 짜릿함을 잊을 수가 없었다.

하지만 성철이 신(神)일 수 없었고 작전 세력일 수 없었다. 그리고 테마주를 살 때의 거위 간은 온데간데없고 조금 떨어지거나 오르거나 하면 스마트폰을 손에서 뗄 수가 없었다. 몇 분 혹은 몇 초 단위로 급변하는 테마주의 특성상 스마트폰에서 손을 떼고 업무에 집중할 수가 없었다. 그러다 오르면 무한정 오를 거 같아 들고 있었고, 이삼십 프로 오르면 다시 팔았다. 그러다 더 오르면 다시 샀고, 다음날 아래로 큰 물기둥(주식시장은 파란색이 하락을 나타내는 표시이며, 물기둥은 큰 폭의 하락을 의미한다)을 만들어 낼 때는 겁을 먹고 팔았다. 그럴 때는 손실이 더 컸다. 성철이 팔면 다음 날 다시 올랐다. 성철이 사면 다시 내렸다.

누군가 성철의 주식매매를 손살핌 하듯 들여다보는 듯싶었다. 어느덧 통장에는 몇백만 원밖에 남지 않았다. 그날부터 삶이 공허했다. 몇백만 원 가지고는 반전을 꿈꿀 수 없었다. 그래서 성철은 상하한이 없는 정리매매 주식에 손을 댔다. 정리매매 주식은 상장 폐지된 주식을 7거래일 동안 주주들이 환금할 수 있도록 하기 위한 것으로 상하한 제한이 없고 30분 단위로 거래되었다. 그래서 정리매매 주식은 하루에 이백 프로씩 오르는 경우도 그 반대인 경우도 있었다. 성철은 마지막 남은 돈을 정리매매 주식에 밀어 넣었다. 주식계좌의 돈은 성철에게 더 이상 돈이 아니었다. 그냥 숫자에 불과했다. 지갑에서 나가는 돈이 아니다 보니 무감각해졌다. 성철은 돈에 대한 욕심이 없었던 만큼 돈에 대해 겁도 없었다. 돈을 벌고는 싶었지만 돈 쓰는 데는 욕심이 없었다. 개인적인 돈 욕심보다는 가족을 잘살게 해주고 싶었고 자본주의에서 승리하고 싶었다.

결론적으로 정리매매도 실패했다. 정리매매는 30분 단위로 거래가 되다 보니 팔기도 쉽지 않았다. 그렇게 통장의 이천만 원은 흔적도 어떠한 결과물도 없이 순식간에 사라졌다. 몇 달을 생기 없이 살아갔다. 자본주의 시장에서 패배했다는 자괴감과 분노와 슬픔이 밀려왔다. 이대로 무너질 수는 없었다. 원금 생각에 성철은 은행에서 대출을 받기로 했다. 이번에는 같은 실수를 반복하지 않겠다고 다짐했다. 사람은 변하지 않는다, 다만 환경이 변할 뿐이라는 말처럼 성철은 변하지 않았다. 불행스럽게도 환경도 변하지 않았다. 성철의 매매패턴 또한 변하지 않았다. 성철은 말초신경을 자극하는 붉은색 불기둥과 분노와 슬픔을 자아내는 파란색 물기둥에 빠져 헤어 나오지 못했다. 주식가격의 흐름에 따라 얼굴의 희로애락이 변했고, 방산 테마주에 투기했을 때는 전쟁이 나길 바랐고, 조류독감 주에 투기했을 때는 모든 닭과 오리가 죽길 바랐고, 구제역 관련주에 투기했을 때는 모든 소 돼지가 죽길 바랐다. 기업이 성장해서 돈을 버는 것이 아니라, 세상의 혼란 속에서 돈을 벌고자 했고 그러한 사악한 마음이 성철을 좀 먹었다.

테마주가 좀 오르면 세상의 모든 희망이 성철에게 다가와 있었고 떨어지면 세상의 모든 분노와 절망이 성철을 엄습해 왔다. 초 단위로 일회일비했고 일비일회의 교차점에서는 쾌락 같은 게 느껴졌다. 욕망과 탐욕과 야심은 너무나 인간적인 약점이었기에 슬펐고 슬픔을 넘어 비루했다. 비루함은 무감각을 자아냈다. 하루에 몇백만 원을 잃어도 그 반대로 몇백만 원을 벌어도 감각은 점점 무뎌졌다. 신중해야 하고 현혹되지 말아야 한다고 몇 번 몇십 번을 다짐했지만 그 다짐은 하루를 가지 못했다. 예측한 대로 정확히 흘러갈 때는 말로 형용할 수 없는 승리감과 우월감에 도취됐다. 성철은 깨달았다. 돈을 벌기 위해 주식을 하는 것보다는 승리감과 우월감 등 쾌감을 느끼기 위함이라는 것을. 그래서 성철은 주식판의 결말을 알고 있었다.

그랬다. 처음부터 발을 들여놓지 말았어야 했다. 죽을 자리임을 알고도 발을 들여놓은 게 잘못이었다. 누구나 다 죽을 자리라고 말했지만, 그 죽을 자리에 가도 자신만은 살아나올 수 있다고 사람들은 믿는다. 그것은 누구나 다 똑같다. 인간은 그만큼 어리석었고 그래서 인간일지도 모른다고 생각했다. 절벽에서 몸을 던진 후에는 아무리 발버둥 쳐 봐야 살아남을 수가 없었다. 이것도 성철이 죽는 이유 중 하나였다.

제10화
불행의 시작

(동상이몽)

미애는 늘 외로웠다. 결혼생활은 생각보다 즐겁지 못했다. 시어머니의 심한 간섭도 간섭이지만 늘 늦게 퇴근하며 자신에게 무관심한 성철을 미애는 참을 수가 없었다. 10년 연애 끝에 정말 사랑해서 결혼했는데 이런 결혼생활이 기다리고 있을 줄은 몰랐다.

물론 성철을 이해 못 하는 것은 아니지만 늘 자신은 혼자 남겨진 것만 같은 기분을 떨칠 수가 없었다.

시어머니와의 마찰을 성철은 이해하지 못했다. 미애가 시어머니가 좀 유별나다고 하면 성철은 자신의 엄마는 다른 나라 사람이냐며 화를 냈다.

퇴근하는 성철을 기다리며 종일 혼자 있던 미애는 피곤하다며 잠들어 버리는 성철이 야속했다. 그나마 출산으로 친정에 내려와 있어 요즘은 숨을 쉴 만했다.

"미애야 요즘 너 힘드니?"

"아니 엄마. 왜?"

"너 얼굴이 많이 안돼 보인다. 근심이 있는 거 같기도 하고."

"아니야. 애 낳고 며칠 안 돼서 그래." 미애는 걱정하지 말라고 했지만, 사실은 하루에도 몇 번씩 이혼을 생각했다. 이혼이 어렵다면 어려웠지만 쉽다면 그것만큼 쉬운 것도 없어 보였다.

하지만 미애는 불쌍한 성철을 버릴 수가 없었다. 대학교 1학년 때부터 성철을 보아온 미애는 성철이 얼마나 순수하고 착한 사람인 줄 알고 있었다. 하지만 요즘 성철과 대화를 하다 보면 좀처럼 말이 통하질 않았다. 아니 성철은 자신의 이야기를 들으려 하지도 않았다. 이러한 생활이 1년쯤 지속되다 보니 미애도 조금씩 지쳐가고 있었다. 늘 벽에 부딪히는 느낌이었다. 미애는 성철을 손이 닿지 않는 저 굴레 속에서 꺼내야 한다고 생각했지만, 그 굴레는 허상이었고 미애는 허상을 상대로 싸울 수가 없었다. 성철이 스스로 나오기를 기다릴 수밖에 없었다.

하지만 성철은 행복한 가정을 지키기 위해서는 자신이 더 회사에 매달리는 길밖에는 없다는 생각을 하고 있었다. 성

철은 미애와 아이를 위해서 열심히 살고 있었지만, 미애와
아이까지 돌봐줄 여유가 없었다. 미애와 하은이와 잘살기
위해서는 밖에서 열심히 싸워야 했고 승리해야 했다. 세상
과의 싸움에서 승리하면 미애와의 관계도 행복도 모두 제자
리를 찾을 것이라고 성철은 확신했다. 서로 행복해지기를 바
라는 마음은 같았지만, 서로 생각하는 행복이 달랐다.

(악연)

"어, 성철 씨 여기야." 길 앞에서 박이철이 손을 들어 보였다.

"미안. 갑자기 차가 고장 나서. 성철 씨 차로 가야겠네."

"괜찮습니다. 근데 오늘 어디 가시는 건데요?"

"어. 오늘 원주 가서 골프나 같이 치자고. 소개해 줄 사람
도 있고."

"네. 본부장님."

성철은 영동고속도로로 차를 몰았다. 자신은 골프를 쳐본
적이 한 번도 없었다.

"걱정 마. 이번 기회에 배워둬. 다 필요한 거야." 박이철이
자신의 마음을 읽기라도 한 듯 말을 내뱉었다.

"네. 본부장님."

성철은 원주IC를 빠져나와 도심외곽의 골프장으로 향했
다. 도로 양끝에는 플라타너스가 심어져 있어 그늘을 만들
어 냈다.

골프장에 도착하자 앳돼 보이는 젊은 아가씨가 마중 나와

있었다. 앳돼 보이는 얼굴에 한껏 멋을 부렸지만, 그 멋 부림이 오히려 그녀의 얼굴에 그늘을 만들어냈다.

"많이 기다렸어?" 박이철 본부장이 다정스럽게 말을 건넸다.

"아니요. 저도 방금 왔어요."

"어. 여기 인사해. 내가 데리고 있는 직원인데 아주 성실하고 좋은 사람이야."

"안녕하세요. 이덕희라고 합니다."

"네. 이성철입니다."

"빨리 가요. 티오프시간 다 됐어요. 성철과 박이철은 카트에 골프채를 싣고 필드로 향했다.

"나이스 샷. 아저씨 오늘 컨디션이 좋은가 봐요."

"덕희야, 언제까지 아저씨라고 할 거야."

"네. 그게 아직 익숙지가 않아서요."

"덕희가 오늘 저 친구 코치 좀 잘해줘. 오늘 머리 올리는 날이야."

"필드는 오늘 처음이세요? 일단 몸에 힘을 좀 빼세요. 머리 먼저 들지 마시고요." 덕희가 다정스럽게 말을 건넸다.

"네." 덕희가 성철의 손을 잡자 성철은 그녀가 생각났다. 시간이 흘러 다 잊었다고 생각했는데 몸이 그녀를 기억하고 있었다. 덕희의 작은 손은 그녀의 손을 처음 잡았을 때의 느낌과 설렘을 주기에 충분했다. 그녀는 지금 무엇을 하고 있을까, 잘살고 있을까. 사람을 만나고 헤어지는 것은 자연스러운 삶의 과정이지만 어느 순간 지나간 사람이 미치도록 보고 싶을 때가 있었고 그것은 곧 그리움과 절망으로 다가왔고 그러한 감정은 보통은 다음날 사라졌다.

이십대 중반이지만 더 어려 보이는 덕희는 상당한 미모의 소유자였다. "자, 오늘 성철 씨 머리도 올렸으니까 한잔하러 가자고. 덕희도 시간 괜찮지."

"네. 아저씨." 덕희는 자신보다 스무 살이나 많은 박이철에게 쉽게 자기라고 부르지 못했다.

'박이철이 그새 또 하나 물었나 보군.' 성철은 Y지점에서의 일을 떠올렸다. 박이철이 대단한 바람둥이라는 생각과 한편으로는 박이철의 저러한 것도 그녀에 대한 자신의 마음처럼 사랑일지도 모른다고 생각했다.

서울로 올라가는 차 안에서 성철은 박이철에게 물었다.
"어떻게 저런 미인분을 만나셨어요?"
"미인. 그래 미인이지. 다 계획을 가지고 만나는 거야. 우리는 여자를 만날 때 즉흥적으로 만나질 않지. 생각하고 또 생각하고 작업하는 거야. 때로는 필요에 의해서, 때로는 욕구충족을 위해서. 저 여자들도 마찬가지야. 지들도 다 이득이 있으니까 만나는 거고. 이것도 결국은 게임이야, 게임."
성철은 박이철의 게임이라는 말이 머릿속을 떠나지 않았다. 박이철의 말이 맞을 수도 있었다. 상대가 있는 것은 정도의 차이는 있지만 모든 게 게임일 수 있었다. 나는 그녀와의 게임에서 진 것인가 이긴 것인가, 아님 승자는 없고 모두 패자인가. 성철은 어쩌면 자신의 그 사랑인지 뭔지 모를 사건도 게임이 아니었을까를 생각했다.

그 뒤로도 성철과 박이철은 덕희를 가끔 같이 만났고 때로는 성철이 덕희를 데리러 학교로 직접 가기도 했다.

(공장근무)

1년간의 J건설사 파견생활을 마치고 성철이 발령받은 곳은 이천의 생산공장이었다. 그곳에서 자신은 공장장 다음으로 높았다.

"본부장님, 이게 어떻게 된 겁니까? 이천 공장이라뇨. 본사로 발령 내 주신다고 그러셨잖아요."

"성철 씨, 일단 이천공장에서 근무 좀 해봐. 젊은 직원이 왜 이렇게 편한 것만 찾아. 현장경험도 하고 그래야 나중에 큰일을 하지." 성철은 완전 펀치기를 당한 기분이었다.

"현장경험이라고요? 그런 본부장님은 현장경험이 있으신가요?" 성철은 한번 공장으로 발령 나면 절대 본사로 올라올 수 없다는 사실을 잘 알고 있었다.

한번 공장 밥을 먹으면 정말 잘해야 공장장으로 끝난다는 사실을 성철은 알고 있었다.

"이 사람이. 이것도 내가 신경 써준 덕분인 줄 알아. 안 그러면 너는 잘려도 벌써 잘렸어."

"자꾸 이러시면 저도 가만히 있지는 않겠습니다. 제가 이
제껏 무엇 때문에 개처럼 일했는지 아시잖아요."

"뭐야," 박이철은 성철의 따귀를 한 대 때렸다. 박이철은
하찮아 보이는 성철이 자신에게 대드는 걸 용납할 수 없었
다. 물론 성철이 뭘 믿고 저러는지도 알고 있었다. 둘은 한
동안 아무 말도 하지 못했다.

담배를 한 대 꺼내 물던 박이철이 먼저 말문을 열었다.

"성철 씨. 1년 동안 고생 많이 한 거 알아. 아직 본사에 자
리가 없으니까 현장경험도 쌓을 겸 이천 공장에서 근무 좀
해봐. 그리고 뭘 믿고 그러는지 아는데 그러면 나만 다칠 거
같아? 너는 무사할 거 같아?" 박이철은 성철을 다독거리듯
협박했다.

성철은 물론 선택의 여지가 없었다. 박이철의 말은 반은
맞았고 반은 틀렸다. 그렇다고 지금 박이철과 같이 자폭할
수는 없었다. 정말 하고 싶은 말은 성대를 넘어 목젖을 넘어
오지 못하고 다시 몸속으로 되밀려 들어갔다. 삶이 그랬다.
정말로 하고 싶은 말, 해야 할 말은 성철의 목젖을 넘어오지
못하고 늘 성대의 울림만으로 끝났다.

"네 본부장님. 하지만 저는 잃을 게 별로 없습니다. 이것
만 기억해 두세요."

"그래도 이 자식이." 박이철은 손을 들어 올리다 말았다.

'그래 저 녀석을 건드려 봐야 좋을 게 없지'. 그의 말대로 이성철은 잃을 게 별로 없었다. 하지만 이성철이 착각하는 게 있었다. 가진 게 많은 사람은 잃을 게 많아도 남는 것이 있지만 가진 게 별로 없는 놈은 조금만 잃어도 전부를 잃는 것이라는 것을.

이래서 출신이 미천한 놈은 믿고 쓰는 게 아니었다. 그 장부가 드러나면 여러 사람이 다칠 테지만 가장 큰 피해자는 자신일 것이었다. 자신은 뇌물죄 중에서도 수뢰죄와 증뢰죄가 다 포함될 것이고 금액으로 따져도 자신이 젤 컸다. 잘못하면 10년 이상이고 재수가 없으면 무기징역도 받을 수 있는 것이었다. 더욱이 자신은 공금횡령도 연루되어 있었다. 달래야 한다. 박이철은 화산처럼 터져 오르는 분노를 다잡았다.

"알았어. 성철 씨. 내가 공장장한테는 연락해 놓을 테니까. 가서 1년만 참아."
"알겠습니다. 본부장님. 흥분해서 죄송합니다."
"괜찮아, 젊은 사람이 그럴 수도 있지."

1년 뒤가 문제가 아니었다. 저런 놈하고 평생을 엮일 수는 없었다. 어차피 저놈은 내가 키워봐야 회사에서 클 수가 없는 놈이었고 출신이 미천한 놈은 은혜도 모르고 나중에 자기 뒤통수도 칠 수 있다는 사실을 박이철은 알고 있었다. 계획을 생각보다 빨리 실행해야 할 거 같았다. 박이철은 조바심이 났다.

성철은 본부장의 방을 나오면서 '씨발'이라는 소리가 입 앞에까지 나왔지만 이를 악물고 입술 안으로 말을 다시 삼켰다. 몇천 명이 근무하는 이 본사건물에 자기 자리 하나 없다는 게 말이 된단 말인가. 물론 성철도 그 이유를 알고 있었다.

"미애야, 나 다음 주부터 이천 공장에서 근무해야 될 거 같아. 그래서 이제 주말에만 올라올 거 같아."

"오빠, 이천이면 출퇴근하면 안 돼?"

"아침저녁으로 차가 많이 막혀서 힘들 거 같아. 그래도 공장은 주말에는 크게 바쁜 일이 없으니까 주말에는 자주 올라올게."

"알았어. 어쩔 수 없지 뭐." 미애는 말없이 성철의 여행 가방을 꺼내다 짐을 싸기 시작했다.

성철도 미애와 하은이를 남겨두고 내려가는 것이 못내 걸렸지만 어쩔 수 없다고 생각했다. 미애는 성철의 짐을 싸면서 둘의 사랑이 트렁크에 영원히 갇혀 버릴 거 같은 느낌이 들었다.

성철은 이천으로 차를 몰았다. 성철은 왠지 내려가는 길만 있고 올라오는 길은 없을지도 모른다는 불안감을 느꼈다. 메이저리그에 입성하면 꽃길만 걸을 줄 알았는데 삶이 나아진 건지 더 바닥으로 떨어진 것인지 정작 알 수 없었다. 나아진 게 있다면 입으로 넘어가는 음식이 좀 더 부드럽고 입에서 씹을 만하다는 것뿐이었고 행복감을 느끼는 시간은 오히려 줄어들었다. 영혼과 맞바꾼 삶치고는 삶의 질이 나아진 게 별반 없었다. 돈으로 지갑이 조금 두툼해졌지만 가벼워지는 존재감 때문에 비틀거리는 자신을 어찌해야 할지 몰랐다. 가벼워진 존재감 때문에 가벼운 외력에도 쉽게 무너져 내릴 것만 같았다.

이천 공장에 도착한 성철은 공장장 방으로 향했다.

"어. 성철 씨 어서 와. 내 본부장님한테는 얘기 많이 들었네."

"네, 공장장님. 잘 부탁드립니다. 제가 여기서 하는 일은 뭔가요?"

"여기서 생산직 직원들 관리하고, 출고관리하고 회계장부만 잘 관리하면 되네."

"네. 알겠습니다."

서울 한복판 빌딩에서 한강이 내려다보이는 직장, 직장인들의 로망을 꿈꿨지만, 현실은 이천 외곽의 생산공장이었다. 현실은 10여 년 전 아이스크림 공장에서 전자제품 공장으로 바뀐 것뿐이었다.

10여 년 전 아이스크림 공장에서 일할 때의 자신의 모습과 현재의 모습은 크게 바뀐 것이 없었다.

"이 주임 자네 숙소는 시내에 있는 미림아파트 104동 802호니까 우선 가서 짐 먼저 풀고 오게."

"뭐 여기 본사 직원이라고 해봐야, 자네하고 나하고 여직원 한 명밖에 없고 나머지는 다 일용직하고 아웃소싱 업체니까 우리 잘해 보자고."

"네. 공장장님." 성철은 아파트 키를 받아 들고 공장을 나와 이천 시내를 가로질러 아파트로 향했다. 생각보다 아파트는 넓고 깨끗했다. 아마 지방이라 전세값이 그리 비싸지 않아 큰 평수를 구해줬을 거라 생각했다.

성철은 베란다 앞에서 습관처럼 담배를 꺼내 물고 탁 트인 밖을 내다보다 문득 십자가가 눈에 들어오는 것을 보았다. 십자가를 보자 가슴속에 무언가가 울컥했다. 우리는 어쩌면 예수님께서 그랬듯이 평생 십자가를 지고 살아가는 것인지도 모른다는 생각이 들자 자신도 모르게 가슴이 울컥했던 것이다. 성철은 며칠 전에 지하철에서 우연히 만난 고등학교 동창 민수가 생각났다. 민수는 공부를 잘했지만 목사인 아버지의 영향 때문인지 자신의 믿음인지 선교사가 되어 있었다. 지하철에서 만난 민수 얼굴은 좋아 보였다. 캄보디아 선교를 나가 있는데 잠시 들르러 왔다고 했다. 그때는 잘 모르고 아버지의 권유대로 신학교를 갔지만, 지금은 세상의 가치보다 주님에 대한 자신의 믿음이 중요하다고 했다.

성철도 교회를 다녀봤지만 예전에는 그 말을 이해할 수 없었다. 자신은 주님의 응답을 받아본 적이 없었기에 성철에게 주님은 실체가 없는 허상이었고 먼 나라에 있는 허깨비였다. 허상을 쫓아 살 수는 없었다. 하지만 성철은 머리로는 민수를 이해할 수 없었지만, 이제 가슴으로는 이해가 될 것도 같았다.

성철은 짐을 대충 방에 풀어놓고 공장으로 향했다. 성철은 큰 공장문을 통해 1층을 거쳐 2층의 사무실로 들어섰다.

"성철 씨, 다음부터는 공장 내부를 통하지 말고, 밖에 있는 계단으로 다니게. 공장직원들하고 자꾸 마주치면 우리를 우습게 아니까. 저놈들이 우리를 항상 우러러볼 수 있게 쓰는 문부터 다르다는 걸 알게 해야 해. 왜 조선시대 때도 왕들이 다니는 문, 당상관들이 다니는 문이 따로 있지 않나, 그런 논리와 같은 거야. 신분에 따라 격식을 다르게 하는 거지. 그리고 가급적이면 아웃소싱 업체와 일용직들하고는 말을 섞지 말고."

"네? 그럼 공장관리는 누가 하고요?" 성철은 말을 섞지 않고 어떻게 공장관리를 할 수 있는지 의아했다.

"말이 공장관리지 공장관리는 아웃소싱 업체에서 다 알아서 할 걸세. 우리는 제품이 매일 얼마나 생산되고, 어디로 가는지 송장만 관리하면 되니까 너무 공장 일에 신경 쓰지 말게."

"네, 공장장님." 성철은 이곳도 Y지점처럼 뭔가 구린 데가 있다고 생각하지 않을 수 없었다.

"아까 이쪽으로 올라가던 놈은 누구야?"

옆에 김 씨가 덕후에게 물었다.

"몰라요. 본사에서 새로 오신 분이겠죠." 덕후가 관심 없다는 듯 말을 받았다.

"본사? 본사에서 오신 분이 왜 이리로 다녀. 우리가 언제 본사 근무하시는 분들 얼굴 한번 본 적이 있어."

"처음 와서 잘 몰라서 그랬겠죠."

"근데 본사에서 오신 분도 뭐 그리 대단한 거 같지도 않구먼."

시골에서 평생 농사만 짓다 올라온 김 씨는 본사에서 근무하시는 분들이 대통령보다 더 높다고 생각했다. 대통령이야 TV에서라도 보지만 본사의 높으신 분들은 도대체 얼굴 한번 본 적이 없었다. 본사라는 데가 실존하는 조직인지도 의심스러웠다. 김 씨는 시골에서 쌀농사를 짓다 빚만 지고 빚을 갚기 위해 이천으로 올라온 농부 출신이었다.

그때 이씨가 사고로 죽었을 때도 본사에서는 아무도 얼굴을 비추지 않았다. 모든 것을 그 아웃소싱 업첸가 뭔가 하는 직원들이 다 알아서 처리했을 뿐이다.

김 씨가 자꾸 이야기를 건네자 저쪽에서 보고 있던 나이 어린 김 반장이 와서 호통을 쳤다.

"이봐, 김 씨. 작업 중에 자꾸 옥수수 보일 거야? 그러다 그 옥수수 다 날아가는 수가 있어요."

딱 봐도 30대 초반으로 보이는 김 반장이 지천명의 나이를 훌쩍 넘은 김 씨에게 반말을 날리는 것은 어제오늘의 일이 아니었다. 요즘 TV에서 심심치 않게 보는 대기업 회장의 갑질은 있는 놈이 하는 갑질이니 어디 하소연할 데라도 있지만, 없는 놈끼리 하는 갑질은 하소연할 데도 없고 정말 웃픈 현실이었다.

"김 씨! 불량품 나오면 김 씨 월급에서 깔 줄 알아."

월급에서 간다는 김 반장의 말에 겁을 잔뜩 집어먹은 김 씨는 연방 머리를 조아리며 잘못했다는 말을 반복했다.

이내 참다못한 덕후가 인상을 쓰자 김 반장은 못 본 척 다른 곳으로 향했다. 세상은 강자한테는 약하고, 약자한테는 강했다.

점심시간을 알리는 종이 울리자 다들 작업복과 모자를 벗어놓고 식당으로 향했다. 덕후도 식당으로 향했다. 그제야 2층의 본사 분들은 공장 위의 철재 계단을 통해 흰 식탁보가 깔린 찐 밥이 아닌 압력밥솥으로 한 밥다운 밥 냄새가 풍기는 식당으로 향했다.

그중 한 놈이 나를 내려다보고 있었다.

아까 그놈이다. 뭔가 신기한 듯, 식당으로 가는 내내 우리를 내려다보고 있었다. 덕후는 동물원에 갇힌 원숭이 같은 이 느낌을 오래도록 지울 수가 없었다.

"덕후야 가자, 가서 언능 밥 먹고 오자." 정말 세상은 엿 같았다.

공장에는 총 3개의 식당이 있었다. 본사 직원들 3명이 밥 먹는 레스토랑식 식당, 아웃소싱 업체가 먹는 식당, 그리고 우리 같은 일용근로자가 먹는 대형 컨테이너 식당.

덕후는 갑자기 시골의 부모님이 원망스러웠다. 덕후는 땀에 절어 하얗게 변해버린 옷을 매만지며 식당으로 향했다. 덕후는 이제 햇빛을 보는 게 싫었다. 2교대 주간근무와 야간근무를 반복하다 보니 생활리듬이 깨진 데다 공장 안에는 햇빛이 잘 들어오지 않아 이제는 햇빛이 비추는 바깥세상이 낯설었다.

2교대 근무가 끝나자 덕후는 하얀 때가 묻은 모자와 작업복을 벗어놓고 공장을 나섰다. 종일 흘린 땀의 소금기가 옷과 모자에 배어들어 그것들은 하얗게 변해 버렸다. 옷 속에서 말라서 생긴 소금지도는 어릴 적 먹던 빵 위의 곰마치처럼 보였다.

회사에서는 회사물품은 절대 밖으로 가져갈 수 없다며 작업복을 밖으로 가지고 나가는 것을 허락하지 않았다.

그러면 매일 세탁이나 해주던가. 아마 다음 근무자한테 우리 작업복을 그대로 넘겨줄 것이다. 운이 좋으면 이틀에 한 번 세탁한 작업복을 입을 수 있었지만 땀이 많이 배어 있는 옷을 이틀 입는다는 것은 작업만큼이나 고역이었다. 이 천공장은 생산팀, 검사팀, 물류팀, 출고팀으로 나뉘어져 있었고, 생산설비의 자동화로 인하여 물류팀과 출고팀의 직원들이 가장 많았다.

덕후는 자존심이 강했다. 아니 강한 자가 살아남는 것이 아니라 살아남는 자가 강한 자라고 누군가 말했듯, 살아남으면서 덕후는 점점 더 독해졌고 강해졌다. 세상은 경쟁이 아닌 전쟁이라는 것도 덕후는 서울생활을 하면서 알게 되었다. 세상이 덕후를 옥조여오면 올수록 덕후는 점점 더 악마로 변해가고 있었다.

성철은 낯익은 목소리가 들리자 혹시나 해서 주변을 둘러보았다. 큰 키에 마른 몸, 그것은 10여 년 전 아이스크림 공장에서 일할 때 만났던 근용이었다. 설마하는 마음에 성철은 사무실로 올라가 그의 인사기록 카드를 펼쳐 보았다. 역시나 근용이가 맞았다. '근용이가 어떻게 여기까지 흘러들어온 거지.' 사람의 인연이란 참 질기다고 생각했다.

"공장장님, 저 김 반장이라는 친구 말이에요. 어때요?"

"아, 근용이. 저 친구 아웃소싱업체 소속인데 일 잘해. 근성도 있고."

여기서 일을 잘한다는 것은 그만큼 사람을 쥐 잡듯 한다는 뜻이었다. '아, 근용이가 저렇게 변했구나.' 성철은 왠지 저렇게 변해 버린 근용이를 보는 게 자신을 보는 것 같아 서글펐다. 서글퍼서인지 아니면 비루한 자신의 과거를 알고 있는 근용이와 엮이면 다시 아래로 추락할 거 같은 느낌 때문이었는지 성철은 근용이를 아는 척할 수가 없었다.

덕후는 2교대 근무가 끝나자 덕희가 다니는 학교로 향했다. 어떡하든 공부를 해야 이 지긋지긋한 생활을 끝낼 수 있을 거 같았다. 덕후는 그 꿈을 여동생한테서 찾았다.

덕후가 시골을 떠나 이곳에서 고생하는 것도 다 그 때문이었다. 덕후는 이 길만이 가난을 벗어날 수 있는 유일한 길이라고 굳게 믿고 있었다. 여동생만큼은 꼭 대학을 졸업시키고 좋은 직장에 좋은 배우자를 만나서 살기를 바랐다.

"덕희야." 저 멀리서 온화한 미소의 한 남자가 자신을 불러 세웠다.

자신이 세상에서 가장 사랑하는 오빠 덕후였다.

"오빠, 이 시간에 어쩐 일이야."

"어. 오늘 이쁜 동생이랑 점심이나 같이할까 하고 왔지. 오빠도 폼나게 여대생이랑 데이트 좀 하자."

"오빠도 참." 덕희는 자신 때문에 공장에서 고생하는 오빠를 보면 늘 마음이 아프고 어깨가 무거웠다.

"요새 공부는 잘되니? 좀 있으면 기말고사 기간이지?"

"어. 그럭저럭."

사실 덕희는 공부를 썩 잘하지 못했다. 덕후는 그래도 덕희 만큼은 대학에 진학시켜 올바른 직장을 가지길 바랐다. 그래서 덕후는 적성 같은 건 생각지도 않고 덕희를 무조건 원주에 있는 대학의 간호학과에 진학시켰다.

"그래. 열심히 해. 1년만 있으면 졸업반이잖아. 가자, 덕희야. 오빠가 맛있는 거 사줄게."

"오빠가 무슨 돈이 있어?"

"오빠 오늘 잔업수당 받았어. 뭐 먹을래? 덕희 고기 좋아하니까 삼겹살 먹으러 가자."

"그래. 알았어."

한 달 50~60시간의 잔업을 해봤자, 수중에 떨어지는 잔업수당은 30~40만 원이 고작이었다.

덕후는 작업복과 별반 차이가 없는 자신의 가죽점퍼에서 돈 봉투를 꺼내 덕희에게 건넸다.

"자, 받아둬. 이번 달 용돈하고 생활비야. 많이 못 줘서 미안하다."

덕후는 늘 그랬듯 덕희의 가방 속에 돈 봉투를 밀어 넣었다. 덕희는 매번 이렇게 오빠에게서 돈을 받는 것이 부담스

하류 인생

러웠다. 덕희도 대학생활 2년 동안 세상이 어떻다는 것을 알게 되었다. 우리 같은 사람이 아무리 발버둥 쳐도 가난은 벗어나기 힘들다는 것도 알고 있었다.

물론 간호사가 되어 취직을 하면 생활이 좀 나아질 수 있을지도 몰랐다. 하지만 그것도 쉽지 않을 것이었다. 어차피 월급은 월세에 생활비를 감당하기에는 턱없이 모자를 것이기 때문이다.

그래서 덕희는 골프장에서 캐디 아르바이트를 시작했다. 얼굴도 반반하고 키도 커서 인기가 많았다. 거기서 박이철도 만나게 되었다. 덕희는 어쩌면 박이철에게서 느끼는 감정이 사랑일지도 모른다고 생각했다.

사실 덕희는 고향에 사랑하는 사람이 있었다. 어려서부터 알고 지내던 동네 오빠이자 덕후의 친구인 동기였다. 덕희는 고등학교 때부터 동기와 교제를 해왔다. 교제랄 것도 없지만, 고향에서 서로 의지하고 지내는 사이였다. 물론 대학에 와서도 덕희는 동기를 계속해서 만났다. 덕후는 그걸 알고 만나지 못하게 했다.

"덕희야, 동기 그만 만나."

"그게 무슨 소리야 오빠?"

"무슨 소리긴, 너 그 녀석 만나봐야 뻔해. 똑같은 처지에 있는 사람끼리 만나서 뭘 어쩌겠다고 그래. 너희 둘이 계속 만나봐야 앞날이 뻔하잖아."

"오빠, 동기 오빠는 오빠 친구야. 동기 오빠 성품은 오빠가
더 잘 알잖아."

"성품, 인격, 그딴 게 밥 먹여주는 거 아니잖아. 그래 동기
착하고 좋은 놈이야, 하지만 시골에서 농사짓고 소 키우고
너 그거 해낼 자신 있어. 부모님이 살아온 그 삶을 그대로
쫓아서 살래."

"그게 뭐 어때서? 오빠는 우리 부모님이 살아온 삶이 그렇
게 싫어?"

"어. 싫어, 아주 지긋지긋해. 그게 어디 사람 사는 거니.
너는 학교 졸업하고 간호사 돼서 좋은 데로 시집가야 돼."

"오빠, 왜 그래. 오빠 점점 변해가고 있어."

"그래. 맞아, 하지만 변해야 살 수 있어. 어쨌든 그렇게 알
아. 동기한테는 내가 얘기할게."

덕후도 사실 뭐가 정답인지는 몰랐다. 어쨌든 가보지 않
은 길을 가 봐야겠다는 생각만이 자신을 지배하고 있었다.
부모님이 지나온 삶을 보나 자신의 삶을 보나 이런 게 진정
한 삶이란 생각이 들지는 않았다. 어쨌든 끝까지 가 보리라
생각했다. 가보면 답을 알 수 있을 거 같았다. 인간의 존재
는 늘 나약하고 또 한편으로는 무모했다. 새로운 길을 동경
했지만 두려워했고, 가지 말아야 할 줄 알면서도 그 길을 향
해 걸어가고 결국 파멸의 길에 이르고서야 후회하게 된다.

옛날 생각을 하자 덕희는 갑자기 눈물이 날 거 같았다.

"너 또 그 녀석 생각하니. 이제 그만 잊으라니까."

"아니야. 그런 거 아니야. 그냥 눈에 뭐가 들어가서."

덕후는 품속에서 생수병을 하나 꺼내 물컵에 따랐다.

덕희는 저게 물이 아니고 소주라는 것을 알고 있었다. 덕후는 단돈 몇천 원이라도 아끼려고 슈퍼에서 소주를 사서 미리 작은 생수병에 담아서 식당에 가곤 했다.

처음에 덕희는 그게 못마땅했지만, 이제는 오빠의 그런 모습에 익숙해졌다.

"오빠, 그만 가자."

"왜 벌써 가려고?"

"오빠 차 시간도 다됐고. 나도 가서 공부해야지."

"그래." 덕후는 시외버스터미널로 향했다.

"추운데 그만 들어가."

"알았어, 오빠. 몸조심하고. 끼니 제때 챙겨먹어야 돼."

덕희는 혼자 있는 오빠가 늘 안타까웠다.

덕후는 버스 뒷좌석에 앉아 몸을 기댔다. 자신의 숙소보다 오히려 편한 곳은 버스였다. 이대로 잠이 들면 자신을 꼭 천국으로 데려다줄 거 같은 착각에 빠지곤 했다.

"동기야, 동기야. 미안해."

"이봐요. 손님, 다 왔습니다. 종점입니다."

"네." 운전기사의 다그침에 놀란 덕후는 눈을 떴다. 또 악몽을 꾸었다. 덕후는 그날 이후 한 번도 악몽을 꾸지 않은 날이 없었다. 꿈도 희망도 없이 하루하루를 살아가는 게 죽는 것보다 힘들었지만 어떻게든 자신의 대에서 이 굴레를 끊어야 한다는 의지로 하루하루를 버텨내고 있었다.

(동기의 죽음)

"어. 덕후야 연락도 없이 갑자기 웬일이야."

"그냥, 갑자기 고향냄새도 그립고. 너 얼굴도 보고 싶고 해서. 시간 괜찮으면 어디 가서 소주나 한잔하자."

"어. 그래 잠시만 기다려 금방 가서 세수만 하고 올게."

농사일에 헝클어진 머리와 땀으로 얼룩진 얼굴을 금세 씻고 동기가 환한 얼굴로 나왔다.

"니 모 먹을래? 그래도 간만에 고향 내려왔는데 내가 맛있는 거 사줄게." 동기의 목소리에는 약간의 긴장감이 배어 있었다.

"읍내 가서 막걸리나 한잔하자."

"그래. 출출할 텐데, 어여 가자." 동기가 밝은 얼굴로 덕후의 어깨를 감싸 안으며 길을 나섰다.

막걸리 서너 잔을 주고받으며 두 사람은 한참 동안 옛날이야기를 했다.

"니 그때 기억나나, 옥수수 밭에서 옥수수 서리하다 뱀에 놀라 뒤로 자빠지면서 니 똥 만져 가지고, 그때 어른들이 니 커서 큰 부자될 기라 그랬는데." 동기는 어색함에 못 이겨 옛날 얘기를 꺼내며 헛웃음을 웃었다.

"동기야." 덕후가 심각한 목소리로 동기를 불렀다.

"니, 덕희를 사랑하나?"

"사랑, 나 그런 거 잘 모른다. 하지만 내 덕희를 위해서 죽을 수는 있다." 동기는 실체가 없는 말뿐인 사랑보다는 농사꾼답게 손에 잡히는 뭔가를 신뢰했다.

"그래. 그럼 덕희 이제 그만 만나라. 그게 니가 덕희한테 해줄 수 있는 유일한 기다. 덕희를 사랑한다면 그만 놔줘라."

"덕후야, 갑자기 왜 그러는데. 너랑 나랑은 둘도 없는 친구 아이가. 왜 니 나한테 뭐 섭섭한 거 있노?"

"그게 아니고. 덕희는 이제 대학생이고, 너는 시골에서 농사나 짓는 그런 촌놈인기라. 너희 둘이 사랑해서 결혼해봐야, 앞날이 뻔하다. 너는 니 수준에 맞는 그런 여자 만나라. 그게 농사일하고 소 키우는 데도 좋을 기다."

"왜? 덕희가 나 싫다고 하더나?"

"덕희는 우리처럼 살면 안 되지 않겠나. 니가 그만 포기해라."

"싫다. 덕희가 나 싫다고 할 때까지는 나는 덕희 포기 못한다."

"덕희가 너 싫단다. 아주 지겨워 죽겠단다. 그래서 나보고 너한테 가서 그만 만나자고 전해달란다."

"뭐라고, 그게 정말이고. 내 전화 한번 해 볼끼다."

"그만 치워라. 니 덕희 마음 약한 거 알지. 지금껏 정 때문에 너한테 말도 못하고 그런 기다. 근데 니가 전화해버리면 덕희가 사실대로 말하겠나. 니 아까 덕희를 위해서라면 죽을 수도 있다고 그랬지. 그래 아예 그냥 죽어버려라."

"야, 덕후야 니가 어떻게 나한테 그렇게 말할 수 있노?"

"그러니까 괜히 친구 사이까지 멀어지기 전에 그만 만나라. 나 먼저 일어난데이."

그 뒤로 며칠 뒤 동기는 스스로 목숨을 끊었다. 이제껏 자신이 행복하다고 느꼈는데 자신의 처지가 사랑하는 사람을 위해 죽어야 하는 처지라는 현실, 그걸 세상에서 가장 친한 친구에게 들어야 했던 서글픈 세상이 동기를 죽음으로 이끌었다.

동기는 첫사랑이자 마지막 사랑인 덕희와의 추억을 잊을 수가 없었다. 인생의 유일한 탈출구이자 희망이었던 덕희와의 사랑이 깨진 후에는 살아갈 의미와 이유를 찾지 못했다. 젊은 나이에 고된 농사일을 버티며 시골에서 살 수 있었던 건 다름 아닌 희망이 있었기 때문이었다. 희망이 깨지자 목숨이 부질없어 보였고 생존에 대한 본능이 사라졌다.

(덕희의 첫사랑)

"덕희야, 학교 이제 끝났나?"

"어. 오빠야, 어디 가노?"

"타라. 오빠가 맛있는 거 사줄게. 너 오늘 기말고사 끝났지?"

"어. 정말, 뭐 사줄 건데?"

"저기 읍내 가서 자장면 먹자."

"그래, 오빠." 덕희는 자전거 뒤에 올라타 동기의 허리를 꽉 끌어안았다. 동기는 덕희가 자신의 허리를 끌어안았을 때는 자신도 세상 어딘가에 끈이 있어 세상에 정 붙이고 살수 있다고 느꼈다. 농사짓고 소 돼지 키우는 것은 살아가기위한 수단이지 그것 자체가 목적일 수는 없었다. 그런 면에서 덕희는 동기의 삶의 목적이 되기에 충분했다.

"야, 사람들이 본다."

"괜찮다. 오빠 동생 사이에 자전거도 같이 못 타나."

"아니, 그게 아니고."

"됐다. 빨리 가기나 해라." 덕희는 순진하고 착한 동기 오빠가 좋았다. 덕후 오빠가 고향을 떠나고 자신이 의지하고 기댈 곳은 동기 오빠밖에는 없었다.

"덕희야, 너 졸업하면 대학 간다며. 덕후가 그러더라. 니 자주 내려올 거지?"

"그럼. 걱정하지 마라."

"사실 오빠는 겁난다. 덕후도 그렇고. 덕후도 도시로 간 다음부터는 완전 딴사람이 됐다."

"난 아니다. 난 절대로 변하지 않을 테니까 걱정하지 마라."

"그것도 그렇고, 니도 대학물 먹으면 나 같은 놈하고 수준이 맞겠나?"

"오빠야, 사람 밑에 사람 없고 사람 위에 사람 없다고 하더라. 덜 배우고, 더 배우고 그런 게 뭐 그렇게 중요하노. 그리고 공부는 나보다 오빠야가 더 잘했다 아이가."

"그렇지." 덕희의 말 한마디에 동기는 신이 나서 있는 힘을 다해 자전거 페달을 밟았다.

어린아이처럼 마냥 좋아하는 동기를 보자 덕희도 기분이 좋아졌다. 동기는 둑방길에 피어있는 코스모스를 바라보며 페달을 다그쳤다. 행복은 사람 스스로가 느끼는 것인데 행복의 잣대는 외부에 있었다. 사람이 아무리 사회적 동물이라고는 하지만 개인의 자유의지와 상관없이 한 사람의 인생은 타인에 의해 불행해지거나 행복해지거나 했다.

(덕희의 고등학교 졸업식)

"오빠야, 빨리 와서 사진 찍자. 사진 안 찍을 기가?"

동기와 다정한 모습의 덕희가 못마땅한지 덕후는 졸업식 내내 표정이 좋지 않았다.

'그래 대학 가서 떨어져 지내면 다 잊겠지. 대학에는 더 잘난 놈들이 많을 테니.'

덕후는 덕희가 동기와 엮이는 게 싫었다. 덕희마저 시궁창 삶을 살게 할 수는 없었고 그게 자신의 존재 이유였다.

"자 가서 밥이나 먹자." 덕후가 덕희를 잡아끌었다.

"덕희야, 이번 달 말에 내려올 테니까 짐 잘 꾸리고 기다리고 있어. 오빠가 먼저 가서 방이랑 가구랑 구해 놓을 테니까."

"알았다. 오빠야."

버스를 타고 떠나는 덕후를 뒤로하고 동기와 덕희는 자전거를 몰아 동네 둑방길을 달렸다. "오빠, 저기 잠깐 자전거 좀 세워봐."

"왜?"

"그냥. 빨리."

"오빠, 저기 일몰이 참 아름답다. 난 여기가 좋은데. 좋아서 떠나기 싫은데 오빠는 자꾸만 여기를 떠나야 한데."

"사람은 나서 서울로 가고, 말은 제주도로 보내라는 말도 있잖아. 큰 데 가서 많이 배우면 좋지. 덕희 간호학과 가서 간호사 되면 오빠는 아파도 걱정이 없을 거 아이가." 말은 그렇게 했지만 동기는 걱정이 되었다. 크고 넓은 세상도 좋지만 바다가 아무리 넓어도 민물고기가 바다에서 살 수 없듯이 사람은 다 노는 물이 있는 법인데 괜히 서울 가서 덕희가 상처만 받는 것은 아닌지 혹은 서울에서 좋은 사람을 만나 자신과 헤어지는 것은 아닌지 동기는 걱정되었다.

덕희는 동기의 입술에 입을 맞췄다. 동기가 깜짝 놀라 뒤로 움찔하자 덕희는 동기의 목을 감싸안았다. 동기는 입으로 들어오는 덕희의 숨결을 감당할 자신이 없음을 알았다. 그 숨결은 생명이었고 호흡이었고 미래였지만 왠지 자신은 자신의 입으로 넘어오는 그 생명과 미래를 감당할 수 있을 거 같지 않았다. 숨결은 따스하고 달콤했지만, 그 따스함과 달콤함을 지켜낼 자신이 없었다.

"오빠 나 자주 올게. 걱정하지 마." 덕희는 자신이 사랑하는 사람이 평생 이 사람 하나뿐이길 바랐다.

(사랑의 배신)

덕희는 오빠를 보내고 화장실에서 한참을 울었다. "불쌍한 동기 오빠."

그 뒤로 덕희는 한동안 오빠를 보지 않았다. 그래서 한때 방황도 했었다. 방황의 시간에서 덕희는 몇 달 동안 술집에서 일한 적도 있었다. 이런 서글픈 현실이 싫었고 돈 때문이라면 돈 가장 편하게 벌고 많이 벌 수 있는 일을 하자고 생각했다. 그래서 다 포기하는 심정으로 덕희는 술집에서 일도 해봤다. 그래도 동기 오빠를 잊을 수는 없었다. 술은 자신을 피폐하게 만들고 동기 오빠를 더욱더 그리워하게 만들었다. 그리고 덕후 오빠도 불쌍한 건 마찬가지였다. 누구를 탓하고 원망하기에는 행복한 사람도 덜 아픈 사람도 없었다.

덕희는 오빠가 자기 때문에 그렇게 사는 게 슬펐다. 덕희는 공부가 하기 싫었다. 그렇다고 종일 맥 놓고 있을 수가 없어서 시작한 일이 캐디였다. 거기서 박이철도 만났다. 처음에는 다들 그렇듯 돈 좀 있어서 찝쩍거리는 사내로만 취급해 버렸다. 하지만 시간이 지날수록 덕희는 박이철에게 끌

하류 인생

리고 있었다. 아니 기댈 사람이 필요하던 때에 자신에게 따뜻하게 대해준 박이철에게 마음을 열고 싶었던 것이 맞을 것이었다. 그것이 사랑이든 아니든 중요치 않았다. 당장은 힘든 자신을 지탱해줄 뭔가가 필요했다.

"덕희." 터미널에서 나오는 덕희를 고급 세단 승용차 안의 말끔한 사내가 불러 세웠다.

"어. 아저씨."

"또. 아저씨야, 근데 누구야?"

"우리 오빠예요."

"그래? 그 무슨 공장에 다닌다는 오빠."

"네." 덕희는 자신의 오빠가 부끄러운 듯 말을 아꼈다.

"추운데 빨리 타." 덕희는 어둠 속에서도 번쩍거리는 고급 승용차 문을 열며 차 속으로 들어갔다. 덕희는 이 순간만큼은 다른 세상에 와 있는 거 같았다. 그리고 이 행복이 영원할 수 있을 것만 같았다.

"아저씨, 요즘 자주 오시네요. 요즘은 회사 안 바빠요?"

"바빠도 덕희 얼굴이 자꾸 아른거려서. 덕희 삼겹살 먹었어?"

"네." 덕희는 아저씨가 갑자기 나타나는 바람에 향수를 뿌리지 못했다.

"왜요? 냄새나요?" 덕희는 고개를 숙이며 물었다. 아저씨는 항상 고급 레스토랑에서 최고급 음식을 먹었다. 술도 소주는 먹지 않았다. 항상 고급 와인을 즐겨 마셨다.

"아니야. 나도 삼겹살 좋아해."

"정말요?" 삼겹살을 좋아한다는 아저씨의 말에 덕희는 새로운 희망이 샘솟는 거 같았다. 태어나고 살아온 환경이 달라도 사랑한다면 맞춰서 살 수 있다는 희망이 솟구쳐 올랐다. 사람의 본질이 중요한 것인가 아님 본질에 덧씌워진 환경이 중요한 것인가를 덕희는 늘 고민했다. 덕희는 나중에야 환경이 사람의 본질까지 변하게 한다는 것을 알았다.

"덕희, 그럼 오늘 삼겹살에 소주 한잔할까?"

"좋아요."

덕희와 박이철은 시내 외곽의 고깃집을 찾았다. 같은 삼겹살이었지만 오빠와 먹을 때와는 다른 맛, 다른 세상이었다. 덕희는 같은 고기에서 다른 맛, 다른 분위기를 느낄 수 있다는 게 신기했다.

이제껏 자신한테 잘해줬지만 불편하기만 했던 아저씨가 오늘은 자신의 친오빠보다 더 편하게 느껴졌다.

덕희는 조금 취해 있었다.

"덕희, 오늘 기분도 좋은데 나이트 어때?"

"아저씨, 나이트 같은 데도 알아요?" 덕희는 친구들과 가끔 나이트를 갔다.

"아, 그럼. 나도 소싯적에는 춤 좀 췄지."

"좋아요, 가요."

박이철은 덕희를 인근 나이트로 잡아끌었다.

나이트에서 춤을 추던 덕희는 양주 몇 잔을 마셨고 서서히 취기가 오르고 정신이 혼미해지기 시작했다. 웨이터의 부킹에 룸에 몇 번 왔다 갔다 한 것만 기억이 났고 자신이 지금 어디에 있는지 가늠할 수가 없었다.

덕희는 마취수업 시간에 마취제를 맞은 고양이처럼 서서히 기억이 몽롱해지면서 정신을 잃었다. 그리고 덕희의 뽀얀 살결을 누군가가 탐닉하기 시작했다.

(음모)

아침에 눈을 떠보니 모텔이었다. 덕희는 어떻게 된 건지 기억이 나질 않았다. 아저씨와 소주를 먹고 나이트에 가서 춤을 추다 부킹으로 룸에 몇 번 갔던 기억만이 남아 있었다.

아저씨가 나를 모텔에 데려다주고 간 건가. 덕희가 일어나려는 순간 아래쪽에서 고통이 밀려왔다. 혹시 어제 아저씨랑 내가 일을 낸 건가. 덕희는 어쩌면 차라리 잘된 일이라고 생각했다. 아저씨도 자신을 사랑한다고 했고, 어차피 언젠가는 겪었을 일이었다.

며칠 뒤 덕희는 몸에 이상한 변화가 생기기 시작했다는 걸 알았다.

덕희는 혹시나 하는 마음에 약국에서 임신테스트기를 사

서 자취방으로 향했다. 덕희는 자취방에 주저앉았다.

아저씨가 자신을 버리지는 않을지 걱정되었다. 덕희는 고민 끝에 떨리는 손으로 아저씨의 전화번호를 눌렀다. 전화통화가 되질 않았다. 몇 번이고 반복해서 눌렀지만, 아저씨는 전화를 받지 않았다. 절망감이 밀려왔다. '바빠서 그런 것일까, 아님 무슨 일이 있는 걸까.' 덕희는 회사로 찾아가볼까도 생각했지만 엄두가 나질 않았다.

덕후는 며칠째 전화를 받지 않는 덕희가 걱정되었다. 덕후는 도저히 일이 손에 잡히지 않았다.
"김 반장님, 저 오늘 하루 휴가 좀 내겠습니다."
"뭐 휴가요? 당신 빠지면 오늘 작업은 누가 하고. 안 돼요."
평소에도 눈에 가시 같던 놈이 휴가 때문에 자신에게 아쉬운 소리를 하자. 나이 어린 김 반장은 더욱 기세등등하게 덕후를 몰아붙였다.
덕후는 자존심을 버리고 연방 허리를 굽혔다.
"덕후 씨, 이달 잔업수당 반은 까일 줄 알아요."
덕후는 알았다는 듯이 모자를 눌러쓴 채 원주로 가는 버스에 몸을 실었다.
"어, 성철 씨 어서 와. 오늘 바쁜가?" 박이철은 결심을 굳혔다. 이보다 더 좋은 계획은 없다고 생각했다.
"아니요, 괜찮습니다."

"그럼 미안한데 이거 덕희한테 좀 전해주고 와."

"이게 뭔데요?"

"몰라도 돼. 그냥 전해주기만 하면 돼."

"본부장님, 이천공장 생활 끝나면 반드시 본사에 자리 하나 내 주셔야 합니다. 제가 이천공장에 있는 게 Y지점에 있는 것보다 나은 게 뭐가 있습니까. 이럴 거면 저를 왜 데리고 오신 거예요?"

"알았어. 몇 개월 있으면 정기 인사발령이니까 그때까지만 참아." 성철의 오늘 행동을 보고 박이철은 더욱더 확신이 들었다.

"알겠습니다. 저는 본부장님만 믿겠습니다." 성철은 이번에도 본사로 발령이 나지 않으면 뭐라도 하겠다는 심정으로 본부장실을 나왔다. 성철이 나간 뒤 박이철은 생각했다. 배려와 호의는 권리가 된다. 권리가 되는 과정에서 사람은 잠시 미안함을 느끼기도 하지만 결국 그 감정은 금세 사라지고 권리는 예의마저 집어삼키게 된다는 것을 박이철은 잘 알았다. 박이철은 배려와 호의는 도덕경에나 있는 것이고 인생에 있어서의 진리는 사람들을 짓밟고 올라서야 하며, 사람들을 복종하게 만들어야 하며 그래야 세상이 원활히 굴러간다고 생각했다. 세상은 강한 자의 것이었고 없는 자의 권리를 누를 수 있는 것은 권력뿐이었다. 능력이 없으면 겸손하기라도 해야 하는데 세상의 파렴치한은 그렇지 않았다. 박이철에게는 성철이 딱 그랬다.

성철은 차를 몰아 원주시로 향했다. 성철은 덕희와 약속을 잡기 위해 핸드폰을 꺼내 전화를 걸었다. 한참 있다 수화기 너머로 낯익은 목소리가 들렸다.

"네, 여보세요."

"덕희 씨 오랜만이네요. 잘 지내시죠?"

"아, 네. 근데 어떻게 성철 씨가 전화를." 덕희는 갑작스러운 성철의 전화에 놀랐다.

"본부장님이 뭐 좀 전해 달라고 하셔서요. 전에 만났던 커피숍으로 나오세요."

"네. 알겠습니다."

"덕희 씨 이거 받으세요. 본부장님이 전해주라고 하셨어요."

"이게 뭔데요?"

"글쎄, 저도 모르겠어요."

"근데 아저씨는 왜 전화를 받지 않지요. 저 아저씨한테 할 얘기가 있는데. 급한데 연락할 방법이 없나요?"

"사무실에 계시던데 다시 한번 해 보세요. 저도 그만 가봐야 돼서. 자 여기."

서류봉투 하나를 내밀고 황급히 사라져가는 성철의 뒷모습을 바라보며 덕희는 한동안 찻집에 멍하니 앉아 있었다. 덕희는 서류봉투를 열어보았다.

서류봉투에는 USB와 편지 한 장이 들어 있었다.

편지에는 이해할 수 없는 짧은 내용이 적혀 있었다.

덕희, 그날 밤 무슨 일이 있었는지 모르겠지만, 웬 낯선 남자
가 나에게 찾아와 봉투에 있는 USB를 보여주면서 돈을 요구하
더군. 돈을 주지 않으면 인터넷 사이트에 영상을 올리겠다면서
말이야. 나는 그 돈을 줄 수도 없고, 무슨 계획을 가지고 나한테
접근했는지 모르겠지만, 앞으로 연락하지 않았으면 좋겠군.

덕희는 편지를 손에 들고 자취방으로 향했다. 덕희는 컴
퓨터를 켜고 USB를 집어넣었다. 덕희는 자신이 낯선 사람과
성행위를 하고 있는 영상을 보고 눈을 가렸다.
저 모습이 정말 자신의 모습이란 말인가. 도대체 저 남자
는 누구란 말인가. 그럼 그날 아저씨랑 관계를 맺은 게 아니
란 말인가. 부킹을 했던 남자와 잠자리를 했던 건가.

도대체 언제 이런 게 찍혔는지 기억조차 나지 않았다. 하
지만 영상 속의 몽롱한 여자는 분명 자신이었다. 그날 밤 나
이트에서부터 기억이 가물가물했다. 덕희는 분명 모텔에 아
저씨와 같이 갔다고 생각했는데 그게 아니라면 어떻게 된 것
인가.
그럼 뱃속의 아이는 누구의 아이란 말인가? 덕희는 혼란
스러웠다. 저 영상 속의 여자가 정말 자신이란 말인가. 아저
씨에게 가서 자초지종을 말해 볼까도 생각했지만, 편지의
내용을 보니 아저씨는 이미 마음이 떠난 게 확실해 보였다.

그때 휴대폰이 울렸다. 아저씨였다.

"아저씨, 이게 어떻게 된 거죠? 저는 어떻게 된 건지 알 수가 없어요."

"더러운 년. 그걸 나한테 묻는 거야. 나이트에서 나는 급한 일이 있어 서 먼저 갔고, 니년이 부킹했던 놈들과 그랬나 보지. 그놈이 나한테 그러더군. 당신 애인이 인터넷에서 망신당하는 꼴 보기 싫으면 돈을 달라고. 너 그놈이랑 짜고 그런 거지? 너 술집에서도 일한 적이 있다고 하더군. 순수하고 착한 줄 알았더니만."

"아저씨, 아저씨." 수화기 너머에서는 뚜뚜 소리만 들려올 뿐이었다.

어쨌든 덕희는 자신이 아저씨한테 버림받은 것만은 확실하다고 생각했다. 오빠를 볼 자신도 없었다.

덕희는 더 이상 살아갈 힘이 없었다. 덕희는 이제 동기 오빠한테로 가야 할 때가 됐음을 느꼈다.

혼자 남겨진 오빠가 불쌍했지만 더 이상 살아갈 힘도, 이유도 없었다. 덧없기만 한 이 세상 행복을 쫓아 여기까지 왔건만 자신에게 남은 건 죽음을 선택할 수밖에 없는 현실뿐이었다.

덕후 오빠가 왜 이렇게까지 변해버린 것인지. 그리고 세상에 찌든 자신도 미웠다. 죽음의 문턱에서 두려움이 밀려왔다. 수치심과 두려움 중 어느 것이 더 견딜 수 없을까를 잠

시 생각했다. 덕희는 평소 자주 가던 치악산 밑자락에서 세
상과의 마지막 끈을 놓아버렸다. 어디서부터 어떻게 잘못됐
는지 헤아릴 수도 되돌릴 수도 없었다. 인생을 이어가기는
힘들었지만 끊는 것은 쉬운 일이었다. 인생의 파멸은 뭔가
거대한 사건에서 일어나는 것이 아니었다. 아주 작고 사소
한 우연이나, 아무렇지 않게 생각했던 만남, 심지어 대수롭
지 않게 넘겼던 일상에서 시작되었다.

(절망과 좌절)

덕희의 자취집에 도착한 덕후는 덕희를 애타게 불렀다.

"아줌마, 덕희 못 보셨어요?"

"아까 누구 좀 만난다고 나갔는데."

"어디로요. 어디로 간다는 말은 없었나요?"

"아, 그런 거까지 내가 어떻게 알아. 내가 덕희 학생 보호
자도 아니고." 자취집 아줌마는 보기에도 남루해 보이는 덕
후가 이유 없이 무섭고 짜증났다.

덕후는 무작정 학교로 갔다.

덕후는 원주대학교 간호학과 건물 동으로 가서 덕희 친구
들을 붙잡고 물었다.

"미영야, 오늘 덕희 못 봤어?"

"못 봤는데요."

왠지 예감이 좋지 않았다. 어릴 적부터 자신의 육감은 남달
랐다. 빨리 덕희를 찾지 않으면 뭔가 큰일이 날 거만 같았다.

종일 덕희를 찾아헤맸지만 학교나 아르바이트 장소에서 덕희를 본 사람은 없었다. 덕후는 떨리는 손으로 담배를 한 대 꺼내 물었다.

이때 덕후의 핸드폰이 미친 듯 울려댔다. 덕후는 떨리는 손으로 간신히 핸드폰의 수신버튼을 눌렀다.

"여보세요?"

"네. 여기 원주경찰서입니다. 이덕후 씨 맞나요?"

"네. 맞습니다."

"이덕희 씨가 동생분 맞나요?"

"네, 맞습니다." 덕후는 떨리는 목소리로 말을 이었다.

"동생분 일 때문에 좀 오셔야겠습니다."

"네, 무슨 일이죠?"

"자세한 얘기는 오시면 말씀드리겠습니다."

"경찰서로 가면 되나요?"

"아니요. 여기 중앙병원입니다. 병원으로 오셔서 확인할 게 좀 있습니다."

덕후는 제정신이 아니었다. 불길한 예감으로 인해 솟아오르는 울음을 억지로 삼키며 간신히 물었다.

"왜요? 덕희가 많이 다쳤나요? 얼마나 다쳤기에 경찰서에서 연락을 하는 거죠?"

"전화로 말씀드리기는 좀 그렇고, 일단 오셔서 얘기하시죠."

"네, 알겠습니다."

덕후는 재빨리 택시를 잡아타고 중앙병원으로 향했다. 덕후는 수납카운터에서 덕희가 몇 호실에 있는지 물었다. 그때 뒤에서 건장한 사내가 덕후를 향해 물었다.

"이덕후씨, 덕희 씨 오빠분 맞으신가요?"

"네. 덕희는 어디에 있죠?"

"자, 일단 진정하시고. 뭐라 말씀을 드려야 할지." 담당 형사는 말끝을 흐렸다.

"왜요? 무슨 일인데요. 많이 다쳤나요?"

다급한 덕후의 목소리와는 달리 담당 형사는 담담하게 말을 이었다.

"동생분께서 오늘 오후에 사망하셨습니다. 정확한 사망원인과 사망시간은 부검을 해봐야 알겠지만 일단 자살 같습니다. 사망추정 시간은 오늘 오후 2시경으로 추정됩니다."

"뭐라고요, 자살이요. 제 동생이 왜 자살을 한단 말입니까?"

"음독자살입니다. 동생분이 요즘 힘들어한다거나 특이한 점은 없었습니까?"

"아니요, 없어요. 그럴 리가 없습니다."

"뭐 우울증이라든가. 아니면 남자문제라든가."

"아니요. 그런 거 없습니다."

"혈액 검사 결과 동생분 몸에서 우울증 치료제 성분의 하나인 세라토닌 성분이 나왔다고 하더군요. 혹시 최근에 사랑하는 사람과 헤어지거나 하는 충격적인 일은 없었나요?"

"아니요. 그런 거 없습니다." 덕후는 애써 모든 것을 부인하고 싶었다.

"형사님, 타살로 추정할 만한 어떠한 정황도 없나요?"

"네. 현재로서는 외상도 없고 인근 CCTV 분석결과 혼자 산으로 올라간 것으로 봐서 자살로 추정됩니다."

"형사님, 자살이 확실하다면 고인의 명예를 위해서 조용히 처리하고 싶습니다. 장례는 언제쯤 치를 수 있을까요?"

"알겠습니다. 일단 자살은 확실한 거 같습니다. 그래도 담 당검사의 확인이 필요하니까 며칠만 기다려 주십시오. 연락 드리겠습니다."

"네, 형사님. 빨리 처리 좀 부탁드립니다."

덕후는 병원을 나오면서 하늘이 무너져 내리는 거 같았 다. 자신의 모든 삶을 송두리째 날려버릴 그런 허무함이 덕 후를 휘감았다. 덕후는 다리가 후들거려 걸을 수가 없었다. 돌담에 간신히 몸을 기대고 주저앉은 덕후는 덕희의 죽음이 믿어지지 않았다. 발길이 닿는 대로 걸었다. 한참을 걸어 도 착한 곳은 덕희의 자취방이었다.

자취방 아줌마가 덕후에게 뭐라고 말을 하고 있었지만, 귀 에서 겉도는 소리일 뿐 말로 들리지 않았다. 덕후는 이건 자 살이 아니고 뭔가가 덕희를 자살로 몰아간 타살이라고 생각 했다.

며칠 뒤 덕후는 덕희의 장례를 치르고 덕희의 유골함을 들고 학교 인근 저수지로 향했다. 고향에 가서 뿌려주고 싶었지만 동네 사람들의 눈에 띌까 봐 내려가지 못했다. 덕희는 죽어서도 고향에 가지 못했다. 덕희의 한을 풀어주려면 복수밖에는 없었다. 유골은 바람에 날려 흩어졌다. 죽음은 바람에 휘날릴 만큼 가벼웠고 아무런 의미도 가져다주지 못했다. 세상에 올 때는 빈손으로 왔지만, 세상을 떠나갈 때는 원망과 분노와 좌절감으로 영혼은 한층 무거워졌다. 하류인생에게 삶과 죽음의 차이는 없었고, 세상에 남겨진 자가 지는 짐과 떠나는 자의 한은 그 무게가 같아, 가는 자나 남는 자나 덜 힘들고 더 힘들고의 차이는 없었다. 덕후는 유골을 뿌리면서도 덕희의 죽음이 실감 나지 않았다.

제3장

타
락

제1화
범인을 찾아서

(잘못된 추정)

"오빠, 안녕하세요." 덕희의 친구가 애써 안타까운 표정을 지으며 덕후에게 인사를 건넸다.

"어, 그래. 영희구나."

"오빠, 어떡해요. 어떻게 이런 일이."

"그래. 나도 믿겨지지가 않아."

"근데 영희야, 요새 덕희한테 아무 일도 없었던 거니."

"네. 자세한 건 모르겠어요. 근데 덕희가 요즘 골프장 캐 딘가 뭔가 하면서 누구를 만나는 거 같더라고요"

"뭐, 캐디라고. 덕희가 왜 그런 걸 했니?"

"글쎄요. 그냥 대학생들 다 하는 알바 같은 거겠죠. 알바 치고는 좀 특이하긴 하지만."

덕후는 이제 와서 그런 것이 무슨 소용이 있겠냐는 생각에 다시 물었다.

"그래. 혹시 그 사람이 누군지 아니?"

"글쎄요. 얼굴을 보면 알 수 있겠지만, 덕희가 그런 거에

대해서 통 이야기한 적이 없어서요. 한참을 생각하던 영희
가 뭔가 생각났다는 듯 말을 꺼냈다. 혹시 사진이 있을지도
몰라요."

"사진?"

"네. 우리 사진 찍을 때 그 사람이 뒤에 있어서 사진에 찍
힌 적이 있거든요."

"그래. 그 사진 좀 찾아줄 수 있겠니?"

"네, 알았어요. 오빠~. 마음 잘 추스르세요."

며칠 뒤 덕후는 영희를 다시 찾았다.

"영희야, 사진은 찾았니?"

"네. 여기요. 덕희는 좋은 데로 갔겠죠?"

"그래, 걱정 마. 저기 천국에서 편하게 지낼 거야."

사진을 받아든 덕후의 손은 떨리기 시작했다.

"왜 그러세요. 오빠 혹시 아는 사람이세요?"

"아니야. 그래 고맙다."

집으로 돌아온 덕후는 생각하고 또 생각했다. 왜 그놈이
우리 덕희를 만났을까. 그놈이 덕희를 데리고 논 것인가. 덕
후는 덕희의 죽음을 차마 집에 알릴 수가 없었다.

덕후의 부모님은 평생 농사를 열심히 지으셨지만, 가난을
벗어나기는커녕 매년 빚만 늘어갔다.

며칠 후, 시골집에 내려간 덕후는 어머니가 건네는 소포 하나를 받아 들었다.

"누구한테서 온 건지 모르겠구나. 수신인만 너한테로 되어 있어서." 어머니는 가뜩이나 가쁜 숨을 몰아쉬며 덕후에게 말했다.

덕후는 소포를 받아들고 이천 하숙집으로 돌아왔다. 소포에는 USB와 편지 한 통이 들어 있었다. 편지는 다름 아닌 덕희의 유언장이었다.

「오빠, 먼저 가서 미안해. 그리고 못난 동생을 용서해줘. 하지만 나 그 사람을 사랑했어. 처음엔 돈 때문이었지만 나중에는 그 사람의 따스함이 좋았어. 하지만 뭐가 어떻게 된 건지 모르겠어. 갑자기 모든 게 엉망이 되어 버렸어. 영상의 일은 어떻게 된 건지 도저히 알 수가 없어. ~중략」

USB를 컴퓨터에 넣은 덕후는 영상 속의 인물이 도저히 여동생이라고는 믿을 수가 없었다. 덕희가 자신한테만큼은 뭔가를 말하고 싶어 했던 게 틀림없었다.

그렇다면 이제 모든 게 확실해졌다. 이제 남은 건 복수밖에는 없었다. 그놈이 나의 모든 것을 빼앗아 갔으니 나도 그놈의 모든 것을 잃게 해주겠다고 덕후는 생각했다. 덕후는 USB를 태우며 눈물을 흘렸다.

'아, 동기야 미안하다. 내가 너를 죽이고 동생까지 죽게 했구나. 미안하다. 절대로 나를 용서하지 마라. 마지막 일만 처리하고 내가 곧 뒤따라가서 너에게 용서를 구할게.'

덕후는 사람은 언제 가장 고통스러울까를 생각했다. 아마도 가장 소중한 것을 빼앗기고 살아갈 희망을 잃어버리는 게 가장 고통스러울 거라고 생각했다. 자신처럼.

제2화
진실

"성철 씨, 오늘 회식인 거 알지?"

"네. 오늘 맛있는 거 좀 먹지요. 공장장님."

"그래. 오늘 스트레스 좀 풀자고."

공장생활 1년에 성철도 어느새 그 분위기에 물들어가고 있었다.

성철은 사람은 실로 대단한 존재라고 생각했다. 어떤 환경이 닥쳐도 쉽게 자신의 색깔을 버리고 적응할 수 있는 동물은 인간뿐일 거라고 생각했다.

"서 부장, 이제 갑시다." 공장장이 서 부장을 채근질 했다.

아웃소싱업체는 분기에 한번 정기적으로 공장장과 직원들을 접대하고 있었다.

"네, 공장장님. 오늘 고기 좋은 거 잡아 놨다고 하니까 빨리 가시죠."

술이 어느 정도 돌자, 서 부장이 분위기를 돋웠다.

"아, 공장장님. 그때는 정말 목이 잘리는 줄 알았습니다. 그 눈에 가시 같은 놈이 아직도 근무를 하고 있으니."

"그래도 어쩌겠나. 그놈을 해고하면 우리 회사가 노동탄압이다 뭐다 해서 또 안 좋게 기사가 나갈 거고. 그깟 지역신문이 뭐라고. 그래도 이렇게 자리보전하는 게 어딘가."

"그리고 박이철 본부장님이 다시 재기한 걸 보면 그분 정말 대단하신 분입니다."

정 공장장은 서 부장의 말에 그날의 일을 떠올리며 담배를 한 모금 빨아들였다. 담배를 빨아들이던 공장장은 살인자가 그날의 추억을 떠올리기라도 하는 듯 깊은 생각에 빠져 들었다.

"우리도 인간답게 살고 싶다. 우리 목숨 값이 고작 몇백이냐."

몇 해 전 공장에 쌓아둔 제품이 무너져 일용직 한 명이 숨지는 사건이 벌어졌다. 본사에서는 나 몰라라 하고, 아웃소싱업체 서 부장이 유가족한테 장례비용과 위로금 몇 푼 주고 사건을 덮으려고 하자, 일용직 몇 명이 선동해서 파업을 일으킨 것이다. 그 중심에 덕후가 있었다.

폐 깊숙이 빨아들인 담배 연기를 내뿜으며 정 공장장이 말을 이었다.

"그때 그 사건으로 보름 가까이 파업과 농성이 계속됐지. 결국은 그룹사 사장님 귀에도 그 얘기가 들어갔고. 그 일로 박이철은 Y지점으로 좌천됐지. 허위보고로 사표를 받으라는 사장님을 최 이사님이 간신히 막았다고 하더군. 근데 그 뒤에는 소문이 무성해. 최 이사가 박이철 마누라를 범했다는 얘기도 있고. 요즘 흔히 얘기하는 성로비 같은 거지. 박이철 본부장 사모님이 보통 미인이신가, 박이철 본부장보다 나이도 꽤 어리고, 밖에서 보면 30대로 볼 만큼 미인이지."

공장장의 말을 서 부장이 이어 받았다. "들리는 소문에 평소에 최 이사가 박 본부장 사모를 마음에 두고 있었는데, 이번 일로 노골적으로 얘기를 했다는 거야. 그리고 사모님 성함이 뭐더라." 머리를 한참이나 긁적이던 서 부장이 무릎을 치며 말했다.

"아 그래 미경, 서미경. 최 이사가 박 본부장 마누라인 서미경한테 직접 전화를 걸었다고 하더군. 서미경도 내막을 아는지라 거부도 못 하고, 박 본부장도 모른 척하고. 그 뒤로 그 집 부부싸움이 끊이질 않는다고 하더군. 불쌍해. 그 인간, 악착같이 기를 쓰고 올라간 자리인데. 그깟 일용직 한 놈 때문에 하루아침에 쫓겨날 뻔했으니. 마누라가 아니라 자식새끼라도 갖다 바쳤을 인간이야. 그래서 권력이 무서운 거야. 박이철이야 집안 좋고 돈도 있겠다 회사 그만둬도 살길이 많은데 말이야. 아마 계열사 사장자리를 꿈꾸고 있었겠지."

소문의 소문을 정 공장장이 사실로 확인시키기라도 하듯 사실을 임팩트로 마무리했다.

"박 본부장 인생은 내가 잘 알아. 아, 그 인간하고 나하고 동기잖아. 그 인간 신입사원 때부터 정말 괴물이었어. 일류 대 출신에 집안 빵빵하지 정말 갖고 싶은 건 다 가져야 직성이 풀리는 놈이었지. 그리고 위에는 확실하게 기고 밑의 직원들을 아예 노예처럼 부려먹었거든.

한마디로 요약하면 그놈은 상사가 술 마시다 오줌 싸러 가면 쫓아가서 고추까지 잡아줄 놈이야. 나는 죽었다 깨어나도 그렇게는 못 살아. 그렇게 해서 승진 빨리하면 뭐 하고 자리보전하면 뭐하냐고. 그리고 또 하나는 최 이사가 서미경을 품고 싶어서 일부러 박이철을 궁지로 몰았다는 소문도 있어. 그리고 박이철이 본사로 올라가려고 돈을 얼마나 갖다 바쳤겠어. 박이철도 속이 속이겠나. 불쌍한 놈" 공장장의 마지막 말은 연민을 내비쳐 자신의 인간성을 확인하려 함이었다.

한참을 듣고 있던 성철은 속으로 생각했다. '그럼 몸이 안 좋아서 Y지점으로 온 게 아니었단 말인가. 역시 그렇게 악착같이 비자금을 모은 이유가 다 있었어.' 이제 박이철에 대한 의문이 조금씩 풀리기 시작했다.

정 공장장이 성철의 어깨를 치며 말했다.

"이제 그런 우울한 얘기는 그만하고 술이나 먹자고. 서 부장, 오늘 거기 예약했지?"

"아, 그럼요. 술도 어느 정도 됐고 너무 늦으면 설거지밖에 안 되니까 이제 그만 옮기시죠."

정 공장장과 서 부장은 1차 회식 후 룸살롱을 가는 게 코스처럼 되어 버렸다. 성철도 싫지 않았기에 굳이 마다하지 않았다. 객지의 허무함과 공허함을 달래기에는 분기에 한 번 회식은 너무 적어 보였다.

(룸살롱)

"왜 이렇게 오랜만에 오셨어요?"

"마담, 오늘 쌔끈한 애들로 좀 들여보내." 서 부장이 호탕한 척을 하며 목소리를 높였다.

"아, 우리 애들이야 다 쌔끈하죠."

"하, 이런 식으로 하면 이제 안 와. 무조건 에이스로 들여보내라고. 우리가 봉사하러 온 것도 아니고 저번처럼 그런 애들 들여보내면 진짜 나 못 볼 줄 알아."

"아, 알았어요. 부장님."

서 부장은 노련하게 마담을 리드하며, 에이스를 주문했다.

"자, 공장장님부터 초이스하시죠."

"나는 쟤, 3번." 공장장은 성철을 배려해서인지 아니면 원래 취향이 그런 것인지 늘 에이스가 아니고 애가 있을 법한 아가씨를 골랐다. 자신의 나이와 불쑥 튀어나온 배 때문에 오히려 그런 아가씨가 편할 수도 있겠다고 성철은 그냥 편하게 생각했다.

"자, 이 주임님도 고르시죠." 성철도 룸살롱에 서너 번 들락거리자 이제 쑥스러움과 서먹함은 없어지고 아가씨들과 자연스럽게 어울리게 되었다. 자본주의 사회에서 돈을 쓰고 대접을 못 받으면 그야말로 호구였고 호갱이었다.

"저는 1번이요. 저는 가냘픈 애들이 좋더라고요."

"마담, 나는 젤 끝에 재." 서 부장의 마지막 초이스가 끝나자 아가씨들이 자신의 파트너 자리에 차례로 앉았다.

"자, 소개부터 하고." 마담의 한마디에 선택받은 아가씨들은 저마다 섹시 댄스를 추며 자신을 소개했다.

"야, 폭탄주 좀 제조해 봐." 서 부장은 자리가 자리인 만큼 계속해서 분위기를 리드해 나가야 했다.

"자, 오빠들. 오늘은 내가 확실히 보내줄게. 다 원샷이다."

양주 서너 병을 마시고 공장장과 성철, 서 부장은 각자의 파트너와 함께 룸살롱을 나섰다.

손목 위의 시계를 내려다보니 새벽 1시가 다 되어 갔다.

"오빠, 술 많이 마셨나 봐. 이렇게 많이 마시면 어떡해."

성철은 룸살롱의 아가씨를 껴안고 모텔로 향했다.

"오빠, 오늘 한번 제대로 해봐." 성철은 늘 궁금했다. 섹스를 직업으로 삼는 아가씨도 손님에게서 오르가즘을 느낄까, 아니면 연기일까. 누구는 돈을 쓰기 위해 오고, 누구는 돈을 벌기 위해 온다는 점에서 둘은 돈이라는 접점을 가지고 있었다. 그 접점이 사랑이 아니더라도 오르가즘을 줄 수는 있는 것인가. 성철은 늘 그 접점에서 연민을 느꼈다. 성철은 어차피 자기 돈도 아니었기에 섹스를 하지 않더라도 아가씨가 돈을 벌 수 있게 항상 2차를 갔다.

성철은 난데없이 아가씨의 신상을 물었다.

"형제가 어떻게 돼?"

"그건 왜, 오빠."

"그냥. 이름도 모르고, 또 왜 이런 일을 하는지도 궁금하고."

룸살롱 아가씨는 성철과 같은 진상을 대하는 게 아무렇지도 않다는 듯 말을 받아주었다.

"나, 선미야. 왜 이런 일 하냐고. 신파로 얘기하면 어려운 가정형편 때문에 생활비도 벌어야 하고, 쿨하게 얘기하면 쉽게 돈 벌 수 있잖아." 그렇게 물으면 선미처럼 구구절절하게 자신의 사연을 얘기하는 아가씨도 있었고 퉁명하게 그런 거는 묻지 말라고 하는 아가씨도 있었다. 사실 선미는 대학교 다닐 때 마카오로 여행 갔다 재미 삼아 해본 파친코 때문에 빚을 지게 되었고, 사채가 장마철 계곡물보다 빠르게 불어나서 빚을 갚기 위해 어쩔 수 없이 이 길로 들어서게 됐다고 했다. 이제 빚은 거의 갚았고 돈을 좀 모아서 네일숍 같은 가게를 해볼 생각이라고 했다. 선미는 말했다. 인생의 파탄은 너무도 무서우리만치 조용하고 아무렇지 않게 찾아왔다고. 단 한번의 실수 때문에 자기는 인생에서 거의 10년을 잃어버렸다고.

성철은 다음날 아침이면 더욱더 공허해지는 그 기분을 생각하니 그냥 나가고도 싶었지만, 술에 마비된 성철의 뇌는 본능을 자극했고 어느덧 연민의 감정이 성철에게 스며들고 있었다.

선미가 성철의 옷을 벗기고 애무하기 시작하자, 성철도 선미에게 달려들었다.

한 시간이 채 안 되는 시간을 아가씨와 뱀과 같이 뒤엉켜 보내고 모텔방을 나설 때면 성철은 자신이 쓰레기 같다는 감정을 지울 수가 없었다. 영혼은 없고 술에 취한 무의식의 섹스로 얼룩진 감정은 영원히 치유되지 않을 거 같았지만, 며칠이 지나면 성철은 다시 일상으로 돌아와 있었다. 이러한 상황극이 반복될수록 감정의 굴곡은 점점 커져 갔고 며칠이 지나도 그 감정은 백 퍼센트 치료되지는 않았다. 성철은 그렇게 영혼이 마비된 생활 속으로 점점 더 깊이 빠져들고 있었다.

(낯선 소포)

딩동, 딩동.

"누구세요?"

"소포 왔습니다."

미애는 얼마 전 인터넷으로 주문한 화장품이 온 줄 알고, 소포를 받았다. 간만에 큰 맘 먹고 주문한 화장품이라 기대가 컸다.

"어, 발신지가 없네."

미애가 소포를 풀자, 사진과 USB가 들어 있었다.

미애는 자신의 눈을 의심하지 않을 수 없었다. 순간 눈앞이 노래졌다.

성철이 낯선 여자와 함께 모텔에 들어가는 사진이었다. 미애는 USB를 컴퓨터에 넣었다. 아니나 다를까 USB에는 차마 눈 뜨고 볼 수 없는 동영상이 들어 있었다.

미애는 성철이 자신에게 좀 무심했지만 그래도 이렇게 자신을 배신할 줄은 꿈에도 생각하지 못했다. 더 이상 미애는 성철의 얼굴을 마주할 자신이 없었다. 사회생활을 하다 보니 어쩔 수 없을 거라고 이해도 해보고 싶었지만 쉽게 용서될 거 같지 않았다. 그것도 아직 신혼이라고 믿고 있던 미애에게 그것은 엄청난 충격이었다.

'근데 누가 이런 USB와 사진을 보낸 거지. 누가 보냈건 그게 무슨 의미가 있겠어.'

그때 미애의 휴대폰으로 전화가 한 통 걸려 왔다.

"소포는 잘 받으셨지요?"

"누구세요?"

"저는 미애 씨를 돕고 싶은 사람입니다. 당신도 성철 씨의 진상을 아셔야 합니다."

"저를 만나고 싶으시면 집 앞 카페로 오세요. 뚜뚜뚜."

전화는 그렇게 일방적으로 끊겼다.

호기심인지 궁금함인지 아니면 성철에게서 느낀 배신감인지 뭔지 모를 기분에 휩싸인 채 미애는 몇 시간을 고민하다 그 사람을 만나보기로 했다.

"안녕하세요. 이덕후라고 합니다. 서미애 씨 맞죠?"

"네. 혹시 전화하신 분인가요? 왜 저한테 이런 소포를 보내신 거죠?"

"미애 씨도 진실을 아셔야 하니까요."

"남자가 사회생활하다 보면 그럴 수도 있는 거 아닌가요."

미애는 당당하고 싶었다. 차라리 영상을 안 봤으면 그럴 수 있다고 생각했는데 막상 영상을 보고 나니 머릿속에서 그 장면이 지워지지가 않았다.

"너무 그렇게 허세 부리실 거 없습니다. 미애 씨에 대해 잘 아니까."

"근데 저한테 왜 이러시는 거죠?"

"제 동생도 당신 남편한테 당했으니까요."

"네. 뭐라고요?"

"제 동생은 대학생이었는데 유부남인 당신 남편이 순진한 애를 건드려서 인생을 망가트려 버렸다고요. 그리고 동생을 떼어내기 위해 이상한 짓을 해서 결국 동생을 죽음으로 몰아넣었죠."

"네? 죽었다고요. 그리고 이상한 짓은 또 뭐에요?"

"제가 드리는 이 영상을 보세요. 덕후는 미애에게 USB를 건넸다.

덕후는 말을 이었다. "그날 둘이 같이 술을 마시고 나이트를 간 게 틀림없어요. 제가 나이트에 가서 물어보니 종업원도 뭔가 이상해 보였다고 하더군요. 이건 분명 무슨 약을 먹이고 음모를 꾸민 게 틀림없어요."

"무슨 말인지 모르겠어요." 미애는 갑작스러운 사건에 혼란스러웠다.

덕후는 자신도 모르게 미애에게 고함을 치고 있었다. 가슴속에 억눌려 있던 감정이 자신도 모르게 고함을 불러일으켰다.

"죄송해요. 미애 씨 잘못이 아닌데."

미애는 고개를 떨군 채 눈물을 흘리고 있었다. 미애가 아는 성철은 그런 사람이 아닌데 회사에 들어가서 이상하게 변해 버렸다. 세월의 흐름에 따라 변해 버린 것인지, 아님 세상의 풍파로 인해 변해 버린 것인지, 변해 버린 성철로 인해 미애는 슬펐다.

"정말 제 남편이 그런 게 확실한가요?"

"네. 동생 친구들에게 물어보니 미애 씨 남편과 제 동생이 자주 만났다고 하더군요."

"저한테 원하는 게 뭐죠?"

"미애 씨한테 원하는 건 없어요. 그냥 미애 씨도 사실을 아셔야 할 거 같아서 그랬을 뿐입니다. 주제넘었다면 죄송합니다."

"아니에요. 제가 죄송합니다. 그럼 저는 이만 가보겠습니다."

미애는 집에 와서 덕후라는 사내가 준 USB를 볼까 말까 고민했다. 정말 오빠가 그런 짓을 했단 말인가. 미애는 믿기지가 않았다.

미애는 USB를 컴퓨터에 꽂고 영상의 플레이 버튼을 눌렀다 이내 USB를 뽑아버렸다. 여자는 미애가 보기에도 정상적으로 보이진 않았다. 정말이란 말인가, 오빠가 젊은 여자와 바람을 피고 그 여자가 매달리니까 떼어내기 위해 저런 음모를 꾸민 것이란 말인가.

그날 이후 미애는 거의 매일 술을 마셨다. 맨정신으로는 도저히 있을 수가 없었다. 술이 깰 때쯤 찾아오는 두통은 영상 속의 여자를 떠오르게 했고 미애는 다시 술을 마셨다. 하은이는 친정엄마 집에 맡겼다. 영상 속의 성철과 그 여자가 오버랩되면서 가상의 장면이 미애의 머릿속에 떠올랐는데, 그 영상은 성철과 덕희가 뒹굴고 있었고, 선미와 덕희가 뒤엉켜 있었고, 때로는 세 명이 함께 뒤엉켜 있었다.

"안녕하세요. 저도 같이 한잔해도 괜찮겠죠."

미애는 고개를 돌려 남자를 바라보았다. 덕후였다.

"네. 앉으세요."

미애는 덕후에게 따지듯 물었다.

"그래서 우리 남편한테 복수라도 할 건가요? 도대체 나한테 그런 소포는 왜 보낸 거예요. 당신 때문에 내 인생이 송두리째 망가졌어요." 미애가 그 사실을 알았든 알지 못했든 사실관계가 변하는 건은 없었지만, 미애는 그 사실을 알고 나서는 그 사실을 감당할 수가 없었다.

술에 취한 미애가 애처롭게 흐느꼈다.

덕후는 자신도 모르게 미애를 감싸안았다.

미애는 낯선 사내의 가슴이 싫지 않았다. 얼마 만에 느껴보는 따뜻함인가. 공허함이 커져 가슴에 동굴이라도 생긴 듯했고 그 동굴 속으로 덕후는 서서히 들어오고 있었다. 사람에 대한 실망감은 공허함이 됐고 그 공허함은 외로움이, 외로움은 사람의 숨결과 몸의 따스한 체온을 갈구했다.

"미애 씨한테 그 소포 보내고 후회 많이 했어요. 괜한 짓을 한 거 같기도 하고. 하지만 남편이 어떤 사람인지도 모르고 평생 살아간다면 미애 씨가 가짜 인생을 살아가는 것 같아서 그랬습니다. 죄송합니다."

"아니에요."

"어쨌든 덕후 씨 때문에 모든 사실을 알게 돼서 다행이에요. 평생 아무것도 모르고 살아갈 뻔했어요." 미애는 다행인지 불행인지 확신하지 못했다. 괴롭지만 세상의 문제를 자각하고 사는 것이 행복한 것인지 아무것도 모른 채 바보로 살아가는 게 행복한 것인지 알 수 없었지만 이미 사실을 알아버렸기 때문에 그것은 고민의 대상이 될 수 없었다.

"그만 들어가요. 많이 마신 거 같아요, 미애 씨."

덕후는 미애를 집으로 바래다주었다. 덕후는 동생의 복수를 위해 하는 일이지만 잘하고 있는 건지 확신하지 못했다. 미애 씨는 잘못이 없었다. 오히려 자신의 행동으로 피해자만 한 명 더 만드는 건 아닌지 덕후는 괴로웠다.

(배신)

"본부장님, 저 성철입니다."

"어, 성철 씨. 오랜만이네. 무슨 일 있어?"

"오늘 본사 갈 일이 있는데 시간 괜찮으세요?"

"그래 오면 들러. 차나 한잔하자고."

성철은 본부장님 비서에게 물었다. "본부장님 계신가요?"

"네, 어서 오세요. 안 그래도 기다리고 계십니다." 미모의 여비서는 성철을 본부장실로 안내했다.

"그래 어서 와. 객지에서 고생이 많지."

박이철은 진심이든 아니든 사람을 편하게 해주는 장점이 있었다.

"이럴 게 아니고 오늘 나가서 소주나 한잔 하자고. 간만에 왔는데."

"네. 본부장님. 바쁘실 텐데 고맙습니다."

소주가 몇 잔 돌자 성철이 물었다.

"본부장님, 저는 도대체 언제 본사에 올 수 있는 겁니까? 이제 공장생활도 솔직히 조금 지겹습니다. 혹시 저를 끌어주실 생각이 없는 거 아닌가요? 약속하신 1년도 다 되어 가고요"

성철은 회식 때 공장장한테 들었던 얘기가 떠올랐다. 도대체 박이철을 어디까지 믿어야 한단 말인가. 자신이 알고 있는 박이철과 공장장이 얘기했던 박이철은 전혀 다른 사람이었다. 박이철의 과거를 알고 나자 성철도 약간 자신감이 들었다.

한참을 망설이던 박이철이 말을 꺼냈다.

"솔직히 성철 씨 학벌 가지고는 본사근무 어렵겠어. 그래도 내가 뒤에서 봐줘서 아직까지 안 잘리고 있는 줄 알아." 성철은 세상에 대한 불신만큼이나 보상심리가 강했다. 내가 Y지점에서 박이철 때문에 얼마나 고생했는데. 이제 와서 나를 버리겠다고. 자신에게 있는 비장의 카드를 꺼내야 할 때가 됐다는 생각이 들었다. 세상을 향해 짖지 않으면 저절로 바뀌는 것은 없고 그 누구도 알아서 보상을 해주지 않는다는 것을 성철은 아이스크림 공장에서 일할 때 뼈저리게 알게되었다. 성철은 이제 권리를 행사할 때가 왔다고 생각했다.

박이철은 성철을 완전히 자기편으로 만들든가 아니면 더 궁지로 몰아야 비자금 장부가 나올 것이라는 것을 알고 있었고, 박이철은 후자를 택하기로 했다.

"역시 공장장 말이 맞았군요."

"뭐가?"

"본부장님은 처음부터 거짓말을 하셨어요. Y지점도 몸이 아파서 오신 게 아니죠. 다 들었습니다. 사모님 얘기도."

성철은 순간 자신이 실수를 했다는 생각이 들었다.

"뭐, 사모님. 무슨 얘기? 이런 건방진 놈이. 어려운 시절 같이 근무 좀 했다고 편하게 대해 줬더니만 지 분수도 모르고." 붉어진 박이철의 얼굴은 금방이라도 터져 불을 뿜을 뿐을 화산과도 같았다.

"본부장님, 저도 기다릴 만큼 기다렸습니다. 저한테 뭐가 있는지는 본부장님이 더 잘 아실 거라고 믿습니다."

"뭐야, 야 너 맘대로 해봐. 나는 여기 아니어도 먹고 살길이 많아. 하지만 너는 여기 잘리면 끝이야. 그리고 비자금을 만든 건 너야. 너 죄가 더 크다고."

박이철은 만만치 않은 놈이었다. 사실 성철과 박이철은 직급상으로는 같이 어울릴 처지가 아니었다. 박이철은 화가 머리끝까지 나서 자리를 박차고 나가 버렸다.

맞는 말이었다. 박이철은 여기가 아니어도 먹고 살길이 많았고 성철은 여기가 생사의 갈림길이었다. 그래서 더욱 이해가 가지 않았다. 가진 게 많고 잃을 게 적은 박이철이 왜 저렇게까지 자리에 집착을 하는지. 욕망은 야심이 되고 야심은 집착이 된 것일까. 반면 성철은 가진 게 없었고 잃을 게 많았다. 가진 게 없어서 하나만 잃어도 모든 걸 잃는 꼴이 되었다. 그래서 성철은 세상의 작은 것에 집착할 수밖에 없었다. 박이철의 집착과 성철의 집착은 같은 곳을 향했지만 다른 것이라고 성철은 애써 부정했다.

박이철은 당장이라도 공장장의 목을 잘라 버리고 싶었다. 능력도 없는 놈이 동기라고 자리 하나 마련해 줬더니만 쓸데없는 얘기나 하고 다니고. 항상 가벼운 입이 화를 부르게 되어 있었다. 이 녀석을 공장에만 두는 건 너무 과분한 처사야. 이번 기회에 아주 없애 버리는 게 낫겠어. 박이철의 분노는 머리끝을 향하고 있었다. 잊었다고 생각했던 그 일들이 성철의 말 한마디에 박이철의 머릿속에서 살아 꿈틀거렸고, 기억의 꿈틀거림으로 인한 분노가 식은땀을 만들어냈다.

박이철은 차를 양평으로 몰았다.

박이철의 차가 도착하자 한 사내가 마중을 나왔다. 사내는 다부진 체격에 표정 없는 얼굴을 하고 있었다.

"자, 들어가시죠, 사장님."

박이철은 낯선 사내를 보며 말했다.

"그래. 그놈은 지금 어떻게 하고 있어?"

"사장님 생각이 틀린 거 같습니다. 사장님 생각대로 움직여 주지 않고 있습니다."

"그래? 역시 그놈은 신중한 놈이야."

"K가 일을 하나 더 해줘야겠어."

"과업이 추가되면 돈을 더 내셔야 합니다."

"돈은 얼마든지 더 낼 테니 사람 하나만 처리해줘."

"처리라 함은 죽여 달란 말씀이신가요?"

"그래."

"굳이 그렇게까지 하시는 이유가 궁금하군요. 살인은 저번 일과는 차원이 다릅니다. 비용도 많이 들고요."

"나한테 완벽한 계획이 있어. 걱정하지 마, 돈은 줄 테니까. 자, 착수금이야. 내가 시키는 대로만 하면 손 안 대고 코를 풀 수 있을 거야." 박이철은 작심한 듯 돈을 꺼냈다.

"이놈만 잘 미행해. 그리고 수시로 나한테 연락해. 그럼 내가 때를 봐서 지시를 할 거야."

"알겠습니다."

K는 인간의 분노에 대해 잘 알고 있다고 생각했지만 박이철의 분노는 이해할 수 없었다. 분노는 분명 사람을 파괴시키는 암세포 같은 감정이라고 생각했지만 박이철의 분노는 그를 더욱더 강하게 만들고 있었고, 오랫동안 지속될 거 같았다. K는 박이철을 지켜보기로 했다.

제3화

진실과 사실의 차이

(미애의 외도 1)

성철은 총각 시절 서울에 가면 자주 가던 포장마차로 향했다. 연애 시절 미애와 자주 오던 곳이기도 했다. 12시가 넘은 시간이었지만, 사막의 백야처럼 여기는 해가 지지 않았다. 사람들은 삼삼오오 모여 술을 먹고 있었고, 일부는 한적한 곳에서 시간을 되돌리고 있었다. 그 뒤에는 등을 두들겨주며 걱정스레 쳐다보는 친구가 있었다. 성철은 인생의 외로움 혹은 공허함에 대해 생각했다. 어차피 인생은 혼자고 영원한 친구도 없다고 생각했지만 살면서 가장 힘든 건 고독과의 싸움이었다. 미애가 있고 하은이가 있었지만 외로움은 점점 커져 감당할 수 없었고, 그 외로움은 정체도 없었고 원인도 없는 것이었기에 극복할 수 있을 거 같지가 않았다. 외로움과 허전함을 잊기 위해 술을 마셨고 술은 하룻밤 외로움과 허전함은 잊게 해주었다. 하지만 다음날의 외로움은 미처 깨지 않은 술과 함께 더 큰 무게로 다가왔고 더 많은 양의 술을 갈구했다. 술로 몸이 피폐해지고 나서야 그 싸움은 끝이 났다. 외로움을 잊기 위한 술과 담배는 더 큰 공허함을 가져왔다.

성철은 자신의 인생을 되돌아보았다. 성공하겠다고 행복하게 살겠다고 친구들한테는 니들과는 다르게 살겠다고 늘 다짐하며 대학생활을 열심히 해왔다. 하지만 대학동문회에서 자신보다 행복해 보이지 않는 사람은 없는 거 같았다.

전공과는 무관하게 자동차 정비를 하는 놈도, 중소기업에 다녀 월급이 두 달에 한번 나오는 놈도 자신보다 행복해 보였다.

성철은 자신이 바른 방향으로 가고 있는지 생각해 보았다. 뭔가 막연한 불안감과 조바심이 늘 성철을 따라다녔다. 단 하루도 마음이 편한 적이 없었다. 그 뒤부터 미애와의 관계도 엉망으로 변하기 시작했다. 자신이 허깨비와 싸우고 있다는 느낌을 지울 수가 없었고 어쩌면 성철 자신이 허깨비일지도 모른다고 생각했다. 성철은 자신이 할 수 있는 일과 없는 일, 될 수 있는 것과 될 수 없는 것을 구분하지 못했다.

"오랜만이네. 왜 혼자야?"
"이모, 저 아직 기억하시네요."
"그럼, 자네 우리 가게 단골손님인데."

"소주하고, 우동 하나 주세요."

"알았어. 내 얼른 우동 하나 말아 줄게. 근데 왜 혼자 왔어. 그 많던 친구들은 어디 가고?"

성철은 자신에 대해 속속들이 알고 있는 아주머니가 오늘은 왠지 편하게 느껴지지가 않았다.

나도 나를 잘 모르겠는데 그 친구들은 어디서 뭘 하고 있을까가 중요한가를 생각하다 문득 그래 그 많던 친구 녀석들은 지금 다 어디서 뭘 하고 살고 있을까가 궁금했다. 아니 잘살고 있는지가 아니라 자신보다 행복한지가 궁금했다. 성철은 스마트폰을 꺼내 낯익은 이름을 찾기 시작했다.

그러다 대학 시절 같이 하숙하며 동고동락했던 웅이의 이름이 눈에 들어왔다. 그래 이 녀석 서울에서 일한다고 했지. 시간이 너무 늦었나? 그래도 목소리라도 들어볼 요량으로 성철은 번호를 눌렀다.

전화를 받는가 싶더니 이내 뚜뚜 하는 소리만 수화기 저편에서 들려올 뿐이었다.

녀석 자고 있나 보네. 성철은 못내 씁쓸했다.

"이모, 얼마예요?"

"어, 만 원이야. 벌써 가려고?"

"네."

"그래 피곤해 보이는데 빨리 들어가서 쉬어."

성철은 간만에 집으로 향했다. 요즘 바쁘다는 핑계로 주말에도 잘 올라가지 못했다. 사실 공장관리가 주말에도 자리를 비울 수 있는 일이 아니었다. 생산라인은 주말에도 쉬지 않고 돌아갔기 때문에 자리를 비울 수가 없었다. 공장장은 신경 쓸 일이 별로 없다고 했지만 신경 쓸 게 별로 없는 사람은 공장장뿐이었지 자신은 아니었다.

아파트 단지로 들어선 성철은 생각했다. '빨리 돈 모아서 더 넓은 데로 이사를 가야지.' 성철이 사는 데는 재건축 아파트 예정단지로 20년도 훨씬 넘은 곳이어서 시설은 낡을 대로 낡았고 치안도 허술했다.

"띵동띵동."

"미애야."

미애는 문을 열지 않았다.

'자나?' 성철은 주머니에서 키를 찾아 문을 열었다.

"미애야, 자는 거야?"

"씻고 빨리 자. 내일 아침도 일찍 나가봐야 할 거 아니야."

걱정인지, 간만에 집에 온 것에 대한 질타인지 모를 미애의 성난 잔소리를 들으며 성철은 욕실로 향했다. 한참이나 거울을 쳐다보고 있던 성철은 어디서부터 잘못됐는지 무엇이 잘못됐는지조차 알 수가 없었다. 아니 생각할 시간이 없었고 생각하고 싶지 않았다. 외면할 수 있다면 평생 외면하면서 살고 싶었다.

성철은 뒤에서 누워 있는 미애를 안았다. 미애는 성철의 손을 뿌리쳤다. 성철은 뿌리치는 미애의 손이 차갑게 느껴졌고 다시 잡을 수가 없었다.
"미애야, 왜 그래."
성철은 어딘지 변해버린 미애가 낯설게 느껴졌다.
"빨리 자. 피곤하니까."
미애는 성철과 얼굴을 마주치지 않았다.

성철은 옷을 주워 입고 근처 찜질방으로 발을 옮겼다. 찜질방에는 평일인데도 꽤 많은 사람들로 북적였다. 요즘 일용근로자들로 인해 찜질방이 활황이라는 뉴스를 본 거 같기는 했지만, 이렇게까지 북적일 줄은 몰랐다.

그러고 보니 자신의 공장 노동자들도 상당수가 찜질방에서 지내는 것 같았다.
찜질방의 딱딱한 바닥에서는 잠이 올 거 같지 않았지만, 이상할 정도로 잠이 쏟아졌다. 피곤한 탓일까 아니면 집보다 여기가 편해서일까, 잠시 고민하던 성철은 깊은 잠에 빠져들었다.
간만의 달콤한 잠을 깨운 건 다름 아닌 창밖의 햇살이었다.

성철은 손목시계를 보고 깜짝 놀라 후다닥 회사로 차를 몰았다.

(덕후의 과거)

덕후는 처음으로 도시로 나온 것을 후회했다. 시골에서 농사나 지었으면 행복하진 않았어도 덕희는 죽지 않았을 것이라는 무의미한 후회를 하고 있었다.

배고프고 넉넉지 못했던 생활이었지만 마음만큼은 편했던 시절이었다. 하지만 도시로 올라오고 나서부터는 하루도 편하게 잠든 적이 없었다.

도시 근로자는 공장을 돌리는 부품과 다르지 않았다. 덕후의 시골생활은 단조로웠다. 고등학교도 제대로 나오지 못했다. 그도 그럴 것이 학교 갔다 오면 밀린 농사일에 소 키우랴, 돼지 키우랴 할 일이 쌓여 있었다. 어쩌면 그 단조로움 속에 행복이 있지 않았을까를 생각했다.

물론 소작농에 소, 돼지도 농장을 위탁받아 기른다는 데 문제가 있었다. 아무리 열심히 일해도 그건 지주의 배만 불려주는 꼴이 되었다.

덕후는 도시생활에 대해 전혀 알지 못했다. 그냥 이런 삶은 누구한테나 다 똑같은 것이라고 생각했다. 그러다 고등학교를 졸업하고 서울에서 공장 생활을 하던 친구가 명절날 시골에 내려오면서부터 덕후의 생각은 변했다.

양복을 쫙 빼입은 친구는 승용차에 선물을 가득 실고 고향에 왔다. 고향 사람들 모두 그 친구가 서울에서 크게 성공했다고 칭찬이 그칠 줄 몰랐다. 나중에 안 일이지만 그 차는 물론 렌터카였다. 깡촌 중에 깡촌이라 허 번호판이 렌트 차량이라는 것을 아는 사람은 없었다.

"덕후야, 너는 언제까지 여기서 이 고생만 할래. 여기서는 아무리 열심히 일해도 입에 풀칠하기도 힘들다 아이가. 니도 그만 정리하고 서울로 올라와라. 취직자리는 내가 알아봐 줄기다."

"내가 뭐 배운 게 있어야지. 기술도 없고."

"그런 거 필요 없다. 너 힘도 세고, 싸움도 잘하고 우선 성실하니까 몇 년만 고생하면 자리 잡을 기다. 생각해보고 전화 줘라." 친구는 명함을 건넸다.

명함에는 무슨 회사 부장이라는 직함이 적혀 있었다.

"야, 니 무지하게 출세했네. 부럽다."

"부러워만 하지 말고 연락해라. 니는 그렇다고 쳐도 니 여동생은 어찌 할긴데. 니 여동생도 평생 시골에서 고생만 시킬래. 여기서 시집가봐야 뻔한 거 아이가."

274

덕후는 그날 이후 농사일이 손에 잡히지 않았다. 자신도 서울에만 올라가면 성공할 수 있을 거 같은 자신감이 들었다. 한번 몸에 들어온 헛바람은 쉬이 빠지지 않았다.

상일이처럼 머리가 나쁜 녀석도 그렇게 성공했는데 자신이라고 성공하지 못할 이유가 없었다. 더욱이 자신은 그렇다 쳐도 덕희만큼은 정말 보란 듯이 잘사는 걸 보고 싶었다. 덕희가 자신의 어머니처럼 산다는 것은 상상만 해도 아찔한 일이었다.

종일 밭농사, 집안일에 쉬는 시간이란 없었다. 더욱이 아버지가 술 한잔 먹고 들어오는 날이면 매를 맞기 일쑤였다. 시골에서는 소와 사람의 구분이 있지 않았다.

어머니는 스무 살이 좀 넘어 윗동네에서 아랫동네로 시집을 왔다. 그리고 지금 칠십이라는 나이가 될 때까지의 인생은 말 그대로 노예의 삶 그 자체였다.

덕후는 결심했다. 상일이 말처럼 여기서는 앞이 보이질 않았다. 인생막장이라는 것은 다름 아닌 바로 여기서의 삶이였다. 막장이 정말 무서운 것은 앞이 보이질 않았기에 앞으로 나갈 수도 뒤돌아 나갈 수도 없었기 때문이었다. 덕후는 한 치 앞도 알 수 없는 막장을 무작정 걸어나가는 것보다는 뒤돌아 나오는 편이 나을 듯싶었다.

덕후는 다음날 어렵게 마련한 소를 몰래 팔아 고향을 떴다. 상일이 놈을 반신반의했지만 달리 의지할 데가 없었다.

　서울에서 의지할 데라곤 상일이가 준 명함뿐이었다. 세로 5cm, 가로 8cm의 작은 종이만이 덕후가 서울에서 의지할 수 있는 전부였다. 어쩔 수 없이 덕후는 상일의 명함을 꺼내 공중전화로 향했다.

　"상일아, 나 덕후다."
　"어, 그래. 번호 보니까 서울에 올라왔네, 어디고?"
　"어. 가만 있어봐라. 그래 니 강남고속버스터미널 알제."
　"그래, 니 거기 단디 있어라. 괜히 지하철 타고 다니다 길 잃지 말고."
　"그래, 고맙다. 내 여기서 기달리꾸마."
　1시간쯤 지나자 저 멀리서 터벅터벅 걸어오는 상일이 보였다.
　"그래, 이제 서울에 올라온기가? 그거 결정하는 데 몇 달이나 걸리노."
　"어, 미안하데이. 근데 내가 정말 취직할 데가 있겠나? 요즘 대학 나와도 취직하기 힘들다는데."
　"걱정하지 마라. 내가 다 알아서 해줄끼다."
　"일단 숙소로 가제이."
　"근데 니 차는 어디에 있는데?"

"야, 서울에서는 길 막혀서 차 못 가지고 다닌다. 니는 뉴
스도 안 보나."

"맞다, 맞다. 나도 뉴스에서 본 적이 있다."

덕후와 상일이 버스를 타고 도착한 곳은 허름한 여인숙이
었다.

"여기가 니 숙소가?"

"아니. 나는 회사 기숙사에 있고 너는 취직할 때까지만 여
기서 지내라. 니 돈은 있제?"

"어, 조금."

"얼마나 가지고 있는데?"

"그냥 조금."

"이리 조 봐라."

"와 그라는데?"

"야, 니 취직시키려면 그 돈 필요하다, 임마야. 널 뭘 믿고
회사에서 일을 시키겠노. 우리 회사는 고가품을 취급하는
데라 신원보증하고 보증금이 필요한 기라."

"보증금? 무슨 일을 하는데 보증금이 필요하단 말이고?"

"야, 자슥아. 이제 서울에 올라왔으면 시골에서의 기억은 모
두 잊어라. 니가 회사 물건이라도 가지고 도망가면 누가 책임
질긴데. 신원보증이야 내가 선다고 해도 보증금이 필요한기라.
3개월 지나서 니에 대한 믿음이 생기면 돌려주는 거구."

"맞나? 알았다. 3개월 지나면 돌려준다고."

"그래. 은행에 저금했다고 생각해라."

"알았다. 자 여기 오백만 원이다."

"니 오백만 원 가지고 서울 왔나?"

"어. 그거 내 전 재산이다. 집에 있는 소 팔아서 도망온기라. 요즘 소값이 많이 떨어져갖고 그거밖에 못 받았다 아이가."

"야, 모자란다. 오백만 원은 서울에서 돈도 아닌기라."

"니 돈 좀 빌릴 데 없나?"

"내가 서울에서 돈 빌릴 데가 어딨노. 그럼 니가 좀 빌려주면 안 되겠나?"

"야, 이 염치없는 놈아. 내가 보증을 서주는데 돈까지 빌려달라고."

"그럼 어떡하노? 내가 여기 아는 사람이라곤 너밖에 없는데."

"따라와라. 내가 니 돈 빌릴 데 알아봐 줄 테니까."

"알았다." 상일은 덕후를 데리고 허름한 건물의 2층으로 올라갔다.

"상일이 니놈이 여기는 또 웬일이고? 돈 쓰려고. 니 지난번에 빌린 돈도 아직 다 못 갚은 거 잊었나?"

"아, 형님아 그게 아니고. 덕후 이놈아, 뭐 하노 퍼뜩 인사드리지 않고."

"안녕하십니껴, 이덕후라고 합니다."

"니는 저기 좀 나가 있으라."

"나가 있으라고?"

"그래. 퍼뜩."

한 십 분쯤 지났을까, 상일이 문을 열고 들어오라는 손짓을 했다.

"자 여기 사인해라."

덕후는 제대로 읽어 보지도 못하고 얼떨결에 차용증에 사인을 했다. 그때부터 덕후의 고달픈 인생이 시작되었다. 아마도 이 사건이 덕후가 세상을 바라보는 시각이 변하게 된 사건이라고 할 수 있을 것이었다.

"덕후야, 니 그 여관 가서 좀 쉬고 있어라. 내일부터 출근해야 하니까 푹 쉬고. 내가 회사 가서 보증금 예치하고 올테니까 잘 쉬고 있그래이."

"그래 알았다. 근데 내가 길을 잘 모르는데."

"자슥아, 이제부터 니도 혼자 다녀야 하니까, 한번 찾아가봐라. 여인숙 이름은 알지?"

"그래 알았다."

어렵게 물어, 물어 여관에 도착했을 때는 이미 해가 진 뒤였다.

"상일아, 상일아." 덕후는 늦은 시간에 도착한 자신보다 상일이 먼저 와 있을 것이라 짐작하고 상일을 불렀다.

"이놈 아직 안 왔나 보네."

다음날 아침에도 상일은 보이지 않았다. 그 다음날에도. 물론 전화도 받지 않았다. 덕후는 상일이 준 명함에 적혀 있는 회사로 찾아갔다. 하지만 거기에는 식당만 있을 뿐이었다.

그제야 덕후는 모든 상황을 알아차렸다. 덕후는 여인숙으로 돌아왔다. 여인숙에는 낯선 사내 두 명이 덕후를 기다리고 있었다.

사내는 다짜고짜 덕후에게 주먹질을 했다. "돈을 빌려 썼으면 이자를 내야 할 거 아니야."

사채를 쓴 지 하루 만에 덕후에게 돌아온 건 호된 주먹질뿐이었다.

"제가 무슨 돈을 썼다고 그러십니까?"

사내는 차용증을 덕후 앞에 놓았다. 일금 오백만원을 차용합니다라고 차용증에는 적혀 있었다. 이자는 연 80%, 100일 안에 이자와 원금을 모두 갚는다, 이자는 갚아나가는 원금과 상관없이 처음 차용금액에 대한 이자로 계산한다고 적혀 있었다. 이자와 원금을 합해 하루 9만원 꼴로 갚아야 했다.

상일이 놈이 자신을 담보로 돈을 빌린 것이었다. 나중에 안 일이지만 오백 중에 삼백만 받았다고 했다.

덕후는 그날부터 바로 공사판을 전전해야 했다. 하루 10만원 중 9만 원은 일수를 찍고, 남은 돈 만 원으로 찜질방에서 숙식을 해결했다. 수중에 남는 돈이라곤 없었다. 덕후는 저녁에 대리운전이라도 해보려고 했으나 운전면허증도 없었고 서울 지리도 몰랐다. 그래서 덕후는 저녁에 택배물류 창고에 가서 택배 분류작업 알바를 했다. 하루에 서너 시간밖에 자지 못했지만 분노와 배신감으로 피곤한지도 모른 채 살아갔다.

덕후는 힘이 세고 성실해서 공사판에서 인기가 좋았다. 일을 잘하다 보니 일당도 남들보다 1~2만을 더 받았다. 5개월이 지나자 사채를 다 갚고도 수중에 돈 3백만 원을 모을 수 있었다. 덕후는 마지막 일수를 찍기 위해 사채 사무실을 찾아갔다.

"자 여기 9만 원. 이제 다 됐지." 덕후는 차용증을 눈앞에서 찢어버렸다.

"그리고 거기 두 놈 잠깐 나와봐라."

덕후는 순식간에 두 놈을 때려눕혔다.

"이 새끼가." 사내 두 명이 덕후를 둘러쌌고 곧 큰 싸움이 벌어질 거 같았다.

"그만해라." 도끼라고 불리는 사내가 나와 두 사내를 불러 세웠다.

"아악." 도끼는 자신의 똘마니 두 명의 정강이를 걷어찼다. "이 새끼들, 건달이라는 놈들이 시골 촌놈 하나 못 당해서."

"덕후라고 했나. 니 잠깐 사무실로 들어와 봐라."

덕후는 도끼를 따라 사무실로 들어갔다.

"앉아라. 단도직입적으로다 니 내 밑에서 일 안 해볼래?"

도끼는 덕후를 그동안 유심히 관찰해 왔다. 잘만 하면 이 바닥에서 제법 물건으로 만들 수 있을 거 같은 놈이었다.

"싫습니다. 저는 이렇게 힘없고 약한 사람들 등쳐 먹으면서 살기는 싫습니다."

덕후가 입바른 소리를 하자 뒤에 있던 두 사내가 당장이라도 덕후에게 달려들 듯한 표정을 지었다.

"그래. 내 그럴 줄 알았다. 니 상일이 그놈 잡고 싶지 않나? 자, 이거 받아라. 거기 가면 그놈 만날 수 있을 거다. 인연이든 악연이든 연이 닿으면 만나게 되겠지."

(상일과의 만남)

"계세요?"

"아침 일찍부터 어떤 새끼야."

덕후는 있는 힘을 다해 문을 걷어찼다.

"아가씨는 나가 봐."

"뭐꼬?" 술이 덜 깬 비몽사몽으로 일어나던 상일은 덕후를 보고 놀라서 뒤로 자빠졌다.

"덕후야, 니가 여기는 어떻게?"

"왜, 내가 오니까 놀랐나."

"아니다. 잘 지냈지." 말이 끝나기도 전에 덕후의 주먹이 상일의 얼굴을 가격했다.

"이 새끼야, 니 때문에 내가 얼마나 개고생한 줄 알기나 하나."

"덕후야 미안하다. 내가 죽을죄를 졌다. 친구 좋다는 게 뭐냐, 한 번만 용서해줘라." 상일은 울면서 덕후에게 매달렸다. 사실 상일은 덕후가 그 빚을 못 갚아 장기를 적출당하고 반병신이 될 줄 알았다.

"이 새끼야, 내 돈 갖고 날랐으면 좀 잘 살던가. 만날 술이나 처먹고, 이렇게 살려고 나보고 서울 오라고 했냐."

"미안하다. 친구야." 그제야 상일은 흘러내리는 코피를 닦으며 담배를 하나 꺼내 물었다.
"서울생활이 녹록지 않더라고. 우리 같은 촌놈들이 생활하기에는 벅차더라고."
"그래서 할 짓이 없어서 고향친구 등을 쳐 먹냐?"

덕후는 처음에 상일을 만나면 죽여 버릴 거 같았는데 막상 상일이 놈을 보니 측은한 생각이 들었다. "밥은 먹었냐? 밥이나 먹으러 가자."
"그래, 고맙다." 상일은 주섬주섬 바지를 주워 입었다.
상일과 덕후는 근처 해장국집에서 밥을 먹었다.
덕후가 소주 한 병을 시켜 컵에 따라 벌컥 들이켜자, 상일은 내심 놀랐다.
"니 술도 먹을 줄 아나? 니도 서울생활이 힘들긴 힘든가 보구나."
"그래. 이놈의 서울생활 힘들지 않은 놈이 어디 있겠냐."
"그래, 취직은 한 거야?"

"야, 그걸 질문이라고 하냐, 너나 나나 취직이라는 게 가당키나 하냐. 그냥 공사판에서 일하고 있어."

"그래? 그럼 니 공장에 취직해 볼래."

"이 새끼가 또 사기 치려고?"

"내가 또 그러면 사람 새끼냐. 개새끼지."

"그래. 너는 지금도 개새끼야. 야 됐고 밥이나 먹어."

"아니다. 나는 이제부터 너를 위해 죽을 수도 있다. 여기로 한번 가봐라. 가서 김 반장이란 놈을 찾아가라. 그놈이 싸가지는 없어도 일은 시켜 줄기다. 그리고 미안하다. 정말 미안하다."

덕후는 그렇게 상일과 헤어지고, 속는 셈치고 상일이 가르쳐준 공장을 찾아갔다. 겨울철이라 딱히 공사일도 없었기 때문이다. 그렇게 해서 들어온 것이 지금의 K전자제품 이천 공장이었다.

(미애의 외도 2)

성철은 어쩐지 덕후라는 놈이 기분이 나빴다. 자신을 감시하는 것 같기도 하고, 그때 들은 얘기도 있고 해서 그런지 성철은 덕후가 유난히 신경이 쓰였다. 늘 자신을 비웃는 것 같은 느낌이 들었다.

"서 부장님."

"네. 이 주임님".

"잠깐 얘기 좀 할 수 있을까요?"

"네. 뭔데요?"

"저 덕후라는 놈 말이에요. 어떤 놈이에요?"

"글쎄요. 저번에 파업사건은 들어서 알고 계실 거고. 여하튼 집이 가난해서 못 배워서 그렇지 머리는 좋은 놈이에요. 그리고 열심히 사는 놈이죠. 근데 워낙 바른 소리 하길 좋아하고 굽실거리는 맛이 없어서 한마디로 다루기 힘든 놈이죠. 근데 저 녀석 불쌍해요. 최근에 하나밖에 없는 여동생이 자살해서 저 녀석 상심이 클 거예요. 그래서 그런지 요즘에 차도 사고 멋도 내고, 많이 변했더라고요." 덕후는 덕희가 시집갈 때 쓰려고 모았던 돈을 펑펑 쓰기 시작했다.

"여동생이 죽었다고요?"

"네. 그래서 얼마 전에 장례를 치르고 왔죠."

'네. 그렇군요." 성철은 알 수 없는 불안감에 식은땀이 흘렀다.

사무실로 돌아온 성철은 인터넷 익스플로러를 열었다. 인터넷에는 초등학교 2학년이 쓴 시가 화제가 되고 있었다.

아빠는 왜

엄마가 있어 좋다
나를 이뻐해주어서

냉장고가 있어 좋다
나에게 먹을 것을 주어서

강아지가 있어 좋다
나랑 놀아주어서
아빠는 왜 있는지 모르겠다.

왠지 이 시를 읽고 자신의 미래를 보는 것 같아 성철은 서글퍼졌다.

인터넷에서 화제가 된 이 시를 읽고 성철은 갑자기 집으로 돌아가고 싶어졌다. 성철은 최대한 일을 빨리 끝내고 집으로 올라가야겠다고 생각했다.

덕후는 일을 마치고 서울로 향하면서 상일에게 전화를 걸었다.
"어 상일아, 나 덕후야."
"그래. 공장일은 재밌는겨?"

"그래. 니 덕분에 그럭저럭. 너 저번에 나를 위해서 죽을 수도 있다고 그랬지?"

"어, 그래. 왜 예비군훈련 대신 가 줄까?"

"예비군훈련 대타로 뛰는 건 재밌냐?"

"어. 요즘 새끼들은 이 좋은 걸 왜 안 하는지 몰라. 가면 총도 쏘고 운동도 하고, 차비도 주는데 말이야. 요즘 수입이 괜찮다."

"그래. 나는 중졸이라 예비군은 됐고 니 일 좀 하나 해라."

"뭔데?" "내가 폰으로 차번호하고 주소 알려줄 테니까 이놈 좀 따라붙어줘라. 그리고 핸드폰으로 위치추적 어플 보냈으니까 깔아놔. 어디 가는지 수시로 나한테 알려주고."

"야, 니 홍신소 다니나? 제법이네. 위치추적기도 달아놓고. 알았다. 뭐 어려운 것도 아니고. 내 니를 위해 그것도 못하겠노."

"그래. 부탁한다."

덕후는 차를 몰아 서울로 향했다. 덕후도 이런 짓이 썩 마음에 들지 않았지만 도저히 성철을 용서할 수가 없었다.

덕후는 전화기를 꺼내 미애에게 전화를 걸었다.

"미애 씨, 오늘 거기서 만나요".

"네, 좋아요 덕후 씨." 미애는 배우지는 못했지만 순수한 덕후가 좋았다. 예전의 성철을 보는 것만 같았다.

"덕후 씨 간만에 올라오셨네요."

"네. 요즘 공장이 바빠서요. 별일 없었지요?"

"네. 며칠 전에 신랑이 들렀다 갔어요."

"그래요? 별일 없었나요?"

"없었어요. 그냥 확 같이 죽어버리고 싶은 마음도 있었지만 그럴 용기가 나질 않네요."

"같이 죽다니요. 왜 그런 생각을 해요. 죄를 지은 사람만 죽으면 되지 왜 미애 씨가."

"덕후 씨는 마음이 참 따뜻한 사람 같아요. 우리 오빠도 학교 다닐 때는 그랬는데."

"아마도 이 세상이 그 사람을 이렇게 변하게 했나 보네요." 자본주의의 달콤함과 잔인함이 그를 그렇게 만들었다고 덕후는 생각했다.

"자, 가요. 제가 맛있는 매운탕 집을 알아놨어요. 미애 씨 매운 거 좋아한다고 했지요."

"네, 좋아요. 가요."

둘은 팔당댐을 끼고 있는 매운탕 집에서 매운탕을 먹으며 한껏 기분을 내고 집 근처로 돌아와 포장마차로 향했다.

"덕후 씨, 덕후 씨도 이제 복수심 같은 건 지우고 우리 같이 도망가요."

"전 복수심 같은 건 없어요. 그냥 미애 씨랑 같이 있는 것만 해도 행복해요." 덕후도 그 순간만큼은 진심이었다. 동생의 복수보다 자신의 행복을 취하고 싶었지만 그럴 수는 없었다. 더욱이 미애와 자신의 행복을 공유할 수는 없다고 생각했다.

　미애는 술을 서너 잔 먹자 거침없이 속마음을 터놓았다.

　"이제 이런 의미 없는 결혼생활에 넌더리가 나요. 제 마음
이 가뭄에 강바닥처럼 갈라져서 더 이상 회복될 수 없을 거
같아요."

　미애는 지난 결혼 생활을 생각하면 정말 마음이 아팠다.
하지만 이제는 되돌릴 수도 돌아갈 수도 없었다. 이젠 자신
의 행복을 찾고 싶었다. 가난하고 돈 없던 그 시절이 차라리
더없이 행복했다. 성철은 미애를 위해서라면 죽는시늉도 했
었다. 근데 점차 돈의 달콤함과 세상의 시련에 그는 변해 가
고 있었다. 예전에 성철은 가난했지만 순수함과 해맑음이 있
었다. 하지만 이제 그에게 남은 건 욕망과 죽음의 그림자뿐
이었다.

　이젠 주객이 전도되어, 가정을 위해 산다고 하지만 결국은
가정이 아닌 허깨비를 쫓아서 살고 있다는 것을 성철만 깨
닫지 못하고 있었다. 이런 얘기를 하면 배부른 소리나 하고
있다고 자신을 무시하기 일쑤였다.

　이때 덕후의 휴대폰이 울리기 시작했다.

　"덕후야, 그놈 지금 출발해서 이천 IC 올라탔다. 아마도
집으로 가는 것 같다. 어떻게 끝까지 따라붙을까?"

　"그래, 조금만 더 고생하고. 근처 오면 문자 남기래이."

"누구예요?"

"네, 그냥 고향친구예요. 미애 씨 한잔해요."

둘은 어느덧 연인처럼 편한 사이가 됐다. 미애도 이런 자신이 서글펐다. 하지만 성철에 대한 배신감과 외로움을 달랠 마땅한 탈출구가 없었다.

미애는 그날 이후 늘 취해 있었다. 어느 정도 취기가 오르자, 미애는 그런 사실을 알려준 덕후가 원망스러웠지만, 한편으로는 믿고 의지할 사람이 덕후밖에는 없는 거 같았다.

"미애 씨, 그만 가시죠. 많이 취했어요."

덕후는 먼저 술집을 나가 택시를 잡았다.

"택시, 택시, 잠실."

둘은 택시를 잡아 집으로 향했다. 택시 안에서 미애는 덕후의 팔짱을 끼고 머리를 그의 어깨에 기댔다. 미애는 자신의 감정에 혼란스러웠다. 이런 감정이 사랑의 감정인 것인지 아니면 동병상련의 연민인 것인지 알 수 없었다.

"다 왔습니다." 택시기사의 한마디가 두 사람 사이의 정적을 깨웠다.

미애와 덕후는 택시에서 내려서도 손을 놓지 않았다. 문 앞에서 한참을 망설이던 미애가 덕후를 잡아끌었다. 그때 덕후의 핸드폰에 문자가 왔다.

20분 뒤 도착예정.

덕후는 집에 들어서자마자 미애를 힘껏 끌어당겼다. 미애와 덕후는 누가 먼저랄 것도 없이 서로의 혀를 집어삼켰다.

덕후는 미애를 부드럽게 감싸며 옷을 풀었다. 미애는 심장이 두근거리는 이런 느낌을 참으로 오랜만에 느꼈다. 미애는 여자는 죽는 것보다 더 치욕스러운 것은 여자로서 사랑을 받지 못하는 것이라고 생각했다.

미애는 평소에 성철에게 모든 것을 맡기던 때와는 달리 적극적으로 덕후와 사랑을 나누었다. 그것이 사랑인지 절규인지 몰랐지만 심장에서 뿜어져 나오는 뜨거운 피로 인해 미애는 살아있음을 느꼈고 그것으로 족하다고 생각했다.

(성철의 누명 1)

'오늘따라 왜 이렇게 차가 막히는 거야.' 100km도 채 안 되는 거리를 2시간에 걸쳐 온 성철은 오늘따라 유난히 짜증이 났다. 집 앞에 도착한 성철은 문이 잠겨 있지 않은 것이 의아했다.

'뭐야, 왜 문이 열려 있지.'

성철은 오늘따라 유난히도 낯설게 느껴지는 자신의 아파트 문을 열었다. 현관문에는 낯선 신발이 하나 놓여 있었고, 자신의 신발은 한쪽 구석으로 치워져 있었다.

성철은 자신의 귀를 의심하지 않을 수 없었다. 방에서 들려오는 남녀의 신음소리가 성철의 고막을 통해 영혼을 집어삼켰다.

설마, 설마 하며 성철은 안방을 향해 걸었다. 좁은 집이라 몇 발자국 지나지 않아 미애의 벌거벗은 모습이 눈에 들어왔다.

둘은 하나가 되어 미친 듯 사랑을 하고 있었다. 성철이 온 것도 느끼지 못한 채.
성철은 방문을 열어젖혔다.

"어머." 미애는 재빨리 덕후를 밀쳐내고 자신의 몸을 이불로 가렸다. 부끄러웠지만 미안함은 없었다.
덕후는 태연스럽게 일어나 옷을 걸쳐 입었다.

"야, 이 새끼 너는?"
"그래, 나야. 왜 그렇게 놀라. 어차피 네가 품지도 않는 거 내가 오늘 좀 품었다."
성철은 덕후를 향해 주먹을 날렸지만 덕후의 상대가 되지 못했다. 오히려 덕후가 발을 걸어 성철을 넘어트렸다.

덕후는 넘어져 있는 성철을 바라보며 말을 꺼냈다.

"너도 잘 알겠지만, 아니 잘 모를 수도 있겠군. 니 마누라는 신음소리가 끝내줘. 아주 사람을 흥분시키지." 덕후는 성철의 감정을 최대한 자극하고 수치심을 주기로 했다. 평생 잊지 못하도록, 오늘의 이 사건이 성철을 평생토록 괴롭히길 바랐다.

"덕후 씨?" 미애는 덕후가 전혀 딴 사람처럼 느껴졌다. 혹시 이런 식으로 복수를 한 것인가. 미애는 악연으로 맺어진 관계가 오래가지 못할 것이라고 직감했다. 하지만 인간이었기에 알면서도 욕망에 이끌려 갈 수밖에 없었다.

덕후는 옷을 마저 입고 문밖으로 나왔다. 문밖에는 옆집 아줌마가 나와서 기웃거리고 있었다. 덕후는 미애의 얼굴을 보는 게 괴로웠다. 하지만 성철에게 복수를 하기 위해서는 어쩔 수 없다고 생각했다.
"미애야, 네가 어떻게 나한테 이럴 수 있어."
"날 탓하지 마. 날 이렇게 만든 건 오빠야."
"그게 무슨 소리야?"
"됐어. 입 밖으로 꺼내기도 싫어. 본인이 더 잘 알 거 아냐."
성철은 미애의 뺨을 후려갈겼다.
"야, 나는 너를 위해서 이제껏 더러운 것도 참고 버텼어."
"나 때문이라고 말하지 마, 오빠 자신을 위해서 그런 거야. 오빠의 욕망과 야심을 이기지 못해서 그런 거야. 날 위

한다고, 우리 가족을 위한다고 ! 그래서 내 삶이 나아진 게
뭐가 있어."

성철은 머리를 한 대 얻어맞은 것 같았다. 맞는 말이었다.
왜 그럼 미애는 이제껏 자신에게 아무 말도 하지 않은 것인
가. 아니다. 미애는 힘들다고 온몸으로 구조신호를 보냈지만
내가 애서 외면했던 것이었다. 이제는 무엇을 위해 살아야
하나, 누구를 위해 살아야 하나, 어떻게 살아야 하나, 앞으
로의 삶이 막막했다. 미애의 외도는 이해할 수 있었지만 용
서되거나 용납되지는 않았다.

"몰라. 네가 그놈한테 무슨 얘기를 듣고 이러는지 모르겠
지만 그래도 네가 어떻게 나한테 이럴 수 있니."

"몰라, 더 이상 오빠 얼굴 보고 싶지 않아. 같이 산다는 게
전혀 의미가 없는 거 같아."

"뭐라고? 그럼 10년 넘게 같이 지내온 나를 못 믿고 그놈
말을 믿는다는 거야."

"덕후 씨의 눈은 순수해. 오빠는 변했어. 예전의 내가 알
던 오빠가 아니야. 그리고 이제 그런 게 다 무슨 소용이야.
이미 깨져버린 거울인데."

성철은 너무나도 아끼는 미애를 빼앗겼다는 사실에 가슴
이 무너져 내렸다. 왜 이렇게까지 되었는지 언제부터인지
생각이 나질 않았다. 눈으로 보고도 믿어지지 않는 현실에
한숨 자고 일어나면 모든 것이 정상으로 되돌아 올 것만 같
았다.

덕후라는 놈 왠지 기분이 나빴다. 늘 공장 한편에서 자신을 빤히 쳐다보던 이덕후였다. 빤히 쳐다보는 그 얼굴은 덤덤했지만 자신을 비웃는 거 같았다. 마치 나에 대해 다 안다는 듯이 나를 올려다보고 있었다. 근데 왜 그놈은 미애한테 접근한 걸까. 이해가 가질 않았다. 그리고 어떻게 미애를 알게 된 건지도.

성철은 미애와 그렇게 다투고 집을 나왔다. 이미 미애의 마음을 되돌릴 수 있을 거 같지가 않았다.

"덕후, 이 개자식 죽여 버리겠어." 미애의 울고 있는 모습을 뒤로한 채 성철은 집을 나왔다.

(미애의 죽음)

미애는 이제 이혼을 결심했다. 의미 없는 결혼 생활을 끝내고 고향으로 돌아가고 싶었다. 성철이 미웠지만, 한편으로는 연민이 싹트고 있었다. 미애는 자신이 성철을 제대로 잡아주지 못한 거 같아 마음이 무거웠다. 되돌릴 수만 있다면 되돌리고 싶었다.

"끼익." 금방이라도 떨어질 거 같은 현관문 열리는 소리가 들렸다.

'누구지? 오빠가 다시 온 걸까.' 하지만 지금 모습으로는 오빠를 대하기가 싫었다. 성철도 미웠지만, 자신의 추한 모습을 오빠에게 더는 보여주고 싶지 않았다.

그때 방문이 열렸고 낯선 사내는 차분하게 미애에게 다가 갔다. "허억." 날카로운 것이 순식간에 미애의 몸으로 파고 들었다. 미애는 차가운 금속이 몸을 밀고 들어올 때의 차가 움과 두려움으로 비명조차 지르지 못했다. 차가운 금속은 미애의 심장을 겨누고 들어왔다. 처음에는 두려움만 느껴졌 다. 뭔가 들어온다는 느낌 이후에 빠르게 고통이 찾아왔다. 심장 밑에서 가볍게 들어온 칼은 상대가 몸으로 칼을 강하 게 밀어 넣음으로써 더욱더 깊숙이 심장을 향해 들어왔다. 어떠한 반항도 저항도 할 수 없었다. 그 칼은 사람으로 하여 금 순순히 죽음을 받아들이게 만들었다. 미애는 다만 고통 이 덜하게 해달라고 애처로운 눈빛으로 상대를 바라보았다. 육체의 고통이 상승하는 대신 정신적 고통은 가벼워졌고 그 고통은 서로 상쇄되어 고통의 총량은 처음 그대로였다.

바닥에 쓰러진 여자를 보며 K는 뒷정리를 한 후 집 안을 빠져나왔다. 여러 명을 청부 살인 해봤지만 여자는 처음이 었다. 상대적으로 근육이 없어 칼이 쉽게 들어갈 줄 알았지 만, 예상 외로 칼은 잘 들어가지 않았다. 결국 몸을 바짝 붙 여 몸의 힘으로 칼을 깊숙이 밀어넣었다. 그 여자의 애처로 운 눈빛이 뇌리에서 지워지지가 않았다. 사는 게 힘들었는 지 죽는 순간만이라도 고통 없이 죽게 해달라고 애원하는 눈빛이었다. K는 그래서 손목의 스냅을 이용해 심장 근육층 과 대동맥활까지 단번에 칼을 밀어 넣었다. 단숨에 숨을 끊

하류 인생

게 하기 위함이었다. 죽는 순간이 길어지면 그만큼 고통이 길어지기 때문이었다. K는 늘 생각했다. 어떻게 죽는 것이 좋은 것인가, 죽는 순간이 짧으면 고통은 줄어들겠지만, 이 승에서의 마지막을 회상할 시간이 없어 서글플 거 같았다. 반대로 죽는 순간이 길어지면 고통이 길어질 것이고 그 고통을 견뎌내며 마지막을 회상할 수 있을지도 궁금했다. K는 자신도 언젠가는 바닥에 누워있는 저 여자의 운명처럼 될 것을 예감했다. 밖으로 나와 빠르게 현장을 벗어나던 K는 갑자기 불안감을 느꼈다. K는 자신의 외투를 내려다보고 아차 싶었다. 이제껏 한 번도 해 보지 않은 실수를 한 것이었다.

'누구지?' 미애는 죽음의 문턱에서 자신에게 죽음을 안겨주는 사람이 누구인지 궁금했다. 설마 오빠가, 아니면 덕후 씨, 아니면 단순강도인가.

이미 삶의 의지를 포기한 미애는 저항도 반항도 하지 않았다. 미애는 성철이 한 짓이 아니길 바랐다. 그래도 자신이 사랑한 사람은 성철 한 명뿐이었기 때문이다.

다음날 아침 옆집의 아줌마는 앞집 새댁 일이 궁금했다.
"여보, 글쎄 저 옆집 새댁이 바람이 나가지고 어제 신랑이랑 대판 한 거 같더라고. 글쎄 웬 낯선 사내 하나가 어제 집에서 나가고 나서는 저 집 신랑하고 새댁하고 치고받고 난리도 아니었어. 그렇게 안 봤는데 저 새댁 아주 엉큼해. 외간 남자를 집에까지 끌어들이고."

"아휴, 그런 걸 그냥 내비 둬. 나 같으면 그냥 너 죽고 나 죽고야."

"왜, 나한테 그래. 내가 바람피웠나."

"아, 물이나 줘."

신랑이 출근한 뒤, 옆집 아줌마는 호기심 가득 찬 얼굴로 앞집의 새댁을 불렀다.

"새댁, 새댁." 아직 자나, 아줌마는 문을 살짝 열었다.

"새댁, 새댁," 뭔가 이상하다 싶었던 아줌마는 안방 문을 열었다.

"으악." 아줌마는 비명을 지르며 뒤로 나자빠졌다.

(성철의 누명 2)

"자세하게 말씀해 보시죠." 강남경찰서 강력계 형사가 옆집 아줌마를 상대로 현장조사를 하고 있었다.

"아, 그러니까 어제 이 집 새댁이랑 신랑이랑 한바탕 한 거죠."

"왜 싸웠는지 혹시 아시는 거 있으세요?" 형사는 옆집 아줌마를 향해 물었다.

"아, 그게 그러니까 새댁이 바람을 피웠지 뭐예요. 죽은 사람 앞에 두고 이런 말 하기 뭣하지만 아마 그 사내하고 집에

하류 인생

서 그 짓을 하고 있는데 신랑이 들이닥친 거지."

"그러면 그 남자는 어떻게 됐습니까?"

"아, 다투는 소리가 나기에 내가 나갔더니 그사이 그 남자는 먼저 가더라고요. 그리고 나서도 둘이 한참을 싸웠어요."

"아마도 홧김에 신랑이 그랬겠지." 옆집 아줌마는 유일한 목격자이자 증인이었다.

"일단 신랑이 유력한 용의자임에는 틀림없네요." 옆에 있던 신참 형사가 거들었다.

"그래. 아마도 보통 남자라면 그런 상황에서 우발적으로 살인을 저지를 가능성이 크지. 일단 수배 걸고, 아줌마 혹시 그 사내 인상착의 기억나요?"

"키가 크고 훤칠했어요."

"그리고요?"

"그리고 뭐. 내가 어떻게 알아요. 얼핏 본 걸 가지고."

"일단, 최 형사는 용의자가 다니는 회사로 가봐."

"네. 팀장님."

'젠장~ 망할 놈의 새끼. 왜 하필이면 이럴 때 살인사건이야.' 최 팀장의 관할구역에서 살인사건은 몇 달 만의 일이었다. 좀 있으면 인사철인데, 왜 이때냐고. 망할 놈의 새끼.

"팀장님 여기 좀요." 이 형사가 최 팀장을 불렀다.

"여기 피해자 손에 단추가 있습니다. 아마 칼에 찔리고 쓰러지면서 잡아 뜯은 거 같습니다."

"감식팀에 넘겨서 어디서 만든 단추인지, 어디 회사 옷에 납품됐는지 알아보고."

"네, 팀장님."

최 팀장은 무슨 일이 있어도 이번에는 과장으로 승진해야 한다는 절박함이 있었다. 경찰대 동기 중에 과장을 달지 못한 사람은 자신을 포함해 몇 안 됐기 때문이었다. 무조건 잡아야 한다. 그것도 최대한 빨리. 오히려 이번 위기가 기회가 될 수도 있겠다는 낙천적인 생각을 하며 최 팀장은 스스로를 위로했다.

"오 형사는 주변 더 탐문해보고, 주변에 있는 차량 블랙박스 회수하고. 아 그리고 피해자가 최근 누굴 만났는지를 우선 집중적으로 알아봐. 아, 그리고 이성철 그 인간 핸드폰 위치추적 해봐."

"설마, 핸드폰 켜 놨을까요." 이 형사는 뭐 그런 걸 시키냐는 얼굴로 최 팀장을 바라보았다.

최 팀장이 뒤돌아 뭔 말을 하려고 하자 이 형사가 재빨리 말을 바꿨다.

"그래도 해봐야죠."

이 형사와 오 형사도 최 팀장의 이런 마음상태를 잘 아는지라 이때다 싶어 재빨리 자리를 떴다.

"오 형사, 빨리 가자. 같이 있다가는 무슨 불똥이 튈지 모르겠다."

최 팀장은 감식반원에게 물었다.

"찔린 데는 어때요?"

"글쎄요. 이런 솜씨는 처음 보는데요. 단번에 숨을 끊은 걸 보면 프로솜씨 같아요."

"설마. 그럴 리가요." 최 팀장은 감식반의 프로솜씨라는 말에 큰 혼란을 느꼈다.

제4화
사필귀정(피해자, 피의자)

성철은 밤새 술을 마시고, 오후에나 일어났다. 이제 돈을 버는 것도 자신에게는 큰 의미가 없었다. 대신 박이철에 대한 원망이 커져갔다. 모든 게 그 인간 때문에 잘못된 거 같다는 생각이 들었다.

성철은 대충 옷을 추려 입고 인근의 해장국 집으로 들어갔다.

"아줌마, 여기 해장국 한 그릇 주세요."

"네. 금방 나갑니다."

"여기 해장국 나왔습니다."

성철은 해장국을 먹으면서 식당 벽에 붙어 있는 TV에서 나오는 뉴스를 올려다보았다.

뉴스에서는 자신의 아파트 주변이 클로즈업되면서 치정에 의한 살인사건을 보도하고 있었다. 성철은 너무 놀라 머리가 텅빈 듯 아득해졌다.

이게 어떻게 된 거지? 미애가 죽다니. 그래 덕후 이놈 짓이야. 내가 나간 다음에 다시 들어와서 미애를 죽인 게 틀림없어. 근데 뭐 때문에 그렇게까지 한 거지. 내가 그놈한테 그렇게 원수질 일을 한 적이 있나. 사무실에서 그놈과 나는 말한마디 해본 적이 없는데.

아무리 생각해도 덕후가 미애를 죽일 만한 이유가 없었다.

맞아, 미애는 덕후 놈한테 모든 걸 다 들었다고 했어. 분명 덕후가 나에 대해 거짓말을 하고 그게 들통날까 봐 미애를 죽인 게 틀림없어.

그때 식당 안으로 건장한 사내 둘이 들이닥쳤다. 사내는 사진을 꺼내 성철의 얼굴과 맞춰 보더니 혼이 나가버린 듯한 성철의 두 손에 수갑을 채웠다. 금속 재질의 수갑은 차가웠고 서러웠다.

"이성철 씨, 당신을 서미애 씨 살인사건 용의자로 체포합니다. 당신은 변호사를 선임할 권리가 있고 묵비권을 행사할 수 있으며 당신이 하는 모든 얘기는 법정에서 불리하게 사용될 수 있습니다." TV에서만 듣던 미란다 원칙을 사내가 성철에게 고지하고 있었다.

"저는 범인이 아니에요! 제가 왜 미애를 죽이겠어요!"

"일단 서로 가서 조사를 해 보시죠." 사내는 발버둥 치는 성철을 기동대 차에 태워 경찰서로 향했다.

조사실에 앉은 성철은 미애가 죽었다는 사실이 믿기지 않았다. 뭔가 잘못된 게 틀림없다. 더욱이 내가 용의자라니.

"형사님, 저 아니에요. 그놈이 죽였어요, 그놈이라고요!"

"그놈이 누구죠?"

"이덕후요. 미애랑 바람이 난 그놈."

"이성철 씨, 어제 어디 계셨죠?"

"아, 글쎄 전 아니라고요. 그놈을 잡아야 한다고요, 이덕후요!"

"걱정 마세요. 어차피 그 사람도 조사해야 하니까."

"전 어제 밤새 술을 먹고, 여의도 근처 모텔방에서 잤습니다."

형사는 성철의 외투를 유심히 바라보았다. 단추가 떨어지거나 하지는 않았다. 오 형사는 증거목록인 단추를 꺼내 성철의 외투와 맞춰 보았다. 전혀 다른 단추였다.

"일단 피의자 신분으로 조사를 받으셔야 합니다. 잠시 후에 다시 조사 시작하겠습니다.

"팀장님, 저놈이 끝까지 자기는 아니라는데요. 그 이덕후라는 놈이 다 꾸민 짓이라고. 그리고 현장에서 수거된 단추도 저놈 외투의 단추하고는 다르네요."

"일단, 그 덕후라는 놈도 잡아와."

"알겠습니다. 이 형사 가자고."

"그래 일단 가보자고. 근데 어디로 가지?" 오 형사가 막막하다는 듯 말을 꺼냈다.

"일단 그놈이 다니는 공장으로 가보자고." 이 형사가 이천으로 차를 몰며 말했다.

"근데 참 웃기는 일이야. 덕후라는 놈 말이야. 한 마디로 일용직 근로자인데, 이성철 이놈은 떡하니 본사 직원이란 말이지. 이거 일용직 놈이 본사 직원 마누라를 꿨다. 꼭 옛날 마님하고 돌쇠하고 엉겨 붙은 그런 거 같구먼." 오 형사가 재밌다는 듯이 이야기를 하자 이 형사가 인상을 썼다.

"야, 아무리 남 얘기지만 살인사건이야. 재밌냐?"

"아니. 뭐 그렇다는 거지. 빨리 가자고. 머쓱해진 오 형사가 재빨리 화제를 돌렸다.

"저 경찰서에서 나왔습니다. 이덕후라고 여기서 근무하죠."

"네. 덕후 씨요. 근데 어제부로 그만뒀는데요."

"그만뒀다고요?"

"네."

"이덕후 씨 인사기록 카드 좀 봅시다."

"잠시만요." 김 반장은 2층으로 뛰어 올라갔다.

"서 부장님, 형사들이 왔는데요. 덕후 인사기록 카드 좀 보자고 하는데 어떻게 할까요?"

"무슨 일인데?"

"살인사건에 연루되어 있대요."

"뭐야?"

"이 주임님 사모님이 어제 죽었는데 그거 때문에 조사 좀 해야 된다는데요."

"뭐라고, 알았어. 보여드려." 서 부장은 갑작스러운 살인 사건에 어리둥절했다.

"네, 서 부장님."

"자, 이리로 오시죠." 김 반장은 형사들을 사무실로 안내했다.

"자, 여기 있습니다."

한참을 살피던 이 형사가 말했다."

"여기 고향집 주소가 있네. 일단 여기로 가보자고 오 형사."

"어, 김 순경, 나 오 형산데, 핸드폰 위치추적 하나만 해줘"

"네. 오 형사님 번호 불러주시면 조회해보고 연락드리겠습니다."

덕후는 그날 이후 회사를 그만두고 고향 장성으로 내려갔다. 공장일을 하면서 모은 돈으로 소 서너 마리를 사서 키우고 논도 3마지기를 샀다. 처음부터 욕심이었다. 나같이 배운거 없는 놈이 서울에서 버텨낸다는 것은 처음부터 욕심이자 사치였다. 덕희를 따라가려고 했으나 막상 시골의 노부모를 만나니 쉽게 끊을 수 있는 목숨이 아니었다.

덕후는 하천에서 소꼴을 베며 생각했다.

이 형사와 오 형사는 천안 논산 간 고속도로를 달려 장성의 작은 마을에 도착했다.

"깡촌도 이런 깡촌이 없구먼."

"참 세상 좋아. 내비게이션이 이런 시골길도 다 찾아주고. 옛날 같았으면 며칠은 고생했을 거야."

"오 형사, 저기 차 좀 대봐. 저기 어르신한테 한번 물어보자."

"어르신, 혹시 이덕후라고 아시나요?"

"근데 누구쇼? 처음 보는 얼굴들인데."

"아, 네." 형사라는 말을 하려는 오 형사의 입을 막으며 이 형사가 말했다.

"덕후씨 회사 동료입니다. 뭐 좀 전해줄 게 있어서요." 이 형사는 시골 특성상 외지인을 경계하고 더욱이 형사라고 하면 어르신들은 옛날 생각에 덕후의 위치를 가르쳐 주지 않을 거 같아 거짓말을 했다.

"어. 덕후, 덕후 저기 강둑에서 소 꼴 베고 있을 거야. 아주 성실한 청년이야. 내가 잘 아는데 학교 다닐 때부터 아주 성실했지. 효심도 깊고."

"네. 고맙습니다, 어르신."

"자, 빨리 가보자고." 비포장 도로를 달리다 이 형사가 뚝방의 한 사내를 가리키면 물었다.

"오 형사, 저기 저 친구 맞는 거 같지?"

사진을 꺼내 한참을 살피던 오 형사가 말을 꺼냈다.

"그래. 맞는 거 같은데." 오 형사와 이 형사는 차에서 내렸다.

"이덕후 씨."

"네. 무슨 일이시죠?"

"경찰서에서 나왔습니다. 서미애 씨라고 아시죠?"

"네. 무슨 일이라도?"

"어제 밤에 서미애 씨가 살해됐습니다."

"뭐라고요? 어떻게 그런 일이. 그때 그렇게 나오는 게 아니었는데. 다 제 잘못입니다." 덕후는 성철이 일을 저질렀다고 생각했다. 그 나쁜 새끼가 미애 씨에게 용서를 빌 기회조차 없애 버리고 만 것이다. "이덕후 씨, 일단 경찰서로 가서 얘기하시죠."

"알겠습니다. 최대한 협조하겠습니다."

"최 팀장님, 이덕후 씨 데리고 왔습니다."

"그래. 일단 조사실로 데리고 가서 사건경위부터 다시 조사해봐."

"네, 팀장님."

(강남경찰서 조사실)

"그날 얘기를 좀 해주시죠."

"미애 씨와 저는 사랑하는 사이였습니다. 커피숍에서 우연히 만났죠. 우린 서로 잘 맞았어요. 우린 자라온 환경도 서로 비슷하고, 무엇보다도 미애 씨가 많이 외로워했죠. 그렇게 우리의 사랑은 깊어졌고 그날 그렇게 집에까지 가게 됐습니다. 근데 그때 남편이 들이닥친 거죠."

"그 남편이 당신 공장 본사직원인 거 알았습니까?"

"아니요. 몰랐습니다. 저도 그날 보고 깜짝 놀랐죠. 신의 장난이라고 할 수밖에. 그날 남편이 화가 많이 났었죠."

"의도적으로 접근하신 거 아닌가요. 말 못할 다른 이유가 있는 거 아닙니까?"

하류 인생

"아닙니다. 그런 거 없습니다."

"그날 다른 수상한 사람이 들어가는 거는 못 봤나요?"

"저도 무섭고 당황해서 급하게 빠져나오느라고 그런 일이 일어날 거라고는 생각지도 못했습니다."

"나오면서 누구 본 사람은 없나요?"

"아, 옆집 아줌마를 봤어요. 앞에서 기웃거리고 있더군요."

"나와서 어디로 갔나요?"

"그 길로 저는 이천으로 내려가서 짐을 쌌어요. 어차피 잘릴 테고 해서 짐을 싸서 바로 내려왔어요. 하이패스를 이용했으니까 기록을 확인해 보시면 될 겁니다." 덕후는 성철에게서 가장 소중한 것을 빼앗은 것으로도 복수는 충분했다고 생각했지만, 성철이 자신의 생각을 넘어 행동할지도 모른다고 생각했기에 알리바이를 확실하게 만들어 두었다.

"이 순경, 33마 2558차량 하이패스 기록 좀 살펴봐."

"네. 최 형사님."

"팀장님. 저 친구 알리바이가 확실합니다. 그날 옆집 아줌마 진술과도 일치하고 서미애 씨 사망추정 시간 전에, 그러니까 서미애가 남편이랑 다투고 있을 때 저 친구는 서울IC를 빠져나와 이천으로 간 게 확실합니다.

"그래. 내 생각이 맞았어. 간통 현장을 목격하고 제정신일 놈이 몇이나 되겠어. 가서, 빨리 증거 찾아봐. 주변에 분명히 범행에 사용된 칼이 있을 거야. 아마 순간적으로 욱해서 저지른 일이니까 어디 멀리 숨기지는 못했을 거야. 피의자는

내가 직접 심문할 거야. 아 그리고 단추 제조사 나왔어?" 최
팀장은 이성철이 범인이 확실하다고 생각했지만, 감식반원
의 프로솜씨 같다는 말이 마음에 걸렸다.

"네. 팀장님. 고가 외투에 납품하는 단추인데요. 외투가
고가라 많이 팔린 거 같지는 않습니다. 국과수에서 단추가
제조된 지도 얼마 안 됐다고 하니까 최근 구매자를 중심으
로 알아보겠습니다."

"그래. 서둘러 주고."

"네. 팀장님. 그리고 저 이덕후라는 친구는 어떻게 할까요?"

"뭘 어떻게 해. 풀어줘."

"네. 알겠습니다."

"이덕후 씨 협조해주셔서 감사합니다. 그만 돌아가셔도 됩
니다."

"네. 감사합니다. 혹시 서미애 씨 장례는 언제쯤 치르게
되나요?"

"글쎄요. 사건이 마무리되고 나서 시신 인도가 되니까 범
인이 잡혀봐야 알 거 같습니다."

"네. 알겠습니다."

(강남경찰서 조사실)

"이성철 씨 담배 한 대 피우실래요?"

"네. 감사합니다." 성철은 떨리는 손으로 담배를 받아들고

깊숙이 빨아들였다. 아직도 미애의 죽음이 실감 나질 않았다.

"저기 팀장님. 이덕후라는 놈은 잡았나요?"

"네. 잡아서 조사해봤는데 그 친구 알리바이가 확실해요. 그만 자백하세요."

"아니에요. 그놈은 제가 나간 뒤에 다시 들어와서 미애를 죽인 게 확실해요."

"그 친구는 집을 나와서 바로 고속도로를 탔어. 그리고 그 친구는 당신 마누라를 죽일 동기가 없어. 이제 그만 자백해. 범행에 쓰인 칼도 찾았어. 지문 검사해 보면 알겠지만 당신 게 틀림없어. 당신 집에 있는 칼이야."

"네! 그럴 리가 없어요." 성철은 뭐가 잘못돼도 한참 잘못됐다고 생각했다. 자신은 누명을 쓴 게 확실했지만, 모든 상황이 불리했다.

"아니라고요. 저는 아니에요." 성철은 절규하다시피 소리쳤다.

"무조건 버틴다고 해결될 일이 아니야. 잘 생각해봐, 자백하고 용서를 구하면 정상참작이라도 되지. 이렇게 버티면 가중처벌 받을 수가 있어. 상황이 상황이었으니 자백하면 정상참작이 될 거야."

이건 뭐가 잘못됐어. 나가야 돼. 그놈한테 이렇게 당할 순 없어. 그래 박이철 본부장한테 연락해보자.

"최 팀장님, 전화 한 통만 하게 해주세요. 마지막으로 목소리를 들어야 할 사람이 있어요."

마지막? 그럼 결심이 선 건가? 최 팀장은 성철의 얼굴을 살피며 물었다.

"이성철 씨 혹시 검도나 뭐 운동 같은 거 배우신 적 있으세요?"

"아니요. 갑자기 무슨 소리세요. 전화 통화 좀 부탁드립니다."

"그래 좋아요. 길게는 안 됩니다. 통화하시고 마음 정리되면 다시 조사 시작합시다."

"네. 알겠습니다."

성철은 박이철의 핸드폰 번호를 눌렀다.

"본부장님. 저 성철입니다."

"그래. 성철 씨 얘기는 들었어. 이게 어떻게 된 일이야."

"자세한 얘기는 만나서 했으면 좋겠어요. 면회 좀 와주셔야겠습니다."

"그래, 알겠네." 박이철은 궁지에 몰린 성철이 장부를 건네주기를 기대했다.

성철은 수화기를 내려놨다.

"그래 이제 자백할 텐가?"

"저는 아니라니까요."

"그래도 이 새끼가 정신을 못 차리고. 야 이 순경 이놈 유치장에 다시 집어넣어."

"네, 팀장님. 팀장님, 근데 긴급체포라 48시간이 얼마 안 남았습니다."

"구속영장 신청한 거는 어떻게 됐어?"

"그게 증거 불충분으로 아마 어려울 거 같습니다."

"그러니까 빨리 증거 찾아오라고. 오 형사하고 이 형사 어디 갔어?" 사람을 처음 찔러본 사람이 단숨에 급소 끝까지 칼을 밀어 넣는다는 게 가능한 것인가. 최 팀장은 뭔가 석연치 않았지만 사건을 빨리 정리하고 싶은 마음이 강했다. 근처에 반드시 사건에 사용된 칼이 있을 거라고 확신했다.

(협상)

"이성철 씨, 면회."

"이성철 씨 48시간까지 몇 시간이나 남았어?" 최 팀장은 초조한 듯 오 형사에게 물었다.

"4시간 남았습니다."

"아, 씨바. 범인을 코앞에서 풀어주게 생겼으니. 증거는?"

"아직. 죄송합니다."

성철은 기다렸다는 듯 면회 장소로 향했다.

"자네 얼굴이 많이 안 됐구먼."

"본부장님. 뭐가 잘못돼도 크게 잘못됐습니다. 저 여기서 나가야겠어요. 도와주세요."

"자네를 돕고 싶지만, 알다시피 인생에 공짜가 어디 있나? 뭐 거래할 거라도 있나?"

"여기까지 오신 이유를 잘 압니다. 장부를 드리죠."

"그래. 진작 나한테 그 장부를 줬어야지. 장부 어딨어?"

"우선 먼저 꺼내주세요."

"뭘 믿고?"

"키를 드릴게요. 지하철 사물함에 보관하고 있어요. 그리고 제가 나가면 무슨 역인지 알려드릴게요."

"좋아, 키는 어딨어?"

"이천 공장 제 책상 밑에 보시면 코드 관로가 있어요. 거기를 찾아보세요."

"알았어. 혹시 범행에 쓰인 칼이 나왔나?"

"모르겠어요."

"목격자는?"

"몰라요. 저는 정말 아니라고요."

"하긴 증거가 나왔거나 증인이 있었다면 벌써 구속영장 떨어져서 구치소로 갔겠지.

내가 유명한 변호사를 붙여줄 테니 걱정 말라고. 내일 경찰서 앞에서 보세."

(성철의 복수)

"최 팀장님. 손님 오셨습니다."

"안녕하세요. 서일로펌에서 나온 정호준 변호사라고 합니다."

"아, 네. 무슨 일이시죠?"

"지금 긴급체포 돼서 조사받고 있는 이성철씨 때문에 왔습니다. 증거나 증인이 없다면서요. 정황만으로 선량한 시민을 그렇게 잡아 둬도 되는 겁니까? 구금 시간 48시간도 거의 다 되어 가는데 풀어주시죠."

"아니. 그게 살인사건이라. 좀 더 조사가 필요한 사항입니다. 도주나 증거인멸의 우려도 있고요."

"이거 보세요, 최 팀장님. 지금 이성철 씨는 배우자를 잃은 슬픔에 누명까지 썼습니다. 그 정신적 충격을 나중에 어떻게 책임지시려고 그러십니까. 정 조사하시고 싶으시면 구속영장을 발부받아서 조사하세요."

"최 팀장님. 노 검사님 전화 왔습니다."

"나 노 검산데, 서미애 씨 살인사건 관련해서 긴급체포한 피의자 있지. 48시간 다 됐는데 왜 안 풀어주고 그래? 요즘이 어떤 시댄데 그래. 그 사람 풀어주고 빨리 가서 증거나 찾아. 증거 찾아서 구속영장 다시 신청하라고."

"검사님. 그게 정황상 확실합니다."

"쓸데없는 소리 하지 말고 풀어줘. 우리가 언제 정황만 가지고 일해. 여기저기서 민원이 장난 아니야."

"알겠습니다, 검사님."

"정 변호사님, 알겠습니다. 일단 풀어드리죠. 하지만 명심하세요. 증거가 나오면 그때는 노 검사님도 무사하지 못할 겁니다."

"진범이 빨리 잡히길 빕니다."

"이성철 씨 나가도 좋습니다." 오 형사는 유치장 문을 열면서 성철을 불렀다.

성철은 변호사가 왔다 가고 나서 바로 풀려나는 것을 보고 쓴웃음이 나왔다.

경찰서를 나오자 박이철이 기다리고 있었다.

"감사합니다, 본부장님."

"자, 무슨 역이야?"

"강남역입니다."

"알았어. 그리고 처리할 일이 있으면 빨리 처리하는 게 좋을 거야. 지금은 증거가 안 나왔지만, 증거나 증인이 나오는 순간 바로 구속이니까 시간이 별로 없어."

"네, 본부장님." 성철은 네라고 대답했지만 도대체 무엇에 대한 대답이었는지 박이철은 무엇을 알고 저렇게 얘기하는 것인지 알 수가 없었다. 어쨌든 이러고 있을 시간이 없었다. 누군가가 자신을 음해하려고 꾸민 짓이라면 분명 증거가 나올 것이다.

그전에 놈에게 복수를 해야 한다. 어차피 나도 더 이상 살 이유도 희망도 없다. 이덕후를 찾아야 한다.

(박이철의 몰락)

'됐어. 이거만 있으면 최 이사 이놈도 꼼짝 못 할 거야. 이 새끼 받아먹은 돈이 도대체 얼마야. 이제 꼼짝없이 걸려들었다. 내가 이날을 위해 그동안 얼마나 참았는지 최 이사는 모를 거다.' 박이철은 이제껏 최 이사에게 빼앗긴 것을 다 찾아온다는 생각에 흥분이 됐다.

'그래, 이걸 언제 써먹는다, 감사실로 바로 가져갈까 아니면 최 이사하고 거래를 할까.' 박이철은 행복한 생각에 도취되어 집으로 향했다.

성철은 최 팀장이 형사들과 얘기하는 것을 기억해 냈다. '그래. 놈이 장성 어디 산다고 그랬지. 일단 가서 그놈부터 아작을 내고, 나도 같이 죽는 거다.'
성철은 생각이 거기까지 미치자 오히려 홀가분해졌다.
성철은 장성으로 차를 몰았다. 가슴은 안쪽에 품은 칼 때문인지 미애를 잃은 허전함 때문인지 차가워질 대로 차가워져 있었다.

도대체 어디서부터 잘못된 것인가. 열심히 산 죄밖에는 없었다. 학교 다닐 때도 회사를 다닐 때도 단 하루도 대충 산 적이 없었다. 박이철을 만나면서부터 자신은 많이 변했다. 물론 그 전부터 비자금관리, 공금관리 등을 하면서 Y지점의 많은 비밀을 알게 되었고 그로 인해 지점장들은 자신에게 항상 우호적이었다.

성철은 비장의 카드가 필요했다. 그렇지 않고서는 몇 년 버티지 못할 게 분명했다. 자신은 돈도 빽도 없는 그야말로 야생에 버려진 병들고 다친 한 마리의 먹잇감에 불과했다. 남들이 겁낼 독을 품지 않고서는 살아남을 수가 없었다. 그것이 성철을 변하게 했다. 강한 자가 살아남는 게 아니라 살아남는 자가 강하다고 했지. 박이철이 즐겨 쓰는 말 중의 하나였다.

장성에 도착한 성철은 물어물어 덕후를 찾았다. 그러다 놈을 만난 건 읍내의 중국집 앞에서였다. 놈은 부모님을 모시고 왔다. 다행히 나를 보지 못한 거 같았다. 중국집을 보니 중학교 졸업식 날 커다란 테이블에 덩그러니 놓인 자장면 한 그릇이 생각났다. 순간 시골에 계신 부모님이 보고 싶었지만, 성철은 이를 악물었다.

성철은 덕후를 따라붙었다. 놈은 부모님을 모시고 집 안으로 들어갔다. 잘 때까지 기다렸다 덮칠까, 아니면 그냥 지금 들어가서 전부 다 죽일까. 저놈이 나한테 한 짓을 생각하면 삼족을 멸하고 싶은 마음이 들었다. 저놈 때문에 행복한 나의 가정이 순식간에 아수라장이 되어 버렸다.

한참을 고민하고 있을 때 뒤에서 누군가가 성철을 불렀다.

"교도소에 있어야 할 놈이 여기는 웬일이야?"
그놈이었다. "왜 그랬어? 도대체 왜 미애를 죽인 거야?"
"왜? 너도 사랑하는 사람을 잃으니까 슬픈가 보지. 너 때문에 나는 너보다 천 배 만 배도 더한 고통을 느꼈어. 나의 꿈도 행복도 니 녀석의 재미를 위해 깨져버렸어."

"너 같은 새끼가 무슨 행복이 있고 꿈이 있어." 성철은 덕후를 향해 주먹을 날렸다. 성철의 주먹을 맞은 덕후는 뒤로 나자빠졌다.

이번에는 덕후가 성철의 주먹을 피한 뒤 성철을 넘어트렸다. 성철은 덕후의 상대가 되지 못한다는 것을 잘 알고 있었다. 성철은 덕후의 허리를 붙잡고 하천을 향해 내달렸다. 그렇게 서로 뒤엉킨 채 둑방을 서너 바퀴 굴러 내렸다. 덕후가 일어서더니 이내 주저앉았다.

성철은 가슴속의 칼을 꺼내 들었다. 덕후에게 다가간 성철은 굳이 칼을 쓰지 않아도 된다는 사실을 알았다. 덕후의 등에서 피가 흐르고 있었다. 둑방을 구를 때 삐져나온 뭔가에 찔린 거 같았다.

성철은 덕후에게 물었다. "도대체 왜, 왜 나한테 그런 거야."

덕후는 숨을 몰아쉬며 말했다. "너는 내가 가장 사랑하는 사람을 빼앗아 갔어."

"그게 무슨 소리야, 도대체 무슨 소리냐고."

"이덕희, 25살 꽃다운 나이에 자살했지."

이덕희, 성철은 한참을 생각했다. "이덕희가 니 동생이라고? 그리고 자살했다고? 그래서? 그게 나와 무슨 상관이야?"

"그래 너희 같은 놈들은 죄를 짓고도 그게 죄인지를 모르지."

"그래서, 그래서 미애를 죽인 거야?" 성철은 절규했다.

"나는 미애를 죽이지 않았어. 니놈이 죽였겠지."

"나는 아니야. 그리고 덕회는 박이철이 만나던 아가씨야. 나는 심부름으로 몇 번 차를 태워주고 마지막 날 봉투 하나를 전해준 거밖에 없어." 성철은 그날의 일을 떠올렸다.

"본부장님. 이게 뭐죠?"

"어. 알 거 없어 그냥 전해주면 돼."

"네. 알겠습니다."

"그럼 미애를 누가 죽인 거야?" 덕후는 더 이상 말을 하지 못했다. 성철은 덕후를 붙잡아 흔들었다.

"그럼 미애를 누가 죽였냐고."

덕후는 마음이 편안해졌다. 이제야 고향에 돌아온 느낌이 들었다. 내가 부질없이 욕심을 부려서 동생과 형제 같은 친구를 죽였구나. 동기야, 조금만 기다려라. 내가 니 곁으로 가서 그동안 잘못한 거 다 용서를 빌 테니까.

덕후는 그동안 허상을 찾아 열심히 뛰어다녔다. 진정한 행복은 바로 자기 코앞에 있었는데 헛된 욕망에 빠져서 인생을 낭비했다. 그렇다고 상일을 원망할 일도 아니었다. 덕후의 몸이 서서히 차가워져 가고 있었다.

"야. 이 새끼야, 이대로 죽으면 어떡해. 내 누명은 누가 벗겨주냐고. 다른 일도 아니고 마누라를 죽인 놈으로 기억될

순 없잖아. 내 자식이 받을 상처를 생각해 보라고. 내 자식은 어떡하고, 니가 그런 거 생각해봤어." 성철은 덕후를 흔들어 깨웠지만 숨을 가쁘게 몰아쉬는 덕후는 말이 없었다.

(진범)

"팀장님 찾았습니다. 칼 찾았어요."

"그래. 어디서 찾았어. 욕실 천장에서 찾았습니다. 욕실 천장 판을 뜯어서 거기다 칼하고 피 묻은 옷을 넣었더라고요. 그리고 팀장님, 이성철이 범인이 아닌 거 같습니다."

"그건 또 무슨 소리야."

"서미애 씨 손에 들려 있던 단추가 쓰이는 외투의 구매자를 찾았습니다. 그리고 주변 블랙박스 영상을 분석했는데 수상한 놈이 있더라고요. 서미애 씨가 살해당하던 날 그 아파트 110동에 낯선 사람이 들어가는 게 찍혔는데 서미애 씨 사망추정 시간과 비슷합니다. 모자를 눌러써서 확실하지는 않지만, 체격으로 볼 때 외투 구매자와 동일인인 거 같습니다."

"그래. 이 형사는 빨리 출동해서 그놈 잡고, 오 형사는 이성철하고 이덕후 위치 확인해봐. 분명 이성철이 이덕후한테 갔을 거야."

"팀장님, 이성철이 장성 근처로 이동하고 있습니다."

"자, 우리는 장성으로 간다. 막아야 돼. 마지막이란 심정으로 이성철이 덕후를 죽일지도 몰라. 서둘러." 최 팀장은 감식반의 전문가 솜씨란 말을 승진에 눈이 멀어 굳이 외면했던 자신이 원망스러웠다.

멀리서 사이렌 소리가 들려왔다. 성철은 차를 몰아 국도를 향해 달렸다. 아이러니하게도 모든 걸 다 잃은 이 시점에 그동안 보지 못했던 주변의 꽃들이 눈에 들어왔다. 꽃은 어제도 있었고 그제도 있었을 것이었다. 죽음의 문턱에 이르러서야 세상의 아름다움을 느꼈고 살고 싶다는 욕망이 들었다. 꽃은 지기 때문에 아름답다는 말처럼 인생은 두 번 살 수 없기 때문에 의미가 있는지도 몰랐다.

"최 팀장님, 저기 이덕후입니다." 최 팀장과 오 형사는 개천 밑으로 뛰어 내려갔다.
"오 형사, 덕후 맥 짚어봐."
"살아있습니다, 팀장님."
"빨리 구급차에 태우고 인근 병원으로 이송해."
"이성철은 어디로 간 거야." 최 팀장은 이성철이 극단적인 선택을 할까 봐 걱정되었다. 자신이 성급하게 범인을 단정 지어서 벌어진 일이었다.

성철은 국도를 한참 달리다 마을이 보이자 샛길로 빠졌다. 모든 것이 끝났다. 내 인생도, 미애도, 복수도. 성철은 슈퍼에 들어가 번개탄을 샀다. 성철은 미리 차에 실어놓은 연탄을 활활 타오르는 번개탄 위에 올렸다.

최 팀장은 불안했다. 최 팀장은 경찰대를 졸업할 때 했던 선서가 생각났다. 경찰 생활을 하면서 정작 중요한 것을 잊고 살고 있었다.

"오 형사, 본청에 전화해서 장성 주변도로 CCTV 영상 확인해서 이성철 차 좀 찾아봐. 핸드폰 위치도 확인해 보고. 아무래도 예감이 불길해. 이성철 씨가 극단적인 선택을 할 거 같단 말이야."

"네. 팀장님."

영상을 전송받은 최 팀장은 급하게 차를 몰았다. 마을을 한참 뒤지다 최 팀장은 낯익은 차번호를 발견했다. 최 팀장은 주먹을 날려 유리창을 박살 낸 후 성철을 끄집어냈다. 최 팀장은 성철의 목에 손을 대보고 안도의 숨을 내쉬었다. 너무 늦지 않아 다행이었다. 성철은 흐릿해져가는 의식 속에서 최 팀장을 보았다.

"이성철 씨 깨어났습니다, 팀장님."

"그래. 가 보자고."

"이성철 씨 어때요? 정신이 좀 들어요. 좀만 늦었으면 큰일 날 뻔했어요."

"저를 왜 살리신 거죠. 억울한 누명을 쓰고 교도소에서 평생을 썩느니 차라리 죽는 게 낫습니다."

"이성철씨, 서미애씨 살인사건 진범이 잡혔습니다. 죄송합니다."

"그래요. 그게 누굽니까?"

"살인 청부업자인데, 사주한 사람이 누군지 말을 안 해요. 좀 더 조사해 보면 알 수 있겠지요."

"살인 청부업자요? 누가 미애에게 그런 짓을."

"이성철 씨, 서미애 씨 살인사건 누명을 벗었지만 이덕후 씨 과실상해죄는 피할 수 없습니다. 다행히 이덕후 씨가 이성철 씨의 처벌을 원하지 않고 있고 걸어가다 둑방에서 미끄러져 생긴 일이라고 주장하고 있어서 형량은 얼마 안 될 겁니다. 운이 좋으면 집행유예로 풀려날 수도 있고요."

"덕후가 살아있군요. 다행입니다." 성철은 사건의 전말을 알 거 같았다.

"최 팀장님, 드릴 말씀이 있습니다."

"네. 뭡니까?"

성철은 그간의 일을 최 팀장에게 설명했다.

(비밀장부 폭로)

박이철은 회사 감찰실로 향했다.

"어 이 부장, 이거 좀 봐봐. 누가 나한테 투서를 한 건데. 아주 엄청나. 아주 최 이사가 회사를 말아먹었더군."

"박 본부장님, 왜 이것뿐이죠?"

"그게 무슨 소린가?"

"나머지 장부는 어디 갔죠?" 이 부장은 똑같은 장부를 하나 들어 보였다. "같은 장부 같은데 페이지가 많이 없네요."

"박이철 씨, 경찰에서 나왔습니다. 당신을 공금횡령, 업무상 배임죄 그리고 서미애 씨 청부살인 혐의로 체포합니다."

"뭐야, 니들이 나를 체포한다고?"

문 밖에서는 이미 최 이사가 끌려 나가고 있었다.

"이성철 이놈이."

"박이철씨, 공금횡령에 배임에 하다하다 살인청부까지 해. 아마 당신 남은 인생은 감옥에서 썩게 될 거야."

(신고식)

"방장님, 신참 들어왔습니다."

"이 새끼야, 방장님한테 큰절 올려."

"이제부터 얘들이 너한테 매일매일 새로운 세상을 보여줄 거야. 잘 적응하라고. 여기도 사람 사는 곳이니까 잘 적응하면 살만할 거야."

"얘들아."

"네. 방장님."

"첫날이라 피곤할 텐데 일찍 재워라."

"네. 주무십시오, 방장님."

박이철은 긴장감 때문인지 잠이 오질 않았다. 그때 갑자기 뒤에서 자신의 바지를 끌어내리고 있었다. 박이철이 뒤돌아서려고 하자 주먹이 날아왔다.

"그냥 앞에 보고 있어. 이 새끼야."

박이철은 도저히 참아낼 수 있을 거 같지가 않았다. 박이철은 울면서 매달렸다. 갑자기 여기저기서 발길질과 주먹질이 날아왔다.

그렇게 십여 분쯤 매질이 계속되자 교도관이 걸어왔다.

"대충하고 빨리 자라." 고작 한마디뿐이었다. 교도관들에게 재소자들은 모두 똑같은 쓰레기 소모품일 뿐이었다.

난생처음 당한 매질에 박이철이 몸을 가누지 못해 엉기적거리자 또 다시 또 매질이 시작되었다.

"이 새끼가 완전히 빠져 가지고 첫날부터 엄살이야." 그렇게 매질은 매일 아침, 저녁으로 계속되었다.

(교도소 생활)

약삭빠른 박이철은 제법 교도소 생활에 익숙해져 있었다. 박이철은 미애의 살인 청부에 대해서는 무죄를 받았다. 박이철이 끝까지 무죄를 주장했고, K도 원칙대로 클라이언트가 누군지 밝히지 않았다. 경찰은 박이철과 K와의 확실한 연결고리를 찾지 못하고 있었다.

"최 이사, 오늘 밥은 그럭저럭 먹을 만한데."

"그래. 이곳도 사람 사는 곳인데 못 살게 어딨어. 이제 한두어 달만 고생하면 사면될 거야. 아 경제사범이 형대로 다 사는 사람이 어딨어. 그리고 경제사범만 따로 모아두는 교도소의 자리가 비면 이감된다고 하니까 좀만 참자고." 박이철은 서미애의 청부살인이 무죄로 판명되자 경제사범이 있는 교도소로 이감될 예정이었다.

"이 새끼들아, 조용히 하고 밥이나 처먹어." 옆에 있던 덩치가 두 사람을 노려보자 최 이사와 박이철은 고개를 푹 숙였다. 밥을 먹고 감방으로 향하는 박이철에게 교도관이 다가왔다

"11041번 면회."

누가 왔지? 마누라가 왔나. 박이철은 싱글벙글한 얼굴로 면회실로 향했다.

"박 본부장님. 어떻게 지낼 만하십니까?"

"아니 자네가 웬일인가."

"아직 입금이 되지 않아서 찾아왔습니다."

"내가 지금 여기 들어와 있는데 무슨 돈 타령이야."

"두 번 말씀드리지 않겠습니다. 3일 안에 어떻게든 입금시키세요. 우리는 클라이언트의 신분보장에 대한 약속을 지켰습니다. 그래서 덕분에 K가 다 뒤집어썼지만요. 우리도 K 옥바라지는 해야 하지 않겠습니까. 죽고 싶지 않으면 입금시키시는 게 좋을 겁니다."

"야, 내가 여기 있는데 어떻게 돈을 입금시켜. 그리고 해볼 테면 해봐. 여기 있는데 니가 어떻게 하겠어. 조심해. 내 말 한마디면 너도 끝장이야."

"몸조심하세요, 본부장님."

(이성철의 면회)

"11041번 면회." 오늘 따라 면회가 왜 이렇게 많아, 이번에는 좀 반가운 사람이었으면 좋겠는데.

면회실의 유리 너머로 박이철이 들어오는 모습이 보였다.

"야, 이성철. 이 쥐새끼 같은 놈아."

"본부장님. 어떻게 지내실 만합니까?"

"야, 횡령죄랑 배임죄를 다 나한테 뒤집어씌우냐? 그러고도 니가 사람이야. 머리 검은 짐승은 거두는 게 아니라더니."

"왜 그랬어? 미애한테 왜 그랬어."

"왜 그랬냐고." 면회실 뒤의 교도관을 의식했는지 박이철은 잠시 뒤를 돌아본 후 나지막이 말했다.

"이미 다 끝났으니 얘기해주지. 너는 주제에 맞지 않게 욕심이 너무 많았어. 하류인생이 감히 상류사회를 넘봐. 세상이 그렇게 호락호락한 줄 아나. 이 사회는 자네 같은 이방인의 진입을 원하지 않아. 도대체가 격이 맞아야지. 근데 그것도 모자라서 나를 협박해.

이덕후 그놈도 마찬가지야. 못 배웠으면 소처럼 열심히 일이나 할 것이지. 노동자의 권리를 찾는다고, 니들한테 무슨 권리가 있어. 니들은 그냥 소모품일 뿐이야. 자본주의를 굴러가게 하는 소모품."

그래 박이철의 말이 맞았다. 자본주의는 일용근로자와 알바족의 피와 땀으로 굴러간다고 누군가 그랬던 거 같다. 우리는 인간도 짐승도 아닌 반은 인간, 반은 말인 켄타우로스처럼 반인반수였던 것이다.

"그런데 요즘 정치하는 놈들이 공정사회니 인권이니 해가지고 괜히 노동자들 희망만 키워났어. 결국 그것들 청소하는 것은 자본주의자들이 해야 하는데 말이야."

"그래서 미애를 죽였나?"

"그래. 그렇지만 그건 원래 내 계획은 아니었어. 덕후가 엉뚱하게도 자네가 아니고 마누라를 꾀더군. 똑같이 되갚아주고 싶었나봐. 아니면 그놈도 또 다른 완벽을 꿈꾼 게지. 그놈은 아마도 니가 미애를 죽일 거라고 생각했던 거야. 하긴 그런 장면을 목격하고도 화를 억누른 걸 보면 너는 천상 노예팔자가 맞아. 너희 같은 것들은 말이야 분노가 없어. 분노가 없으니 세상을 바꿀 수도 없는 거지. 그냥 배고파 죽지 않을 만큼 적당히 배만 채워주면 군소리 없이 일하는 놈들이 너희들이지. 그래서 내가 일을 좀 꾸몄네. 멍청한 그놈이 실수를 하는 바람에 엉망이 되긴 했지만. 덕후 그놈은 씹어먹어도 성이 풀리지 않을 놈이야. 그놈 때문에 나는 마누라를 뺏겼지. 징글징글한 놈이야. 목숨 줄도 길고. 니들처럼 천한 것들은 몰라. 성공하기 위해서는 뭐든 희생이 필요하지. 하지만 너희들은 워낙 가진 게 없어서 하나라도 잃지 않기 위해 발버둥을 치지. 그래서 죽는 거야."

"그래서 덕희를 이용했군."

"그래. 덕희 하나만 잘 이용하면 내 손에 피 한 방울 묻히지 않고 너희 같은 쓰레기를 한번에 청소할 수 있을 것 같았지. 효과도 아주 크고. 덕회 하나만 죽으면 연쇄적으로 다음 반응이 일어나도록 설계를 해뒀지. 덕후 이놈이 계획대로 안 움직여 줘서 그렇지."

"당신은 미쳤어. 분노라는 것도 정도가 있어야지."

"이봐, 미치지 않고서는 어차피 살아갈 수 없는 세상이야. 그만 가보게."

성철은 결국 미애가 자기 때문에 죽었다는 것을 알자 감당할 수 없는 죄책감이 밀려왔다.

제5화
다시 삶으로

(화해)

간만에 마신 소주 때문인지 오늘은 잠이 쏟아졌다. 성철은 미애가 그렇게 되고 난 이후에는 제대로 잠을 자본 적이 없었다.

"오빠 매일 오늘만 같았으면 좋겠다. 오빠도 일찍 오고 이렇게 맛있는 떡볶이도 같이 먹고."

"그래 알았어. 미애야 많이 힘들지. 아는 사람 하나 없는 데서 네가 많이 힘들 거야."

"괜찮아. 그래도 오빠가 있어서 든든해. 심심할 때는 오빠랑 학교 다닐 때 찍었던 사진도 보고, 그때 주고받았던 편지도 읽고. 나 오빠 정말 많이 사랑하나 봐. 오빠가 나를 지켜 줘야 돼. 나 요즘 많이 불안해. 오빠가 많이 변해가는 거 같아서. 그냥 고향에 내려가서 살았으면 좋겠어."

"미애야 마음 약해지면 안 돼. 너도 비정규직 삶이 어떤 건지, 가난이 어떤 건지 잘 알잖아. 우리 자식한테도 가난을 대

독립할래?"

"알았어. 하지만 이런 건 행복이 아닌 거 같아. 오히려 서울 와서 웃을 일이 더 없어졌어."

"좀만 기다려, 나중에는 종일 웃게 해 줄 테니까."

"알았어. 오빠."

성철은 잠에서 깼다. 꿈에서 본 미애는 자신을 원망하고 있었다. 그때 미애의 말을 들었으면 이런 일도 없었을 텐데. 미안하다 미애야. 성철은 아침 일찍 하은이를 데리고 미애의 무덤을 찾았다. 출소 직후 한 번도 찾아가볼 엄두가 나지 않았는데 이제는 용서를 구해야겠다고 생각했다. 성철은 공금횡령죄로 1년을 살고 출소했다.

"하은아, 인사하자. 엄마야."

"엄마, 안녕하세요." 어느덧 5살이 되어 버린 하은이는 엄마의 얼굴을 기억하지 못했다. 엄마 없이 자랄 하은이를 생각하니 가슴이 아려왔다. 성철은 눈에서 흘러내리는 눈물을 애써 감추며 하은이를 안고 산에서 내려왔다. 성철은 출소 후 고향인 원주로 내려가서 사회복지사로 일했다. 성철은 사회복지사로 일하면서 주변 사람들과 나누고 베푸는 삶에서 진정한 행복을 느꼈다. 성철은 생각했다. 인간에게 허락되지 않는 것들을 쫓아 인생을 낭비했구나, 자신은 이제껏 욕망과 야망이 이끄는 대로 삶을 살았다. 욕망과 야망은 자신을 갉아먹고 결국 자신을 파괴했다. 상류사회로 그렇게 들어가고 싶어했지만 자신이 쫓아온 삶 자체는 하류인생이었다. 욕망과 야심에 빠져 살 때는 늘 삶이 공허했고 목마르고 갈증을 느꼈다. 그래서 성철은 술을 자주 먹었고 도박도 하고 말초신경을 자극해서 연명해 왔던 것이다. 이제 성철은 어떻게 살아야 하는가에 대한 어렴풋한 답을 얻은 거 같았다.

(박이철의 죽음)

"자, 최 이사 그만 가자고." 박이철과 최 이사는 식판을 들고 자리에서 일어섰다.

그때 뒤에서 밥을 먹던 죄수들 사이에 싸움판이 벌어졌다.

"저 새끼들은 역시 쓰레기들이야. 야만인들 같으니라고." 한참을 구경하던 박이철은 뒷목이 시원해지는 느낌이 들었다. 박이철은 손으로 목을 훔쳤다. 붉은색 액체가 박이철의 시야에 들어오자 그제야 자신이 뭔가에 찔린 것을 알았다.

"교도관, 교도관." 최 이사가 깜짝 놀라 교도관을 불렀지만 박이철은 이미 바닥에 쓰려진 뒤였다.

"누구야, 누가 그랬어. 빨리 구급차 불러." 칫솔을 갈아 만든 칼이 박이철의 뒷목에 꽂혀 부러져 있었다. 목 깊속이 박힌 채 부러진 칫솔 사이로 피가 계속해서 흘러 내렸다.

박이철은 그렇게 소리도 흔적도 없이 교도소에서 쓸쓸한 죽음을 맞이했다.

(호접지몽)

"성철아, 이제 그만 일어나서 목욕탕도 좀 가고, 이발도 좀 하고 와. 며칠 있으면 면접이라며."

성철은 어제 친구들과 마신 술이 깨지 않아 비몽사몽 했지만 꿈은 현실처럼 가까웠다. 성철은 늘 인생에 연습이 있다면 다음 생에는 잘살 수 있지 않을까를 생각했다. 지난밤에 꾼 꿈은 그러기에 충분했다. 성철은 지난밤에 꿈으로 인해 인생을 어떻게 살아야 할지 무엇으로 살아야 할지 알 수 있을 것 같았다. 앞으로 인생을 무엇으로 살아가야 할지 명확하지는 않았지만 느낌으로 알 수 있을 거 같았다.

하류인생

에필로그

대한민국은 비정규직 사회, OECD 국가 중 근로시간 최다, 알코올 소비 최다인 국가, 게다가 자살률 1위인 국가. 누가 대한민국을 이렇게 만들었을까.

석사, 박사가 넘쳐나고 유학생이 넘쳐나는 스펙 거품의 대한민국. 대한민국에서 살아가는 것은 그리 녹록지 않다. 아니 사실 치열하다. 직장생활과 동시에 자기계발을 소홀히 할 수 없는 사회. 도대체 취미생활과 여가생활은 찾아볼 수가 없다. 더욱이 주변 사람들과의 나눔과 사랑, 일상 속의 소소한 행복을 느끼거나 찾지 못하고 있다.

물론 이것이 대한민국의 경쟁력일지도 모른다. 하지만 이로 인해 대부분의 가정이 삐걱거리고 있으며 인생은 바닷가에 만들어진 모래성과도 같다. 왜 대한민국은 삶의 여유를 가질 수 없는 사회가 돼 버렸을까. 그것은 아마도 승자독식의 사회적 분위기 때문이 아닐까 생각한다.

요즘 대한민국의 최고 화두는 공정사회다. 가진 자들의 횡포, 삶의 모든 무거운 짐과 부역은 없는 사람이 짊어져야 하는 사회가 대한민국이다.
계획경제 시대를 거치면서 부가 한곳으로 편중되면서 계층의 고착화가 이루어졌고, 가난은 대물림되고 있다.

이제는 개천에서 용 났다는 속담을 듣기 어려워졌다. 그만큼 계층의 고착화, 부의 편중이 심화되면서 중·하류층 사람들이 잘 먹고 잘살기는 어려워졌다.

상류층의 가진 사람들은 기득권을 이용해 계속해서 착취하고자 한다. 여기에는 룰도 없고 반칙도 없다. 경쟁이 아닌 전쟁을 가르친 결과다. 대한민국은 목적을 위해서라면 수단은 상관없다는 결과 위주의 교육을 지향해 왔다.

아무리 역사가 승리한 자에 의해 쓰인다고 해도 이건 과하다는 생각이 든다. 이 글에서는 계속해서 상류층의 삶을 살았던 박이철과 하류층의 삶을 살다 상류층에 잠시 속한 이성철, 계속해서 하류층의 삶을 살았던 이덕후라는 인물을 통해 우리가 무엇을 위해 살고 있는지 인생에서 상중하를 가르는 기준은 무엇인지 생각하는 시간을 갖고자 했다.

필자가 이 글을 쓴 계기도 톨스토이의 「인간은 무엇으로 사는가?」를 읽고 나서였다. 책에서는 세 가지 질문이 나온다. 첫째, 인간의 내면에는 무엇이 있는가? 둘째, 인간에게 허락되지 않는 것은 무엇인가? 셋째, 인간은 무엇으로 사는가?였다. 이 세 가지 질문은 결국 하나의 질문으로 귀결된다. 결국 어떻게 살아야 하는가?이다.

우리는 흔히 돈과 권력을 가지고 상중하를 가른다. 심지어는 결혼정보회사도 직업, 재산, 학벌을 기준으로 등급을 매긴다. 이렇게 등급이 매겨진 사회에서 주인공들은 상류사회로 진입하기 위해, 기득권은 그 기득권을 지키기 위해 치열하게 살아간다.

여기서 그들은 인간성을 상실하고 오로지 목적만을 위해서만 살아가게 된다. 필자가 생각하는 하류인생은 욕망과 야심, 목적 위주의 삶을 사는 것이라고 생각한다. 욕망과 야심이 이끄는 대로 살다 보면 결국 삶이 피폐해지기 마련이다. 우리의 내면에는 무수히 많은 감정이 들어있다. 사랑, 연민, 욕망, 야심 등 과연 이 중에 무엇을 꺼내 삶의 동력으로 쓸 것인가를 생각해 보아야 한다.

삶은 목적이 아니라 과정이다. 옛 이야기를 빌려 쉽게 말하면 아주 치열하게 살아서 성공한 한 노신사가 낚시터에서 한가롭게 낚시를 즐기고 있는 청년이 한심해 보여, 가서 훈계를 한다.

"자네는 젊은 사람이 왜 이러고 있나, 가서 열심히 살게. 성공하면 자네가 원하는 것을 다 가질 수 있을 걸세."

그러자 젊은이가 말한다.

"제가 원하는 게 이거라면요." 여기서 아마 노신사는 깨달음을 얻었을 것이다. 그렇다. 우리는 열심히 살아가고 있지만 정말 자신이 원하는 것을 알지 못한다. 왜냐하면 하루하루 치열하게 살아가는 동안 삶은 우리에게 뒤돌아볼 시간을 주지 않기 때문이다. 삶의 의미를 생각하고 진정한 삶의 가치를 깨닫고 사는 사람이 있을까, 행동만 하기에도 바쁜 시대이다. 그러니 생각하면서 살지 못하고 사는 대로 생각하게 된다. 그러면서 오감과 말초신경을 자극하는 술과 도박, 성적 쾌락 등에 빠지게 된다.

매일매일 치열하게 살아가는 현대인은 누구나 막연한 불안감과 조바심을 느낀다. 하지만 이러한 불안감과 조바심을 떨쳐내고 우리가 진정으로 원하는 것이 무엇인지 진지하게 생각해 보아야 할 것이다. 상류인생이 될 것인지, 하류인생이 될 것인지는 우리의 내면에 있는 것들 중에 무엇을 꺼내서 살 것인가에 달려 있다.